그래서
    우리는 소설을 읽는다

그래서 우리는 소설을 읽는다

주목할 만한 소설 비평 좌담

박진 · 김남혁 · 장성규 지음

자음과모음

소설을 읽는 일은 참 즐겁다. 소설을 읽고 함께 이야기 나누는 일은 더 즐겁다. 마감에 쫓기며 평론을 쓰다 보면 이런 순수한 즐거움을 잊어버릴 때가 종종 있는데, 이 책을 준비하고 정리하는 동안 그 즐거움이 새록새록 되살아났다. 혼자서 글을 쓸 때보다 더 솔직하고 자유롭게 소설에 대한 생각과 느낌을 표현할 수 있다는 게 신기하고 좋았다. 책을 읽고 마음이 맞는 사람들과 깊이 있는 대화를 나누고 싶지만 그럴 기회가 별로 없는 독자들, 막연히 소설가나 문학평론가의 꿈을 키우는 대학생들, 그리고 그냥 소설을 좋아하는 많은 분들과 이 즐거움을 나누고 싶다.

이 책은 문화웹진 〈나비〉의 '비평테이블' 코너에 2009년 말부터 2011년 초까지 매달 연재했던 좌담을 묶은 것이다. 무라카미 하루키와 베르나르 베르베르 같은 외국작가의 소설부터 김훈, 신경숙, 김영하 같은 한국작가의 신작들까지 주요 베스트셀러 소설들을 두루 다뤘다. 또 영화가 개봉되면서 원작이 큰 인기를 모으는 스크린셀러 현상, 최근 문학상 수상자들의 변화된 경향, 새로 등장한 청소년문학이라는 낯선 영역 등 독서와 출판계의 눈에 띄는 현상들을 주제로 삼았다. 최근의 독서 문화와 출판 시장의 변화는 물론, 문단의 화제가 된 비평적 쟁점들까지 한눈에 조망할 수 있도록 했다.

이 책에는 문학이 문화산업의 일부가 되고 독서에 미치는 마케팅의 영향력이 점점 더 커져가는 상황에 대한 걱정과 비판도 담겨 있다. 이런 시대에 우리가 어떤 소설을 선택해야 하는지, 바로 지금 좋은 소설이란 과연 어떤 것인지, 매번 다시 묻고 고민해야만 했다. 문학을 둘러싼 지금의 상황들은 이렇듯 별로 낙관적이지 않지만, 그래도 우리는 소설을 읽는다. 소설이 주는 즐거움과 감동, 소설이 이끌어내는 다양한 생각들과 진지한 고민들이 여전히 우리에겐 소중하기 때문이다. 그래서 우리는 소설을 읽는다. '그래도'와 '그래서' 사이에서 잠시 망설였지만, 역시 이 책의 제목은 "그래서 우리는 소설을 읽는다"가 되어야 한다고 생각했다.

좌담에 참여했던 다른 한 분의 개인적인 사정으로 불가피하게 초반 원고를 일부 수정했다. 웹진에 올린 글을 그대로 묶지 못해 아쉽지만, 그날의 분위기와 현장감을 최대한 살리려고 노력했다. 매달 좌담 주제와 대상 작품을 정하고, 직접 만나서 몇 시간씩 이야기를 나누고, 녹취를 풀어 원고를 정리하는 숨 가쁜 과정들이 결코 만만치는 않았지만, 돌아보니 그 시간들이 무척이나 뜻 깊은 추억으로 남아 있다. 연재 당시에 격려의 댓글을 달아주고 열띤 토론을 벌여줬던 '비평테이블' 독자 분들과, 좌담을 할 때마다 세심하게 챙겨주고 매회 사진을 찍어줬던 웹진 〈나비〉의 김형균 간사님께 고마운 마음을 전하고 싶다. 9회(청소년문학)와 11회(김영하 소설) 좌담에는 각각 소영현 평론가와 조효원 평론가가 참여해줬다. 기꺼이 초대에 응해주고 좌담 내용을 책에 수록하는 데 선뜻 동의해줘서 정말 고맙다.

좌담 원고를 책으로 내라고 맨 처음 권해준 정여울 평론가를 비롯하여 자음과모음의 여러 편집위원들과 강병철 사장님께도 감사드린다. 이 원고를 좋아해주고 근사한 책으로 출간하려는 욕심을 내준 황여정 팀장님과 갈피갈피 정성을 기울여 편집과 디자인과 제작을 맡아준 분들에 대한 감사의 말도 빼놓을 수 없다. 이분들 손에 이 책을 맡긴 건 커다란 행운이다. 그 정성만큼 독자 분들에게도 마음에 남는 책이 되면 좋겠다.

2011년 7월
저자를 대표하여 박 진

차 례

『1Q84』의 'Q' 무엇에 대한 질문인가?

『1Q84』 1, 2권　무라카미 하루키

장소: 대학로 '책읽는사회문화재단' 2층 회의실
시간: 2009년 11월 9일 오후 4시~7시
참여: 박진, 김남혁

박진 문화웹진 〈나비〉에서는 최근 각별한 관심을 끌고 있거나 주목할 만한 의미가 있는 문학작품과 문화현상 등을 주제로 매달 이야기를 나눠보는 좌담을 기획했다. 문학평론가 김남혁 씨가 솔직한 의견과 진지한 고민을 나누기 위해 이 자리에 함께했다. 그 첫 번째 시간인 오늘의 주제는 무라카미 하루키의 장편소설 『1Q84』(1, 2권: 문학동네, 2009)와 '하루키 현상'이다. 『1Q84』는 선인세 문제로 출간 전부터 논란을 일으켰고 현재 종합 베스트셀러 1위에 올라 있는 화제작이다. 우선 김남혁 씨는 이 소설을 얼마나 재미있게 읽었는지, 그렇게 많은 독자들을 사로잡을 만한 흡인력이 있다고 느꼈는지 궁금하다.

김남혁 가독성이 상당히 뛰어난 소설이다. 천 페이지가 넘는 분량이고 인명이나 지명 같은 것도 낯선 외국소설인데 이렇게 쉽게 읽힌다는 건 사실 좀 의심스럽다. 이미 익숙한 제도와 독서 관습에 편승해 있기 때문이 아닐까 한다. 소설에 보면 치매에 걸린 아버지를 찾아간 덴고에게 간호사가 "명랑한 말에는 밝은 진동이 있어요"(2권 584쪽)라고 하며 아버지에게 많은 이야기를 들려주라고 말하는 대목이 있다. 그런데 가독성이 높은 소설은 독자에게 '밝은 진동'보다는, 소설에 있는 다른 말로 하면 "뇌의 전족"(1권 265쪽)이 되기 쉽다. 익숙한 것을 약간 유니크하게 표현해서 즐겁게 소비할 수 있게 만드는 측면이 있다고 본다.

박진 가독성이 뛰어난 소설이라는 데 동의한다. 나 역시 엄청나게 재미있게 읽었다. 그런데 가독성이 높다는 것은 일단은 장점 아닌가? 흥미롭게 잘 읽히면서 깊이도 있고 관습을 배반하는 측면도 있다면 물론 더욱 좋은 소설일 테고. 『1Q84』의 경우, 이렇게 재밌게 읽고 있다는 사실을 몹시 불편하게 만드는 '나쁜' 측면들이 있는 것도 사실이지만, 가독성이 높은 것 자체가 문제가 되진 않을 것이다.

김남혁 물론 가독성이 높은 소설이 다 그렇단 얘긴 아니고……. 이 소설의 경우에는 익숙한 이야기 틀을 그대로 끌어다 쓰는 측면이 강하다고 느꼈고 그것이 가독성을 높이는 데 일조했다는 생각이다. 그런데 박진 씨가 '나쁜' 측면들이라 생각하는 게 뭔지 무척 궁금하다. 박진 씨는 대중서사에 대한 책을 쓰기도 해서, 이 소설을 상당히 좋아할 거라고 짐작했는데 의외다. (웃음)

박진 킬러 이야기로 소설이 시작되면서 영화적이고 스릴러적인 분위기를 띠는 것은 내 스타일인 게 맞는데……. (웃음) 이 소설이 왜 나쁘다고 느꼈는지는 좌담이 무르익어갈 때 본격적으로 이야기하기로 하자. 그보다도 우선 스릴러로 출발했다가 사랑 얘기로 빠져버린 것이 좀 아쉬웠고, 아오마메와 덴고의 서사가 홀수 장과 짝수 장으로 교차하며 등장하는 방식도 다소 식상하고 느슨해 보였다.

김남혁 나는 홀수 장인 아오마메의 이야기 전체가 짝수 장의 덴고가 쓴 소설이 아닐까 하는 생각을 했다.

박진 정말? 왜 그렇게 생각했나?

김남혁 1권 24장에서 덴고는 걸프렌드에게 자신이 쓰고 있는 장편에 대해 말한다. 그는 자기 소설이 "여기가 아닌 세계", "달이 두 개 있"(651쪽)는 세계라고 설명한다. 1권 24장까지 달이 두 개 있는 세계는 오로지 아오마메가 놓인 홀수 장뿐이다. 또 2권 1장에서 다마루가 "이야기 속에 권총이 나왔다면 그건 반드시 발사되어야만 한다"(36쪽)는 체호프의 말을 전하자 아오마메는 "이건 이야기가 아니에요. 현실세계의 일이지"라고 답한다. 그 말에 다마루는 "그걸 누가 알지?"라고 대답한다. 재밌지 않나? 그뿐이 아니다. 2권 19장에서는 아오마메가 "나는 덴고가 만들어낸 이야기 속에 있는 거야, (……) 어떤 의미에서는 나는 그의 몸 안에 있어"(501쪽)라고 말하기도 한다. 물론 비유적인 의미겠지만. 짝수 장에만 등장하는 덴고에게 '여기'가 아닌 세계는 짝수 장이 아닌 세계, 즉 홀수 장이고, 홀수 장은 덴고에게는 이야기의 세계이지만 홀수 장의 인물들에게는 현실세계이자 이야기의 세계가 된다. 덴고가 개작을 통해 후카에리와 영향

을 주고받게 되듯, 홀수 장은 서사가 진행되면 될수록 작가 덴고(짝수 장)의 의식에 전적으로 종속된 서사가 아니라 덴고와 적극적으로 영향을 주고받는 서사가 된다. 마치 영화 〈스트레인저 댄 픽션〉에서 등장인물이 작가의 의식에 종속된 대상에 머물지 않고 작가와 영향을 주고받는 하나의 주체로 변화되는 것처럼.

박진 무척 재미있는 해석인데, 그래도 너무 모던하고 지적인 독서방식 아닐까? 나는 처음부터 이 소설이 두 사람의 사랑 이야기라고 생각했는데. 둘이 너무 오래 못 만나서 기다리다 지치기는 했지만. (웃음) 이 소설은 그냥 스릴러와 멜로, 판타지와 리얼리즘 소설, 에세이적 특징과 포르노그래피까지, 온갖 이질적인 요소들이 뒤섞인 이야기로 보는 게 맞지 않을까? 김남혁 씨는 그 정도로는 도저히 만족하지 못해서 이런 '문학적인' 독법을 동원하여 더 깊은 의미를 찾아주고 싶었나 보다. 하긴 그러고 보니 이 소설에 메타픽션('소설에 관한 소설'이자 현실과 허구의 경계를 의심하게 만드는)의 특징도 꽤 강하게 들어 있는 것 같다.

김남혁 그렇게 여러 가지 요소들이 뒤얽히는 과정에서 필연성이 떨어지거나 너무 닭살스러운 대목들도 종종 나온다. (웃음) 아오마메와 아유미가 고급 레스토랑에 가서 식사를 하는 장면에서 셰프가 나와 포도주에 대해 이러쿵저러쿵 설명하는 대목 같은 건, 왜 꼭 이렇게 써야 했나 싶을 정도로 읽기가 괴로웠다. 반면에 그런 요소가 아주 매력적으로 작용하는 대목도 있다. 덴고의 여자 친구가 자기가 좋아하는 재즈 음악에 대해 이야기하는 부분은 전체 이야기와 긴밀한 연관성이 없어도 세부적인 디테일이 아주 유니크하게 살아나는 대목이다. 이건 하루키 소설의 장점이 될 것이다. 이 소설이 나왔을 때 일본에서 체호프 소설과 교향곡 〈신포니에타〉가 엄청나게 팔려나갔다는데, 그럴 만도 하다는 생각이 든다.

박진 그렇게 식당 에티켓부터 재즈와 클래식 음악에 대한 정보까지, 풍부한 문화적 교양을 제공하는 것이 바로 하루키 소설의 특징이자 그의 소설이 이처럼 대중에게 어필하는 지점일 것이다. 하루키 소설을 읽는 것이 그 자체로 교양 있고 세련된 문화 행위처럼 여겨지는 이유이기도 할 테고. 그런데 꼭 킬러 이야기만이 아니라 문학상을 둘러싼 '불법적인' 개작 과정부터 사이비종교 단체의 은밀한 폭력까지, 이 소설은 범죄나 폭력 같은 스릴러적 요소들을 풍부하게 지니고 있는데, 그게 너무 쉽게 낭만적인 사랑 이야기로 흘러가버린

건 정말 아쉽다. 서사적 흥미가 약화될 뿐 아니라, 선구라는 종교단체나 출판계의 시스템을 둘러싼 문제의식들이 후반부에서 흐지부지 지워져버리는 결과를 낳게 된다.

김남혁 그렇다. 나는 이 소설에서 고바쓰와 노부인과 에비스노라는 세 인물이 매우 중요한 의미를 갖는다고 본다. 고바쓰가 문단이라는 제도 안에서 뭔가 시스템을 교란하려고 시도하는 사람이라면, 노부인은 자본의 힘을 적극적으로 이용하는 인물이고, 에비스노는 현실 세계와 거리를 둔 정신적인 힘의 소유자다. 이들 세 인물이 후반부에 슬그머니 사라져버리는 것이 소설의 서사나 문제의식을 결정적으로 약화시킨다.

박진 이들의 구도가 흩어지고 모든 이야기가 덴고와 아오마메의 사랑 이야기로 모아지는 바람에 소설이 '첫사랑의 판타지'로 흐르고 말았다.

김남혁 이 소설에서 제일 불만스러운 것은 혁명과 종교와 사랑 중에 오로지 사랑만이 인간에게 해방을 줄 수 있다는 식의 태도다. 혁명단체 여명, 종교단체 선구의 부정적인 모습을 부각시키면서 이 소설은 덴고와 아오마메의 사랑을 긍정적으로 그리고 있다. 2부 마지막의 아오마메 서사에서 드러나듯 '1Q84년'이 인간의 주체성을 억압하는 '출구 없는 감옥'이라고 할 때, 타인에 대한 사랑만이 해방의 가능성을 지닌다는 것이다. 그런데 이건 지나치게 낭만적인 설정이지 않을까? 『1Q84』는 타인에 대한 사랑이 혁명(정치)에 대한 사랑이나 신에 대한 사랑과 어떻게 구분되는지 심도 있게 물어보지 않는다. 혁명(여명)의 폭력성이나 종교집단(선구)의 미개함이 해방의 가능성을 지니지 못한다고 고발하면서, 타인을 미적 대상으로 우러러보는 일에 대해서는 어떠한 반성이나 비판도 하지 않는다. 이 역시 타인을 주체의 대상으로만 다룬다는 점에서 별로 다를 것이 없는데도 말이다. 덴고는 아오마메만 찾으면, 혹은 아오마메는 덴고만 찾으면 1Q84년의 감옥에서 정말로 벗어날 수 있을 것인가? 그 대답은 회의적일 수밖에 없다.

박진 좋은 지적이다. 내가 볼 때 첫사랑의 판타지와 관련된 이런 '낭만적 거짓' 못지않게 문제가 되는 것이 바로 '리틀 피플'의 존재다. 굵직굵직한 서사의 선이 흐지부지 무화된 것도 리틀 피플의 출현과 맞물려 있다. 모든 것이 다 리틀 피플 때문이라는데, 어떤 질문이 가능하고 무슨 비판이 필요하겠는가? 노부인과 아오마메를 연결했던, 성폭력과 관련된 문제만 해도 그렇다. 선구의 리더처럼 가해자인 남성이 리틀 피플의 '리시버'였다면, 그래서 아동을 상대로 하는 처참한 성폭행조차도 '마비 상태'에서 이루어진 일이었다면, 그에겐 아무 잘못도 책임도 없는 것이 된다. 종교집단 선구의 미심쩍은 변화들도 다 죽은 산양의 입에서 어느 날 리틀 피플이 나왔기 때문에 생긴 일이 되고, 고바쓰를 중심으로 하는 개작 사건 또한 그저 '반(反)리틀 피플 모멘트'의 일환으로 치환될 뿐이다. 그러니 이 모든 사건들에 대해 아무도 책임질 필요가 없지 않은가? 이건 서사적으로도, 윤리적으로도 너무나 무책임한 태도 아닌가?

김남혁 박진 씨가 너무 흥분한 것 같다. (웃음) 아까 '나쁜' 측면들이라고 했던 게 이런 거였나?

박진 그렇다. 덧붙이자면, 덴고와 열일곱 살의 미소녀 후카에리와의 성관계도 '리시버'와 '퍼시버'의 관계여서 가능했던 일이니, 덴고는 아무 죄책감도 고뇌도 없이 성적인 판타지를 충분히 만족시킬 수 있다. 이 성관계가 아오마메와의 '첫사랑의 판타지'에 흠집을 낼 이유도 없고 말이다. 게다가 더 무시무시한 것은 리틀 피플의 세력이 커지면 어디선가 다시 반 리틀 피플의 세력이 커져서 두 힘이 균형을 이루게 된다는 식의 세계관이다. 그런 균형이 자연스럽고 이상적인 상태라고 하면, 우리가 하는 그 어떤 선한 행동도, 변화를 위한 노력이나 의지도, 전적으로 무력하고 무의미해진다. 어차피 내가 하는 행동은 곧 반대쪽 힘을 키우는 일일 테니까. 시스템의 강고함을 극대화하여 모든 실천을 무력화하는 끔찍한 세계관이다. 이런 세계관은 정치적으로도 문제가 있지 않을까?

김남혁 동의한다. 그 문제는 이 소설이 1984년이란 시간에 대해 취하는 태도와도 관련이 있다. 이 소설은 1984년의 시대적 기억들을 모두 삭제해버리고 개인적 기억만으로 살아가는 인간들을 보여준다. 역사적 시간이 모두 지워져버리는 건데……. 이 소설은 1984년이 보지 못했던 개인의 1Q84년을 이야기하는 게 아니라 1Q84년을 이야기함으로써 1984년의 역사성을 모두 탈각시켜버린다. 예를 들어, 하성란의 「알파의 시간」에서는 공식적 시간이 보지 못했던 개인의 시간을 알파의 시간이라고 불렀다. 그런데 『1Q84』는 공식적 시간에서 누락된 개인의 경험치를 이야기하는 것이 아니라 공식적 시

간 자체를 삭제해버리는 것이다.

박진 그런 의미에서 '현실은 하나뿐'이고 1984년은 이젠 사라지고 없다는 식의 설정도 논란의 여지를 지니고 있다. 원래 일반적인 평행우주론에서는 1984년의 세계가 존재하고, 그 세계의 잔여나 잉여로서, 또는 현실화되지 않은 잠재태로서, 1Q84년의 세계가 또 다른 어딘가에 존재한다. 물론 1Q84년의 세계에서 보면 1984년이 또 하나의 '다른 세계'로 존재하는 것이고. 그런데 1Q84년의 세계로 들어오는 순간부터 1984년의 세계는 더 이상 어디에도 존재하지 않는다는 발상은 공적인 시간을 깨끗이 지워버리는 방식일 수 있다.

김남혁 『1Q84』의 'Q'가 'Question'에서 온 거라고 하는데, 그것이 1984년에 대해 과연 어떤 질문을 던질 수 있을는지…….

박진 실은 질문을 던지지 않는 것이고, 더 이상 질문하지 못하게 하는 것일지도. "설명을 안 해주면 모른다는 건, 말하자면 아무리 설명해줘도 모른다는 거야"(2권 215쪽)라는 소설 속의 말이 그렇듯. 이것도 생각해보면 참 무책임한 말이다.

김남혁 이 소설이 조지 오웰의 『1984』를 패러디하고 있다면, 그건 특정 시대와 그 속의 문제들을 간단히 소거해버리는 방식의 패러디일 것이다.

박진 윤리적으로도, 정치적으로도 문제가 있다는 쪽으로 의견이 모아지는데, 그렇다면 하루키 소설이 도대체 왜 이렇게 폭발적인 인기를 끌고 있는 것일까? 더구나 90년대도 아닌 2000년대에.

김남혁 90년대의 하루키 현상과 2000년대의 하루키 현상은 그 성격이 다르다고 본다. 이는 90년대와 2000년대 문학의 위상이 변화한 것과 맞물린다. 90년대 한국문학은 사회의 이념보다는 개인의 욕망에 집중했다. (사회) 해방담론이 (개인) 억압담론일 수 있다는 문제의식이 확산된 시기에 90년대 한국문학이 놓여 있다. 이 같은 문학적 인식의 장 속에서 개인의 고유한 경험과 유니크한 감각을 내세우는 하루키 문학이 등장하자 독자들이 크게 반응했다고 볼 수 있다.

박진 그런 분위기 속에서 『상실의 시대』를 비롯한 하루키 소설들이 큰 호응을 얻었다. 주로 '문학적인' 독자들 사이에서. 하지만 90년대를 지나며 개인의 내밀한 감각은 포화상태에 달했다. 그런데도 하루키 붐은 더 뜨거워졌다.

김남혁 90년대와 달리 2000년대 문학은 문학 제도가 보지 못했던 하위 장르를 적극적으로 받아들이면서 문학적인 것들을 확장했다는 데 의의가 있다. 대중문학과 '본격문학'을 가르는 기준선 자체에 대한 반성이 집중적으로 이루어진 시기가 2000년대다. 하루키를 포함하여 일본문학이 2000년대 출판계에 큰 화두로 떠오른 것도 문학을 대하는 대중들의 유연하고 솔직한 태도, 즉 대중문학과 '본격문학'을 가르는 기준선 자체에 대한 의심에서 비롯됐다고도 볼 수 있다. 이런 분위기 속에서 2000년대에 하루키 소설은 90년대보다 훨씬 더 대중적으로 '소비'되고 있다.

박진 실질적으로는 대중문학과 '본격문학'의 경계가 사라졌는데, 그 경계가 제도와 고정관념으로서는 여전히 완강하게 작용하고 있다는 생각도 든다. 아무튼 2000년대 들어 출판 시장 자체가 크게 변화했다. '북 쇼핑' 시대가 되면서 마케팅이 판매부수에 미치는 영향력이 훨씬 더 커졌고, '승자독식' 현상이 엄청나게 심해졌다. 인터넷 서점이 활성화되면서 책을 직접 만져보거나 펼쳐보고 고르지 않게 된 것, 온라인 광고가 책의 선택을 좌우하게 된 것도 이런 변화의 중요한 요인일 것이다.

김남혁 『1Q84』의 경우는 실제로 마케팅의 승리로 볼 수도 있다. 특히 번역도 되기 전부터 있었던 선인세 논란은 자연스레 하루키라는 작가에 대한 일반인의 관심을 유발했다. '10억짜리 소설'이라는 소문이 광고효과를 톡톡히 낸 셈이다. 문학 내적인 특성으로는, 하루키라는 명성에 비해 소설이 쉽고 스토리가 명확하고 가독성이 높다는 점이 하루키 붐의 한 원인일 것이다. 카프카 상, 예루살렘 상 등을 수상한 작가의 작품이 삶에 대한 거창한 문제를 전면에 내세우지 않을뿐더러 어렵지도 않고 술술 읽힌다는 것. 그래서 독자들이 자신의 개성을 포장하는 데에 손쉬운 만족을 얻을 수 있는 게 아닐까? 아까도 나왔던 얘기지만 자본주의의 세련된 문화 교양을 이렇게 손쉽게 획득할 수 있다는 데에 2000년대 하루키 현상의 큰 원인이 있는 것 같다. 물론 열렬한 하루키 독자층의 의견을 직접 들어봐야만 더 근거 있는 분석이 나올 수 있겠지만.

박진 정말이다. 하루키 팬클럽 회원 중 한 분을 이 자리에 초대하지 못한 것이 아쉽다. 왜 그 생각을 못 했을까? 그런데 '90년대적'이라고 말할 수 있는 하루키의 감성이 왜 윤대녕 소설이나 무라카미 류 소설과 달리 지금도 시대에 뒤처지거나 촌스럽게 느껴지지 않는 것일까?

김남혁 하루키는 정말 변화하는 시대의 분위기나 대중의 감수성을 감지하고 건드리는 어떤 '감'이 뛰어난 것 같다. 〈신포니에타〉라는 음악의 선곡, 조지 오엘의 『1984』나 체호프의 「사할린 섬」을 끌어온 것 등이 다 그렇다. 하루키는 확실히 문학적 의미와 상업적 효용을 적절히 배합하는 뛰어난 감각을 지니고 있다.

박진 한편으로 하루키 소설에는 세련된 냉소랄까 초연한 감각 같은 게 깔려 있다. 낭만적인 사랑 이야기조차 청승맞지 않고 어딘지 '쿨하게' 그려낸다든지, 공식적인 시간의 의미를 이렇듯 가볍게 지워버린다든지, 사랑하는 사람과 함께라면 1984년이든 1Q84년이든 아무 상관없다는 식의 태도를 취하는 것 등이 다 그렇다. 이런 하루키의 감각이 2000년대적인 냉소의 포즈와 통할 수도 있겠다. 지젝이

지적했듯이, '나는 다 알고 있어. 그렇지만 안다고 해서 달라질 건 없
잖아?' 하는 냉소의 포즈는 역시 정치적으로는 허무주의적이고 패
배적인 성격을 띨 수밖에 없을 것이다.

김남혁 그런 면에서도 하루키 소설이 2000년대적 감수성에 잘 맞는
다고 할 수 있겠다.

박진 그런데 나는 이런 하루키 소설이 많은 독자들에게 굉장히 훌
륭한 문학작품으로 받아들여지고 있다고 생각하고, 그게 더 위험할
것 같은 느낌도 든다. 아까도 '본격문학'과 장르문학이라는 허구적
이고 낡은 이분법이 제도와 고정관념으로서는 아직도 강하게 남아
있다는 말을 했지만, 하루키 소설은 실제로는 그 이분법이 무너졌음
을 단적으로 보여주는 소설이면서도 대중들의 고정관념에는 여전

히 '본격문학' 작품으로 각인된 측면이 있다. 하루키 소설은 『해리 포터』나 『다빈치 코드』 같은 소설들과는 달리 상당히 '문학적'인 작품이란 인상을 주는 것이다. 처음부터 흥미 위주의 대중소설이라고 생각하며 읽는 책들, 무지 재밌지만 '딱 고만한' 소설이라 여겨지는 책들은 뭐 그렇게 대단하지도 않지만 그렇다고 특별히 나쁘거나 위험할 것도 별로 없을지 모른다. 하지만 하루키 소설이 가진 '문학의 아우라'는 좀 다른 영향을 미칠 수 있다. 오늘 얘기했듯이 『1Q84』에 윤리적으로나 정치적으로 문제가 있다면, 그런 세계관이 무슨 심오한 메시지나 성찰인 양 전파되는 건 상당히 께름칙하다.

김남혁 무척 어려운 얘긴데……. 아무튼 하루키가 노벨문학상을 탈 거라는 얘기도 들리니까, 확실히 하루키 소설은 『해리 포터』류와는 성격이 다르게 인식되고 있다. 마찬가지로 술술 잘 읽히고 엄청나게 팔려나가는 베스트셀러이긴 하지만.

박진 조금 전에 김남혁 씨가 선인세의 마케팅 효과에 대해 잠깐 언급했는데, 우리 선인세 문제에 대해서도 좀 더 얘기해보자. 어떤 관점에서 봐도, '선인세 10억 원'은 상당히 거북한 액수다.

김남혁 '상식 수준을 넘었다', 라는 비판이 많은데, 실제로 선인세 10억 원이라는 액수는 출판과 관련된 업종에 종사하지 않는 일반인에게도 심정적으로 불편하다. 아무래도 문학책은 돈과 거리를 둔 정신적인 차원의 활동, 더 나아가 반자본주의적 활동이었으면 하는 소망이 있기 때문일 것이다. 나는 『1Q84』가 자본제의 한계에 대해서 이야기하는 소설이라고 생각한다. 자본제 안에서 개인의 해방 가능성을 문제삼는 소설을 가장 자본주의적으로 소비한다는 것은 우습지 않은가.

박진 문단에선 불매운동을 벌이자는 얘까지 나올 정도로 그렇게 말이 많았는데, 이 정도까지 잘 팔릴 줄은……. (웃음) 여기서 노벨문학상까지 타게 된다면 하루키 책은 정말 무섭게 팔려나갈 것이다.

김남혁 하지만 번역된 책의 수준을 보면, 선인세 10억 원을 무조건 '문학동네'의 상업주의로 몰아세울 수는 없을 것 같다. 이번에 번역된 『1Q84』의 수준을 생각한다면, 일차적으로 높은 선인세를 제시하여 국내 출판사들 간의 출판 경쟁에서 승리한 후 책은 질 낮은 수준으로 만들어 선인세로 지급한 액수를 손쉽게 벌충하려는 상업적인 행태가 느껴지지 않았다. 이 책을 이렇게 공들여 만든 데는 하루키에 대한 출판사의 애정도 있었을 것이다. 나는 하루키에 대한 애정을 출판사가 좀 더 확장시켰으면 좋겠다. 이참에 번역되지 않은 하루키 소설과 절판된 소설, 질 낮게 만들어진 번역서를 문학동네에서 책임지고 번역해보는 것은 어떨까? 선인세 경쟁을 하지 않아도 좋은 하루키 책들에 대해서도 깊은 애정과 관심을 보여줬으면 한다.

박진 그런 각별한 '애정'이 상업성과 무관할 수야 없겠지. (웃음) 어쨌든 '선인세 10억'은 특정 출판사의 상업주의나 유난스러운 하루키 현상의 일면이기 이전에 문학마저 문화산업으로 흡수된 상황을 단적으로 보여주는 하나의 사례일지 모른다. 하루키에게 쏟아부은 선인세 10억 원을 지금 한국작가들이 받고 있는 초라한 인세와 비교하면서, 그 돈으로 한국작가 백 명에게 천만 원씩 선인세를 주고 백

권의 장편계약을 하는 게 더 낫지 않느냐고 말하는 사람들도 많다. 한국작가들이 더 좋은 장편소설을 쓸 수 있도록 적극적인 배려와 지원이 필요하다는 뜻에서. 너무 맞는 얘기지만, 사실 실현 가능성은 희박한 '희망사항'에 불과할 것 같다. 실제로 하루키는 한국 장편소설 백 권을 합친 것과 비교도 할 수 없을 만큼 잘 팔리고 있고, 지금은 '문단 문학'이라고 해서 출판 시장의 법칙에서 예외가 될 수는 없는 시대니까. 역시 씁쓸하고 불편한 얘기다. 끝으로, 좀 가벼운 얘기로 좌담을 마무리해보자. 『1Q84』 3권이 나올 예정이라는데, 3권은 어떤 식으로 진행될까? 김남혁 씨가 3권의 스토리를 예상한다면?

김남혁 나는 역시, 아오마메의 서사가 덴고의 소설 속 서사로 밝혀지는 결말을 기대한다. 그랬으면 좋겠다. 스즈키 코지의 소설 『링』 3편에서 1, 2편의 이야기가 모두 인터넷 속 환상으로 밝혀지듯이.

박진 정말 그렇게 된다면, 나한텐 충격적인 반전일 텐데. 나는 그냥, 알고 보면 아오마메는 자살하지 않았고 우여곡절 끝에 덴고와 만나 탈출을 시도한다, 뭐 그런 이야기일 것 같다. 그러면서 결국 '세상의 중심에서 사랑을 외치다'로 끝날 것 같은데. 『1Q84』 3권이 김남혁 씨 예상대로 충격적인 반전을 서사한다면, 하루키 소설에 대해 나도 다시 한 번 생각해보겠다. (웃음) 『1Q84』라는 소설의 문제도, 이 소설로 대표되는 하루키 붐도, 여기에 얽힌 우리 문단과 출판 시장의 상황도 결코 간단하거나 낙관적이지 않지만, 오늘 우리가 나눈 이야기들이 이런 문제들에 대해 더 깊이 생각해보고 좀 더 현명하게 대응하기 위한 작은 디딤돌이 되었으면 하는 바람이다. 다음 달에도 의미 있는 주제로 다시 만나 머리를 맞대고 고민을 나누길 약속하며, 오늘은 여기서 좌담을 마친다.

2

'우익청년 탄생'
진지한 옹호인가, 조롱 섞인 전복인가?

『구월의 이틀』 장정일

장소: 대학로 '책읽는사회문화재단' 2층 강의실
시간: 2009년 12월 21일 오후 4시~7시
참여: 박진, 김남혁

박진 주목할 만한 문학작품과 문화현상에 대해 이야기를 나누는 〈나비〉 '비평테이블'의 두 번째 좌담이다. 크리스마스 주간임에도 불구하고, 오늘도 문학평론가 김남혁 씨가 날카롭게 생각을 벼리고 나와 주었다.

김남혁 날카로울지 어떨지 잘 모르겠다. (웃음) 요즘 너무 정신이 없어서, 연말 느낌도 잘 안 난다.

박진 나도 그런데. 왜 다들 이렇게 바쁠까? (웃음) 아무튼 오늘 아주 흥미로운 소설을 다루게 돼서 어떤 얘기들이 나올지 기대가 된다. 이번에 함께 이야기를 나눌 책은 장정일의 『구월의 이틀』(랜덤하우스, 2009)이다. 『보트하우스』(1999) 이후 10년 만에 출간된 장정일의 장편소설이자, 출간과 동시에 모든 신문에서 다룬 화제작이다. 사실 장정일은 90년대 문학의 ‘문제아’이고 ‘핫이슈’였다. 이번 작품은 특히 정치적인 면에서 논란의 여지가 있을 것 같다. 어떻게 읽었는지 궁금하다.

김남혁 먼저『구월의 이틀』이 장정일의 작품 세계에서 어떤 위치를 차지하고 있는가를 보는 것이 중요하다고 생각한다. 90년대의 장정일은 ‘문학의 자유가 없다면 정치의 자유가 없다’는 주제에 천착했었다. 그런데 그런 문학의 자유를 추구했던 개인이 2000년대에 와서 어떻게 되었나? 어떤 공적인 영역에도 개입하지 못하고, 어떻게 보면 좀 나르시시즘적이거나 냉소적인 주체로 전락했다. 말 그대로 문학적 자유를 추구했는데 정치적 자유가 따라오지 않은 것이다.

박진 그럼『구월의 이틀』은 그런 상황에 대한 반성을 담은 소설이라고 보는 건가?

김남혁 그렇게 볼 수 있다.『구월의 이틀』에서 장정일은 기존의 명제를 뒤집어, ‘정치의 자유가 없으면 문학의 자유가 없다’고 말하는 것 같다. 정치의 자유라는 개념이 어렵긴 하지만, 개인들이 공적인 영역에 개입할 때, 아니면 유대관계를 맺을 때 개인 각자의 독특한 성격이 사라지지 않을 수 있다는 것, 오히려 개인이라는 가치를 지켜내기 위해서 연대해야 한다는 것, 그렇지 않으면 문학의 자유가 없다는 것을 말하기 위해 이 소설을 쓴 것이 아닌가 생각한다.

박진 어쩐지 초반부터 오늘은 의견이 첨예하게 부딪힐 것 같은 예감이 드는데……. (웃음) 우선 개인의 자유와 문학의 자유를 추구했던 장정일의 90년대 소설이 사회와의 관계를 외면하고 문학으로 침잠

했던 건 아니라는 점을 강조하고 싶다. 거기엔 이 사회에 대한 적의와 객기 같은 것이 있었고, 그것이 90년대에 문학이 정치에 대해 말하는 한 가지 방식일 수 있었다. 지금은 또 다른 방식으로 문학과 정치의 관계를 탐색해야 했는데, 이 소설은 그러지 못했다는 느낌이다. 김남혁 씨가 말한 장정일의 의도에 동의한다고 해도, 또 『구월의 이틀』이 그런 의도에서 나왔다고 해도, 이 소설을 읽는 것은 뭐랄까, 좀 난감했다. 사실 10년 만에 나온 장정일의 소설이라 엄청나게 기대를 했다. 장정일의 『아담이 눈뜰 때』(1992)에 완전히 빠진 경험이 있기도 하고.

김남혁 『아담이 눈뜰 때』는 나 역시 좋아하는 소설이다. 이 소설에는 장면이 전환되고 새로운 인물이 등장할 때마다 여러 장르의 음악들이 소개된다. 소설에 CCR, 레드 제플린, 도어스, 밥 딜런 등의 음악이 등장할 때마다 그 음악을 찾아 들어보고 해당 장면을 읽었던 기억이 난다. 그렇게 음악과 함께 소설을 읽다 보니 소설에 등장한 음악이 작가의 지식을 장식적으로 뽐내는 데 일조하는 게 아니라 해당 장면과 인물의 독특한 분위기를 절묘하게 만들어내고 있음을 알 수 있었다. 그리고 잊을 수 없는 첫 문장. "내 나이 열아홉 살, 그때 내가 가장 가지고 싶었던 것은 타자기와 뭉크 화집과 카세트라디오에 연결하여 레코드를 들을 수 있게 하는 턴테이블이었다." 이 문장을 기억하지 않는 독자가 과연 누가 있겠는가.

박진 그렇겠지? 『아담이 눈뜰 때』에서는 다른 많은 독자들과 마찬가지로 나도 장정일의 세기말적인 감수성과 80년대와는 다른 90년대의 변화된 젊음에 진심으로 공감했었다. 하지만『구월의 이틀』에는, 세대차를 감안한다 해도, 공감하기가 어려웠다. 2000년대의 대학생들이라도 마찬가지가 아닐까 하는 생각이 든다.

김남혁 왜 공감이 안 되는 것 같나?

박진 우선 너무 도식적인 설정들이 마음에 걸린다. '금'과 '은'이라는 등장인물의 이름도 그렇고, 호남과 영남이라는 이들의 고향도 그렇고, 운동권 출신의 지역 운동가인 '금'의 아버지와 세속적 사업가인 '은'의 아버지까지, 뭔가 너무 작위적인 이분법이란 인상이 든다. 한편으로는 아웃사이더에다 반항아이고 혁명적이었던 작가 장정일이 근엄한 어른이 된 느낌이라고 할까? 예전『아담이 눈뜰 때』에서는 장정일이 그 시대의 아담으로 느껴졌었다. 그래서 독자들도 자연스럽게 아담이 될 수 있었다. 하지만『구월의 이틀』에서 장정일은 아담의 선생님 같다. 아담의 작은아버지이거나, 국사선생님, 담임선생님 정도의 느낌? 거북선생까지는 아니겠지만. (웃음) 하여간, 공감이 잘 안 됐다.

김남혁 그런 면이 있는 건 사실인데……. 박진 씨 말대로 장정일이 반항아에서 어른으로 변했다면, 그 이유는 어디 있을까?『보트하우스』와『구월의 이틀』사이의 시간을 살펴보는 것이 중요할 것 같다. 그 10년 사이에 장정일은 소설을 쓰지 않고 독서나 학습의 성과를『독서일기』나『공부』와 같은 책으로 출간하는 일에 몰두했는데, 그런 것과 관련이 있지 않을까?

박진 그럴 것이다. 그런데『독서일기』와『공부』는 그 성격이 확연히 다르다.『독서일기』가 순수한 독서광의 열정과 쾌락으로 이루어진 것이라면『공부』는 '인문학 부활 프로젝트'라는 부제가 암시하듯 뚜렷한 목적의식과 계몽적 의도에 입각한 저서다. 이 입장의 차이가 소설의 변화와 맞물려 있는 것 같다.『공부』를 봐도, 예술가이고 이단아였던 장정일이 어른이 되어 독자를 가르치고 있는 듯한 느낌이 강하게 든다.『공부』와『구월의 이틀』은 내용적으로도 관련이 깊다.『공부』에는『구월의 이틀』에도 등장하는 미국 우익 사상이나 힘의 논리에 대한 장정일의 관심이 그대로 담겨 있다.『구월의 이틀』에 보면 '은'의 고교 담임선생님이 "문학서적을 한 100여 권 가려 읽고 나면 문학과는 결별"(66쪽)해야 하고 그다음부터는 "인문학, 사회학, 철학 서적들을 읽어야 한다"(67쪽)고 말하는 장면이 있는데, 장정일은 이런 생각을『공부』에서도 분명히 밝힌 바 있다.

김남혁 박진 씨 생각은, 이단아이자 아웃사이더가 10년의 방황 사이에 '공부'를 하고 '어른'이 되어 돌아왔다는 건데…….

박진 게다가 그 어른이 들고 온 것이 하필 '우익청년 탄생기'다. 나는 우선 '우익청년 탄생기'라는 이 말의 의미를 어떻게 읽어야 할지 굉장히 난감하다. 이것이 장정일의 진심이라면 소설에 나오는 코미디 같은 상황들을 어떻게 받아들여야 할지 모르겠다. 특히 교회에서 '서울시장'을 만나며 느끼는 '은'의 전율 같은 건……. (웃음) "온후하고 사려 깊으며 인내심이 있어 보이는", 심지어 "얼굴로부터 은은한 후광"(311쪽)을 발하는 소설 속 서울시장이 대통령이 된 지금, '우익청년의 성장기'라는 작가의 말을 어떻게 받아들여야 할지? 이

걸 곧이곧대로 읽어야 할지, 아니면 풍자를 의도하고 있는 코미디로 읽어야 할지 혼란스럽다. 이런 점들 때문에 이 소설을 해석하기가 무척 난처하다.

김남혁 난 오히려 그런 난처함이 이 소설의 장점이라고 생각한다. 성장소설이라고 하면 대부분의 경우에는 등장인물과 독자가 동일시된다. 등장인물이 성장할 때 독자도 책을 읽으며 같이 성장한다. 『아담이 눈뜰 때』를 읽을 때도 독자는 아담에 스스로를 동일시한다. 하지만 이 소설에서 독자는 '금'에도, '은'에도 동일시할 수 없다. 실제 소설의 주인공은 "'금'도 아니고 '은'도 아닌 '금과 은'"(283쪽)이라고 봐야 할 것이다. 소설을 읽는 동안 독자는 이질적 개인의 연대인 '금과 은'에 동참한다. 따라서 문학을 하기로 결정한 '금'의 개인적 자유와 거북선생의 제자가 된 '은'의 정치적 자유 가운데 어느 하나만을 손쉽게 선택할 수 없게 된다. 성장소설이면서 손쉬운 동일시를 거부하는 이런 점이 이 소설의 재미있는 면이라고 할 수 있다.

박진 글쎄, 이 소설에서 정말 '금과 은'의 결합이 의미 있게 다뤄지는지는 의문이다. 소설 안에서 두 사람이 실제로 서로의 내면에 깊은 영향을 주는 것처럼 보이지도 않고. 둘은 도식적인 구도 위에 서 있다가 몇 겹의 우연, 또는 "서로 이질적인 잡종 교배가 생존에 훨씬 유리하다는" "자연선택"(61쪽)의 지혜에 따라(?) 친구가 되고, 문학과 정치라는 서로의 지향을 맞바꾼다. 그 과정에서 둘 사이의 연대에 대한 알레고리처럼 동성애 장면이 등장하지만, 그건 그냥 여행지에서 술에 취해 경험하는 하룻밤의 육체적 행위로 나타날 뿐이다.

결국 이 둘은 자신의 '출신성분'이 암시했던 방향(정치적 지향)에서 그리 멀리 벗어나지 않은 각자의 길로 나아간다고도 말할 수 있다. 이것을 두고 이질적 개인의 연대를 통한 새로운 정치학의 탄생이라고 말할 수는 없지 않을까? '우익청년 성장기'라는 작가의 말에 따르자면 이 소설의 주인공은 '금과 은'이라기보다는 그냥 '은'이라고 보는 게 맞을 것이다. 소설의 후반부로 가면 서사도 '은'에게만 집중되는 경향이 있고.

김남혁 작가의 의도를 헤아리면 이 소설의 주인공은 '금과 은'인데, 박진 씨의 말처럼 뒤로 갈수록 사실 '은'이 너무 많이 부각되고 있다. 그래서 작가도 후기에 2권을 쓰겠다고 했는데, 그 여부를 떠나서 이 책만 본다면 사실 '금과 은'이라는 주인공을 통해 이질적 개인의 연대를 형상화하는 데 성공하고 있다고 말하긴 어렵다. 작가의 의도가 충분히 소설화되지 못한 것은 아쉽지만, 주제적인 측면에서 장정일 소설이 과거의 소설과는 달라졌고 그 변화를 개인들의 연대에서 찾을 수 있다는 점은 의미가 있다고 본다.

박진 소설의 서사에서 실제적인 주인공이라 할 수 있는 '은'에 대해서도 할 얘기가 많다. 나는 '은'이 과연 장정일의 생각처럼 철학을 가진 건강한 우익이라 할 수 있을지도 의심스럽다. 작가후기에 따르면 장정일은 한국 사회에 지금 필요한 것이 '올드 라이트'와 '뉴 라이트'의 한계를 극복할 수 있는 '영 라이트'의 출현이라 판단하고, '은'에게 가능성과 기대를 부여한 것 같다. 하지만 실제 '은'의 모습은 전혀 그렇게 보이지가 않는다. 동성애적 성향을 말하는 건 아니고, 동성애냐 이성애냐 하는 문제가 아니라 그 관계의 양상이 중요한데……. '은'과 거북선생의 관계만 봐도, 그건 존경으로 맺어진 고대 그리스의 스승-제자 관계와도 좀 다르게, 동성애적 성 정체성을 세상에 드러내지 않기 위한 은폐와 위선의 관계이고, 철저한 권력관계이자 힘의 논리에 가깝다.

김남혁 하지만 '은'은 거북선생과 작은아버지의 세계에 완전히 투신하지 않고, 그들을 조롱의 대상으로 바라본다. 거북선생과 작은아버지를 필두로 하여 이루어지는 우익 공동체는 우익에 대한 왜곡된 지식으로 무장한 채 차이를 인정하지 않는다. 하지만 '은'은 '금'과의 관계에서는 그러지 않는다. 나는 '은'이 가진 장점을 놓쳐서는 안 된다고 생각한다. 그의 장점은 자신의 생각에 고정되어 있지 않다는 점이다. '은'은 성숙하지 않기 때문에 우익에 경도되어 있지만, 흥미롭게도 바로 그 제도권 우익에 대한 무지(無知) 때문에 우익에서 거리를 둘 수 있다. 우익에 대한 거리두기에 '은'의 가능성이 있다고 본다.

박진 김남혁 씨는 '우익에 대한 거리두기'라고 표현했지만 사실 '은'의 가능성이라는 건 결국 영 라이트의 가능성이고, 그런 면에서 그 가능성이 발현된다는 건 섬뜩한 일 아닐까? 실제로 올드 라이트보다 뉴 라이트가 앞서나간 점이 있을 것이다. 그래서 이 사회에서 더 영향력을 가진 우세종이 되었다. 마찬가지로 영 라이트라는 것이 있다면, 뉴 라이트의 약점을 극복하고 더 강해질 수 있을 것이다. 근데 그게 이 사회의 '건강한' 대안이 될 수 있는가 하는 점이 문제다.

오히려 "강한 것은 선하고, 강한 것은 아름답다"(242쪽)는 '은'의 생각은 차라리 전형적인 파시즘의 사고방식이라고 봐야 하지 않을까?

김남혁 물론 극단적으로 보일 정도로 '은'이 소중히 생각하고 옹호하는 '개인의 자율성'은 파시즘으로 왜곡될 수 있기에 위험하다고 생각한다. 동의한다. 또 개인의 자율성이 이질적인 타자와의 연대를 통해 강화될 수 있다는 기본 취지에도 불구하고, 서사가 진행될수록 '금'과 '우정의 공동체'를 이루는 과정이 다소 설득력을 잃게 되고 반대로 거북선생과 권위적이고 위선적인 연대를 이루는 과정이 부각된다는 점에도 동의한다. 하지만 '은'이 지향하는 개인의 자율성이라는 관념 그 자체는 포기할 수 없는 것이라 생각한다. 『까다로운 주체』에서 지젝이 '지배관념이 곧 지배자의 관념은 아니다'라고 한 말을 기억해야 하지 않을까? 개인의 자율성이라는 지배관념은 거짓 보편성이 아니다. 그 관념을 왜곡하여 지배자의 관념으로, 거짓 보편성으로, 파시즘으로 만드는 논리가 나쁜 것이다. 개인의 자율성을 세우려는 기획이 파시즘으로 왜곡될 수 있지만, 그렇다고 그 기획에 내재하는 보편적인 가치 자체를 포기할 수는 없다. '은'이 가진 장점이 아직은 미미할지라도 그 의미를 소홀히 여길 순 없다. 다시 말해, 개인의 자율성이란 관념을 절대로 버리지 않는 '은'의 태도와, 그 관념을 파시즘화하려는 지배자(거북선생, 작은아버지)들의 왜곡된 논리에 미약하게나마 거리를 두는 '은'의 태도를 단순히 가볍게 볼 수는 없지 않을까? 한편, 이런 질문도 할 수 있을 것 같다. 만약 장정일이 지금과 같지 않은, 예전과 유사한 소설을 썼다면 좋은 반응을 얻을 수 있었을까?

박진 장정일이 성장소설을 쓰고 싶었다면, 90년대의 아담과는 다른 2000년대의 아담을 그렸어야 한다. 그런데 여기에는 아담이 아닌 선생들의 목소리만 가득하다. 솔직히 말하자면 어떤 의미에서 '금'과 '은'은 꼭두각시에 가깝다. 이들이 선생의 가르침을 그대로 수용하지만은 않는 듯하지만, 그렇다고 내면적으로 성숙하거나 자신의 사상을 만들어가고 있다고 느껴지진 않는다. '은'이 문학을 포기하고 '자유의 나무'로 들어가는 과정만 해도 그렇다. 그는 차라리 자신의 성 정체성과 열등감을 보완하는 방식으로 힘을 추구하며 정치에 입문한다. '금'이 문학을 선택하는 계기도 설득력이 부족하기는 마

찬가지다. 그렇기 때문에 이들에게 문학과 정치가 어떤 의미를 가지고 있는지가 모호해진다. 이들의 선택을 성숙이라 보기도 어려워지고.

김남혁 사실 이 소설을 읽으며 가장 불만스러웠던 것은 인물들을 작가가 장악하고 있다는 점이다. 인물들이 작가의 의식을 배반하면서 생동감을 얻어야 하는데 그러지 못한 것이 아쉽다. 그리고 작가가 생각하는 성숙이

란 앞서 말한 '금과 은'의 연대일 것이다. 소설의 제목인 '구월의 이틀'이란 것은 한국 사회가 망각해버린 이틀, 한국 사회의 숨겨진 2인치, 뭐 이런 것을 뜻한다. 자아가 숨기고 있는, 개인의 무의식 속에 있는 일종의 열등감이나 콤플렉스 같은 것을 가리키는 말일 텐데, 장정일은 이런 것들을 타자와의 연대 속에서 알아갈 수 있다고 얘기하고 싶었던 것 같다.

박진 제목 얘기가 나왔으니 말인데, 이 소설에서 '구월의 이틀'이란 제목은 청춘의 은유이기도 하다. '청춘이란 바로 그 이틀과 같은 것'이란 말의 의미가 성장소설의 맥락과 연결되는 면이 있을 것이다. 하지만 그때만이 인생인, 나머지는 덤인, 그런 청춘의 '이틀'이 있다는 발상은 지나치게 낭만적이다. 우리는 그 '이틀' 같은 청춘을 잘못 보내서 '평생 섭섭해 우는 것'이 아니다. 실제 인생에는 그런 벼락같은 이틀이 없기 때문에 섭섭한 것일지는 몰라도. 물론 조금 더 빛나는 시절이 있을 순 있겠지만, 지나치게 청춘을 특권화하는 낭만주의적 발상이라 생각한다.

김남혁 '구월의 이틀'의 그 이틀은 존재의 충일함을 주는 낭만적인 것일 수도 있지만, 다른 의미로도 해석될 수 있다. 이 소설에서는 '빨갱이 콤플렉스'를 한국 사회의 숨어 있는 이틀이라고 표현한다. 이렇게 보면 '구월의 이틀'은 개인의 일관된 정체성이 파괴되는 시기, 아주 무서운 시기일 수도 있다.

박진 내 생각에는 그게 충일이냐 파괴냐 하는 것이 문제라기보다는, 어쨌든 그건 벼락같은 이틀이다. 이 소설에서 그 이틀은 20대의 1년,

그러니까 우익청년 한 명이 탄생할 수 있는 인생의 결정적인 시기이기도 하다. 『구월의 이틀』은 이 시기를 통해 '은'이 실제로 자라나는 모습을 보여줘야 했지만, 사실 그런 이틀이란 소설 안에도 없었다. 그 '이틀'이란 시기에 발생한 어떤 사건과 경험들이 '금'과 '은'의 인생을 결정짓는 성숙의 계기로 작용했는가를 따져보면, 실제로 짚어낼 수 있는 것이 별로 없다. '금'의 아버지의 자살을 포함해서 대부분의 사건들이 그냥 스쳐지나가는 일들처럼 요약적으로 서술돼 있고……. 이 소설에서 가장 상세하게 묘사되어 있는 것은 오히려 '성'의 경험이다.

김남혁 그것도 성장소설에서 중요한 문제일 것 같은데? 특히 장정일 소설에서 인물들의 성장은 성의 문제와 깊이 결부되어 있지 않나?

박진 그렇긴 하다. 서구적 의미의 교양소설 말고 좀 더 소박한 의미의 '입사소설(initiation story)'에서는 특히 성에 대한 이니시에이션이 꽤 중요한 계기로 나타난다. '금'의 경우에, 의미를 알 수 없는 돌발적인 성관계로 인한 혼란과 불안, 그럼에도 빠져들게 되는 육체적 쾌락의 강렬함, 열정과 사랑을 혼동하다 결국 환멸에 도달하는 일련의 과정은 다소 식상하긴 하지만 성에 대한 선명한 이니시에이션의 구조로 볼 수 있다. '은'이 자신의 성 정체성을 자각하는 과정도 그렇다. 하지만 이것이 인생에서 이념이나 삶의 진로를 찾아가는 성장의 계기라 하기에는 너무 약하지 않을까? 게다가 이 소설이 반고경이라는 '연상의 여자'를 그려내는 방식은 좀 거부감을 준다.

김남혁 어떤 면에서?

박진 반고경은『아담이 눈뜰 때』에 나오는 연상의 여자와는 달리, 매력적이거나 독특한 캐릭터가 되지 못했다. 반고경이 사랑의 상처를 지닌 여자로 짐작된다거나 알고 보니 예술가였다는 정도가 전부인데……. 어떻게 보면 그녀는 그냥, 잘생기고 어린 '금'을 잡아먹는 중년여자로 나온다.

김남혁 그 표현, 좌담을 글로 정리할 때 절대 빼먹지 말아야겠다. (웃음)

박진 (웃음) '금'에게『한국의 부자들』같은 책을 선물하는 것도 그렇고, 굳이 '은'을 유혹하는 방식으로 '금'을 '깔끔하게' 떼어버리는 것도 그렇고. 반고경이라는 인물이 좀 더 설득력 있게 묘사되지 않은 것이 아쉽다. '금'에게 이 경험이 의미가 있으려면 반고경이란 캐릭터나 그녀와의 관계가 더 잘 살아났어야 했는데. 결국 반고경과의 관계에서 '금'이 어떻게 성장할 수 있으며, 그게 어떻게 예술로 이어질 수 있는지에 대해서 말할 것이 별로 없게 되었다.

김남혁 나는 생각이 좀 다른데.『아담이 눈뜰 때』에서도 화자는 그 연상의 여자를 조롱하는 면이 있다고 본다. 그리고『구월의 이틀』에서도 반고경은 '금'에게 성적 자유가 가진 한계를 알려주고 있다. 성적 자유는 90년대 장정일에게 아주 중요했다. 개인의 자율성을 세울 수 있는 하나의 무기였다. 도덕주의, 사회 질서, 편견에 대항할 수 있게 해주는 것이 성적 자유였다. 그런 의미에서 이 소설에서도 반고경이란 인물을 가지고 온 거라고 할 수 있는데, 2000년대의 장정일은 반고경 같은 캐릭터가 가진 한계를 더 분명히 인식하고 있다. 타

자를 억압하는 세상의 질서에 반항하기 위해 성적 자유를 추구하지만, 역설적이게도 성적 자유의 극단적인 추구는 타자를 지워버리는 행위가 돼버린다. 반고경의 그림에서처럼 침대를 실은 보트가 가라앉는 모습은 성적 욕망의 극단적인 추구가 끝내는 개인의 존재 자체를 무화시킬 수 있다는 점을 보여준다. 그런 면에서 '금'이 '은'과의 다른 유대로 가는 것이 아닌가 한다.

박진 좋은 해석이긴 한데……. 그렇게 해서 성적인 자유의 한계를 느꼈다, 그게 타자를 지워버리는 방식이라는 것을 깨달았다, 그래서 '금'은 정치의 길이 아닌 문학적 가능성을 찾아가기로 했다. 이게 연결이 잘 안 되지 않나?

김남혁 그렇다. 사실 그런 점은 좀 그렇다. (웃음)

박진 그냥 성에 대한 환멸을 느꼈다는 것 정도, 소년기의 끝에서 경험하는 환멸들 가운데 하나라면 이해가 된다. 하지만 그게 자기 길을 찾아가는 성숙이 될 순 없을 것이다.

김남혁 좀 다른 각도에서 이렇게도 생각해볼 수 있다. 소설 초반에 나오는 교통사고 장면을 기억하나? '금'은 이 장면을 언급하며 '은'에게 "혼자 살아남은 그 아이처럼, 나와 너도 고속도로 위에 내던져진 고아"(330쪽)라고 말한다. 과거 장정일의 소설이 상징적 아버지에 대한 저항이었다면, 지금의 세대는 아버지가 없는 세대이다. 개인은 도시에서 아주 자폐적이거나 자족적인 존재로 살아갈 수밖에 없다. 이 소설은 그런 도시에서 이질적인 개인이 생존하려면 연대하는 방법밖에 없으며, 이 연대를 통해 개인은 성장할 수 있다고 말하고 있는 것 같다.

박진 성장소설에서 아버지 문제는 무척 중요하다. '아버지의 이름', 즉 법, 권위, 기존의 사회 규범 등을 내면화하거나 그것에 저항하는 과정에서 아이는 성장한다. 정치적 의미의 성장은 특히 '이념적인 아버지'와 싸우는 과정에서 이루어진다. 하지만 지금은 '아버지의 이름'과 투쟁하는 것이 불가능한 시대이다. 맞서 싸워야 할 아버지도, 아버지의 '법'도 부재하는 시대이기 때문이다. 지금의 후기자본주의 방임사회는 무언가를 금지하지 않는다. 오히려 '즐겨라', '소비해라', 네가 원하는 건 뭐든지 '다 해라' 하는 사회다. 결혼연령 마흔 살, 아이는 낳지 않고, '아버지되기'를 회피하거나 두려워하면서 언제까지나 미성년으로 남아 있고 싶어 하는 키덜트 문화 또한 이런 사회의 한 증상일 수 있다. 예전부터 한 생각인데, 이런 이유들 때문에 2000년대 소설에서 이전과 같은 성장의 의미를 찾는 것은 아마도 적절하지 않을 것이다. 2000년대의 성장소설에 대해 이야기하려면 성장을 불가능하게 하는 사회적 조건들 속에서, 실패한 성장 그 자체에서, 어떤 의미를 발견할 수 있어야 한다고 본다. 장정일은 이런 시대에 억지로 이념적 아버지를 만들고 성숙의 의미를 만들려고 시도했지만, 2000년대적이지도 않았고 와 닿지도 않았다.

김남혁 역시 아쉬운 점이 많은 소설인데, 그래도 끝으로 내가 생각하는 이 소설의 의의를 정리해보고 싶다. 내가 볼 때 장정일에게 가장 중요한 문제는 결국 개인의 자유와 자율성인데,『구월의 이틀』은 개인의 자율성이 사장되는 이 시대에 대한 지적으로 읽어야 할 것 같다. 지금의 자본주의 사회는 진정한 좌파도, 순수한 우파도 존재하지 못하게 하는 시대이다. 이런 시대에 장정일은 '은'을 통해 자본에 좌우되지 않는 개인의 자율성을 추구하는 모습을 그리지 않았나 생각한다.

박진 그 의견도 작가의 의도를 지나치게 따라가는 해석일 것이다. '은'이 지닌 힘의 논리가 과연 자본의 힘과 무관한 것일 수 있는지도 의문이고. '공부' 외에도 장정일의 변화에 영향을 준 또 다른 축으로, 지금의 정치적 상황을 꼽지 않을 수 없겠다. 이 소설에도 언급되어 있듯이, 노무현 정권에서 이명박 정권으로의 전환, 그리고 노무현 대통령의 죽음 등이 그 변화의 중심에 놓여 있다. 그런데 그 대안이 과연 '우익청년의 탄생'인가에 대해서는 여러 가지 질문을 던질 수 있다. 물론 이 소설의 우익청년에게는 분명 기존의 우익을 비판하는 면이 있다. 장정일은 이 우익청년에게 거는 기대가 있고, '은'의 성장을 간절히 바라고 있는 것처럼 보인다. 하지만 10년의 공백과 '공부', 정치적 상황의 변화 이후에 장정일이 내린 결론이 결국 우익청년의 올바른 성장이었다는 게, 나는 사실 좀 실망스럽다. 그래도 장정일이 워낙 엉뚱한 작가이니, 작가후기까지도 거대한 비꼬기를 위해 이렇게 쓴 것이기를 바라는 마음이다. 어쩌면『구월의 이틀』을 수준 높은 농담으로 읽는 것이 소설을 의미 있게 만드는 최선의 방법일지도.

김남혁 마지막까지 서로의 의견이 종합되지 않고, 이견만 반복되고 있는 것 같다. 하긴, 좌담이 꼭 하나의 입장이나 해석으로 좁혀질 필요는 없을 것이다. 견해의 차이가 클수록 흥미로운 해석이 발생할 수도 있으니까.

박진 김남혁 씨가 그렇게 말해주니 결론을 맺지 못하고 좌담을 마무리하는 마음이 조금은 가벼워진다.『구월의 이틀』은 10년간의 긴 공백을 깨고 '학습'과 '공부'를 통해 달라진 장정일의 소설이라는 점에서 의미가 크다. 장정일의『구월의 이틀』과 오늘의 좌담이 장정일 소설과 이 시대 성장소설의 변화에 대해서, 그리고 이 소설의 주제로 부각된 '우익'의 문제와 현 정권의 정치적 상황에 대해서 진지한 질문을 던지는 계기가 되었으면 한다. 긴 시간 지치지 않고 열띤 토론을 벌여줘서 고맙다.

3

김훈의 동어반복?

『공무도하』 김훈

김남혁 반갑다. '비평테이블' 세 번째 만남이고, 새해 첫 만남이다. 오늘 우리는 김훈의 신작『공무도하』(문학동네, 2009)를 놓고 이야기를 나눌 것이다. 김훈 소설은 작가 스스로도 말했듯이 주제적으로나 문체적으로 반복되는 경향이 있다. 그런데 이상할 정도로 독자들이 그의 소설에 열광적으로 반응한다. 지겨워하지 않고 말이다. (웃음) 이 점을 염두에 두고 좌담을 시작하자. 먼저 작가 김훈과 그의 소설에 대한 전반적인 인상을 말해보자.

박진 일단 김훈 하면 인상적인 문체가 제일 먼저 떠오른다. 처음 에세이『풍경과 상처』(1994)를 읽었을 때는 김훈의 문체가 너무나 개성 있고 매력적이라고 느꼈다. 지적이면서도 감성적인 문체, 복잡하고 길지만 너무도 꼼꼼하고 정확한 문장들이 감탄을 자아냈다. 그런데 김훈의 소설들에서 그런 문장들을 자꾸 읽게 되니까 약간 답답하기도 하고 좀 지루하다는 생각도 든다. 꼭 문장 때문만이 아니라, 문체가 사유를 제약하는 면도 분명히 있는 것 같다.

김남혁 나 역시 김훈 소설과 에세이에는 동어반복적인 면이 있다고 생각한다. 그래서 연속해서 읽기가 어렵기도 하고. 그래도 개인적으로 김훈의 산문이나 소설을 읽으면, 내 아버지가 쓰진 않았지만, 아버지가 밥벌이를 하기 위해 느꼈을 열패감과 배신감과 허무함 등을 미약하나마 이해하게 된다. 나는 아버지에게서 직접 들을 수 없는 세상과 인간의 이야기들을, 그것이 아무리 동어반복적이라고 하더라도, 계속해서 많이 듣고 싶다. 내 아버지를 이해하고 싶기 때문이다.

박진 착한 아들이네. (웃음)

김남혁 한편 김훈에게는 남성 중심적이라는 이미지가 항상 따라다니기도 한다. 여성 독자로서 박진 씨는 어떻게 느꼈나?

박진 김훈이 마초적이라거나 남근주의자라거나 하는 말들도 많은데, 사실 나는 김훈의 소설을 읽으면서 그런 점을 별로 많이 느끼진 못했다. 작가 김훈에 대한 이야기들이나 김훈 자신이 직접 밝힌 세계관이 소설에서 변하지 않고 그대로 펼쳐지지는 않는다. 다만 김훈 소설이 남성 중심적이라고 느껴질 때는 여성의 몸을 신비화하는 남성의 시선이 부각되어 있는 경우다. 「언니의 폐경」이나 「화장」(『강산무진』, 2006)에 등장하는 여성의 모습은 대단히 신비화되어 있다. 남성적인 것이 여성적인 것들을 억압해서가 아니라 여성을 대단히 신비로운 존재로 보는, 그 남성 판타지가 나는 좀 불편하다. 양쪽 모두 여성을 대상화, 타자화하는 태도라는 점에서는 크게 다르지 않은 거니까. 특히 김훈이 여성 화자의 목소리로 여성의 신체나 생리현상에 대해 말하는 부분은 더 이상하고 거부감이 든다. 분명 남성의 시선으로 하는 말들인데 여자 목소리로 흘러나오니까, 리얼리티가 없기도 하고 좀 징그러운(?) 느낌도 든다. (웃음)

김남혁 여성 독자들이 읽기에는 그럴 수도 있겠다. 김훈의 세계관과 소설을 직접적으로 연관시킬 수 없다는 지적은 무척 중요한 얘기인 것 같다. 먼저 김훈의 세계관, 또는 항간에 떠도는 김훈에 대한 이야기는 무엇인지 더 자세히 듣고 싶다.

박진 여러 인터뷰에서 김훈은 '남자가 여자보다 선천적으로 우월하다'는 식으로 직접 말한 적이 많다. 이런 발언은 오랜 시간 지속된 남성 중심의 사회 구조를 염두에 둔 발언일 것이다. 그는 '선천적 남녀 불평등론'이 어쩔 수 없는 자신의 남성적 무의식에서 비롯되었고, 여성을 힘들게 고생시키지 않으려는 남자만의 도덕이라고 말했다. 이런 발언 때문에 마초라는 말도 듣곤 하지만, 김훈은 자신을 '선비'라고 칭한다. 마초나 선비나, 다 거기서 거기같이 보이기도 하는데……. (웃음) 그런데 또 최근 여대생들 사이에서 김훈 식의 이런 '남성적 도덕'이 인기를 끌기도 한다고 들었다. 요즘 경제 상황이 어려워지면서 젊은 세대가 보수화되는 것과도 무관하지 않은 일일 테고, 또 원래 남성중심주의는 여성들 안에도 뿌리 깊게 스며들어 있는 거니까.

김남혁 나는 김훈이 인터뷰에서 했던 위악적인 발언, 이를테면 진보인사들은 예술에서 민중적인 것과 천민적인 것을 구별하지 못하며, 거대담론은 무조건 오류이기에 세상은 변할 수 없다는 발언이 진심 어린 위악이기를 바란다. 김훈의 위악이 공격하는 대상은, 겉으로는 그럴싸한 명분을 내세우지만 속으로는 그 명분과 어긋나는 실리를 추구하는 사람들이다. 평등의 가치를 강조하면서 예술의 미학적 특징마저 평균화하려는 사람들, 거대담론을 내세우면서 거대담론에 억압된 개인들의 미세한 문제들에 둔감한 사람들, 이렇게 자신의 세계관을 위선적으로 추구하거나 그 세계관에 갇혀 있는 사람들을 김훈은 공격한다. 보수적인 사고로 진보진영의 위선을 깨뜨리기에 어쩌면 그는 『구월의 이틀』에서 장정일이 말한 우익청년의 성장 모델로 볼 수도 있다.

박진 김훈의 인터뷰 내용에서 강한 것은 우월하고 약한 것은 열등하다는 힘의 논리, 천민적인 것(또는 대중적인 것)에 대한 귀족주의적 혐오, 변혁 가능성에 대한 회의와 불신 등이 드러난 발언은 『구월의 이틀』에 나오는 '은'의 생각과 만나는 지점이 있다고도 볼 수 있겠다. 내가 보기엔 역시 그 자체로는 무서운 세계관이다. 그런데 다시 한 번 말하지만, 김훈 개인의 발언과 김훈 소설이 곧바로 대응되는 것은 아니다. 작가 개위의 세계관이 소설에 반영될 수밖에 없다고 해도, 소설에서는 그것이 굴절되고 주름지고 다른 목소리들과 겹쳐져서 훨씬 더 복잡해지는 측면이 있다. 작가가 지사나 인문 지식인으로 인식되던 시대는 지났다. 작가의 육성에서 가르침을 구하려는 태도 역시 시대착오적일지 모른다. 작가의 직접적인 발언에 맞추

어 소설을 해석하는 일 또한 매우 단순한 접근방식이다.

김남혁 동의한다. 이를테면 '혁명을 믿지 않는다'는 김훈의 직접적인 발언과, 연대하지 않는 개인을 그려내는 그의 소설 사이에, 어떤 균열과 간극이 있는지 살피는 게 중요할 것이다.

박진 그렇다. 그리고 위에서 내려다보는 것 같은 김훈의 시선, 우월하고 깨달은 자가 내려다보는 듯한 그의 시선이 소설에서 어떻게 드러나는지 살펴봐야 할 것이다. 아, 또 한 가지. 세상의 이치란 다 그렇고, 세상은 언제나 그래왔다는 식의 허무주의는 정치적인 보수주의와 통할 수 있는데, 이 점이 소설과 어떤 연관을 맺고 있는지 따져보는 것도 중요하겠다.

김남혁 흥미로운 지적인데, 좀 더 구체적으로 설명해주면 좋겠다.

박진 이를테면 『칼의 노래』의 이순신은 더 높은 곳에서 세상을 내려다보는 김훈의 시선이 투영된 인물이다. 이런 시선 때문에 이순신은 전쟁 영웅보다 더 고상하고 우월한 존재, 일종의 '실존적인 영웅'이 된다. 그런 이순신의 모습이 부각되면서 복닥거리고 아등바등하는 평범한 인물들은 더 누추하고 비루해 보이게 된다. 또 『칼의 노래』(2003)와 『남한산성』(2007) 등에는 김훈의 허무주의적 세계관이 짙게 깔려 있다. 『남한산성』에서는 '세상은 늘 그렇다'는 허무주의가 역사적 과거의 당대적인 특수성을 지우고 역사를 현재화하거나 초시간적 보편성으로 환원하는 양상을 띤다. "세상은 되어지는 대로 되어갈 수밖에 없을 것"(『남한산성』)이라는 태도는 탈정치적인 허무주의로 나타나기도 한다. '먹고사는' 일의 절박함이 전면에 부각되면서, 어떻게든 '살아남는' 일 외에 다른 가치들은 모두 무화돼버릴 듯한 위험성이 엿보이기도 한다.

김남혁 그렇지만 『남한산성』이 반드시 그런 메시지를 전하는 소설이라고는 말하기 어렵다.

박진 내 생각도 그렇다. 이런 측면들은 소설의 복합적인 맥락 안에서 다층적으로 해석된다. 예컨대 『남한산성』에서 독자들이 현실 정치권의 무능력이나 백성의 삶과 괴리된 정치적 수사들의 공허함을 읽어내고 뜨겁게 공감했을 때, 이 소설은 또 다른 의미에서 '정치소설'이 될 수 있었다. 소설의 이런 가능성은 김훈 작가의 개인적인 발언을 넘어서는 것들이다.

김남혁 어느 정도 정리가 된 것 같다. 하지만 김훈의 직접적인 발언과 그의 소설은 구별된다고 해도, 그의 에세이와 소설은 주제적으로나 문체적으로 동어반복적이지 않나? 그의 에세이와 소설은 계급

간의 문제보다 인간의 삶 그 자체에 집중한다. 하찮아 보이는 밥벌이를 하루도 벗어날 수 없기에 인간은 비루하고 치사하고 던적스럽다. 이게 김훈의 문제의식이다. 이순신이 말해도 우륵이 말해도 소방관이 말해도, 아니면 자본주의 이전의 인물이 말해도 자본주의 이후의 인물이 말해도, 모두 동일한 문제의식과 문체가 드러난다.

박진 산문의 문장으로 말해도, 소설의 문장으로 말해도 그렇고.

김남혁 맞다. 에세이스트 김훈의 문제의식과 소설가 김훈의 문제의식이 장르 간의 대결로, 혹은 소설가와 등장인물 간의 대결로 나아가지 못하고 있다. 김훈의 문제의식이 계급의 문제를 넘어 인간 일반의 문제로 나아간다고 할 때 문제인식의 폭은 상당히 넓어 보이지만, 그의 글이 동어반복적이라는 사실은 그 문제인식의 폭이 역설적이게도 매우 협소하다는 점을 드러내는 것 같다. 그가 소설과 에세이와 등장인물을 통해 자신의 문제의식을 반복적으로 확인하는 차원에 머무르는 것은 아닐까?

박진 김훈의 지속적인 독자라면, 그런 질문을 던지지 않을 수 없다. 하지만 『공무도하』가 정말 동어반복적인 성격을 띠는지 그렇지 않은지는 이 자리에서 잘 판단할 필요가 있다.

김남혁 물론이다. 그래서 우리가 이렇게 좌담을 하는 것이기도 하고.

박진 내가 볼 때 김훈의 동어반복은 '말할 수 있는 것들은 말할 수 있다. 그러나 말할 수 없는 것들은 말할 수 없다'라는 명제로 압축된다. 이는 『공무도하』에서 기자 문정수가 기사를 작성할 때 느끼는 좌절감에서도 잘 드러난다. 문정수의 그런 태도는 『남한산성』의 사관이 느끼는 언어의 무력감에 대한 자각과 그대로 연결된다. 또 『공무도하』에서 내면적 고통이나 비애를 밥벌이와 돈이라는 세속적 조건들과 병치하는 방식은 『강산무진』과 흡사하다. 이 외에도 인간이 비루하다는 세계관, 위에서 내려다보는 시선 등이 『공무도하』에서도 반복되어 나타난다. 특히 『공무도하』는 김훈의 첫 장편 『빗살무늬토기의 추억』(1995)을 강하게 연상시키는 소설이다.

김남혁 그런가? 『공무도하』가 특히 『빗살무늬토기의 추억』과 비슷한가?

박진 그렇다고 느꼈다. 『빗살무늬토기의 추억』에서 주인공인 소방관은 자신의 고단함을 7천 년 전이라는 빗살무늬토기의 시간과 포개놓는다. 세속적인 당대의 시간을 신화적인 시원의 시간 속으로 밀어넣어, 인간의 누추함과 비루함을 그나마 견딜 만하게 만드는 방식이랄까. 이와 유사하게 『공무도하』에서도 "다가갈 수 없고 긍정할 수 없는 죽음들"(137쪽)과 그 '난폭한 무의미'는 패총(貝塚)이 쌓인 1만 년의 시간과 공룡 발자국에 찍힌 2억 5천만 년의 시간 속에 투영돼 한순간 '아득해진다'. 타이웨이 교수라는 인물과 그가 쓴 『시간너머로』도, 이렇듯 '시간 너머'를 보는 아득한 시선을 드리우는 역할을 한다

김남혁 들고 보니 정말 그런 면이 있다. 그럼 박진 씨 의견은 『공무도하』가 동어반복을 벗어나지 못하고 있다는 쪽인가?

박진 꼭 그렇다는 건 아니고…….

김남혁 오늘은 박진 씨가 어째 좀 살살 말한다. 지난번까진 안 그러

더니. (웃음)

박진 그런 게 아니라……. (웃음) 진짜 하고 싶은 말은 여기서부터인데, 이런 유사점들에도 불구하고 『공무도하』에서는 초탈한 허무주의의 색채보다는 세상을 '긍정'할 수도 없고 '단념'할 수도 없는 자의 '노여움'이 더 강하게 느껴진다. "무력감 속에" 숨어 있는 "폭발 직전의 위태로움"(219쪽) 같은 것. 그래서 여기저기 널려 있는 개별적인 죽음들의 처참함이 쉽사리 추상화되지 않고 가슴을 짓누른다. 연민 없는 건조한 문체로 서술됐는데도 말이다. 타인의 고통에 접근할 수 없다는 문정수의 생각은 초연한 거리감을 만들어내기보다 "제3자란 없다. 당사자가 있을 뿐이다, 모든 인간은 모든 인간의 당사자이다"(38쪽)라는 장철수의 절박한 외침과 공명한다. 이 지점에서 『공무도하』가 이전의 동어반복을 벗어나게 된다. 기존의 김훈 소설에는 '모든 인간은 다른 인간에게 제3자이다'라는 식의 태도가 더 강했었는데.

김남혁 『공무도하』가 이전 소설과 달라진 것은 김훈 자신을 투영한 페르소나가 두 명 등장한다는 점과도 관련이 있을 것 같다. 예전 소설들에서는 이순신이면 이순신, 소방관이면 소방관, 이렇게 김훈의 분신이 한 명씩 등장해서 서술을 이끌어갔다. 그런데 이번 소설에서는 김훈 자신의 모습이 기자 문정수와 타이웨이 교수, 이렇게 두 명에게 분리되어 투영돼 있는 것 같다.

박진 중요한 지적이다. 타이웨이 교수는 그가 쓴 책의 제목처럼 가볍게 시간을 넘나드는 여행자다. 그리고 "그의 언어는 개념을 내세워서 사물을 무리하게 장악하려 들지 않"(25쪽)는다. 그는 초연하고 지적이고 세상을 위에서 내려다보는 듯한, 김훈의 한 전형적인 페르소나다. 반면에 기자 문정수는 생활에 구속되어 있고 시간에 쫓기며 데스크의 지시에 따라 글을 써야 하는 인물이다. 김훈에게 타이웨이와 문정수는 쉽게 말해 각각 이상적 자아와 현실적 자아라고도 할 수 있겠다.

김남혁 맞다. 이 두 사람의 거리가 계속 유지된다는 것이 『공무도하』의 한 변화인 것 같다. 물론 두 인물의 비중이 같은 것은 아닌데, 타이웨이는 김훈의 분신임에도 불구하고 주변적인 인물이다. 그건 『공무도하』가 '강을 건너지 못하는' 사람들, 먹고사는 문제를 초월하지 못하는 사람들에 대해 말하는 소설이기 때문일 것이다.

박진 '강을 건너지 못하는' 대표적인 인물이 장철수다. 그는 '운동

권'이었다가 해망에서 고철을 수집해 먹고사는 사람이 되고, 나중엔 자신의 신장을 팔아서 벌금을 낸다. 세상을 변혁하려는 꿈이 생활의 거대한 압력 아래 어떻게 초라하고 비루하게 전락하는지 말해주는 인물처럼 보이기도 한다. 이런 장철수의 모습들에서 독자는 부조리한 현실에 개입할 수 없는 어떤 '답답함'을 느끼게 된다. 장철수가 신장을 팔아 벌금을 내고, 그의 신장이 해망해저자원개발 독점사업권을 딴 박옥출에게 이식되는 장면에서는 정말 답답하고 화가 치밀었다. 이런 잔인한 결말은 어찌할 수 없는 세상에 대한 절망감과 더불어, 그 '어찌할 수 없음'을 끝내 받아들이지 못하는 데서 오는 작가의 분노와 '자기혐오'를 느끼게 한다.

김남혁 김훈이 작가후기에서 밝힌 '자기혐오'도 아마 그런 느낌일 것이다.

박진 그렇다. 어쩌면 이런 분노와 답답함과 자기혐오를 이끌어내는 해망이란 공간이야말로 이 소설의 진짜 주인공일지도 모르겠다.

김남혁 그럼 조연은 창야인가? (웃음)

박진 그런가? (웃음) 해망은 지금 우리 사회의 축소판이기도 할 것이다. 해망을 중심으로, 비루하고 던적스러운 인간들의 관계가 얽히고 설킨다. 해망에서 얽히는 문정수, 장철수, 후에, 오금자, 박옥출, 방만석 등의 인물은 연민의 대상이나 혐오의 대상이 아니라, 긍정할 수도 단념할 수도 없는 이 세상의 '당사자'들이다. '바라보는 자'의 막막한 시선보다 '당사자'인 이들의 존재가 부각돼 있다는 점이『공무도하』에서 가장 인상적이었다. 반면 해망에 직접 연루되지 않는 두 인물인 타이웨이나 노목희는 김남혁 씨 말대로『공무도하』에서 부수적인 인물이다. 그들의 존재가 해망의 현실을 멀리서 또는 높은 데서 조망하는 하나의 시선이 될 순 있지만, 그 시선이 해망의 현실을 덜 비루하거나 덜 고통스럽게, 또는 '견딜 만하게' 만들지는 못한다. 이 점이『공무도하』의 역설적인 장점이다.

김남혁 박진 씨는『공무도하』를 읽은 느낌이 상당히 좋았나 보다.

박진 김훈의 이전 소설들보다 좋았다.

김남혁 나는 이런 생각도 해봤다. '인간은 비루하고, 인간은 치사하고, 인간은 던적스럽다', 이 명제를 중심으로『공무도하』의 인물들을 네 군으로 분류할 수 있겠다는 생각.

박진 네 군으로? 어떻게?

김남혁 첫째, 그 명제를 모른 채 비루하고 치사한 사람. 둘째, 그 명제를 알기에 그렇지 않은 척하는 비루하고 치사한 사람. 셋째, 그 명제를 알기에 그렇지 않으려고 노력하는 사람. 넷째, 그 명제 자체를 미화하는 사람으로.

박진 그렇게 정교한 분류를? (웃음) 꼼꼼하고 정교한 분석이 김남혁 씨의 강점이다. 누가누가 어디에 속하는지, 어서 듣고 싶다.

김남혁 (웃음) 자연재해 속에서 인간은 대개 첫째 군에 속하게 된다. 창야의 수해 장면에서 강의 남쪽과 북쪽 사람들은 물막이를 놓고 멱살잡이하지만 끝내 남과 북은 물이 넘쳐흘러 모두 잠기게 된다. 인간의 문명을 넘어서는 세상의 흐름을 모르는 채 자신들의 일시적인 이해(利害)만을 위해 서로에게 상처 주는 인간들이 이 군에 속한다.

둘째 군과 셋째 군은 소방관 박옥출과 노학연대 소속의 장철수를 통해 설명할 수 있다. 처음에 박옥출은 "그저 먹고살기 위해서"(107쪽) 소방관이 됐고, 자신의 밥벌이를 정직하게 수행할 때 타인을 세상의 불구덩이에서 구해낼 수 있었다. 하지만 그가 소방관을 그만두고 밥벌이의 지난함을 견뎌내지 않은 채 쉬운 길을 선택할 때 위선자가 된다. 장철수는 박옥출과 정반대의 과정을 겪는다. 소설 결말부에서 박옥출과 장철수는 한 병원에 있게 된다. 둘 다 겉으로는 합법적이지만 속으로는 비합법적인 신장이식수술을 받는다. 여기서 박옥출은 자신의 건강만을 위해서, 다시 말해 자기만의 이익을 얻기 위해서 법의 이중성을 활용한다. 반면 장철수는 법집행의 피해자인 자신과 타인의 삶을 위해서, 다시 말해 자신의 이익을 버리기 위해서 법의 이중성을 활용한다.

박진 넷째 군에 속하는 인물은 당연히 타이웨이 교수와 노목희일 테고.

김남혁 맞다. 타이웨이 교수와 노목희는 인간의 비루함, 그 미완성의 성격을 그 자체로 인정하고 미화하는 사람들이다.

박진 그렇게 서로 다른 인물군이 다양하게 얽혀들고 긴장을 유지하면서『공무도하』는 이전 소설보다 더 풍부하고 열려 있는 세계를 보여주고 있다.

김남혁 좋다. 이제『공무도하』밖으로 나가보자.『공무도하』가 이전 소설과 달라졌다고 해도, 김훈의 소설이 전반적으로 동어반복적이라는 느낌은 지울 수 없다. 동어반복되는 김훈의 소설을 이렇게 많은 독자들이 좋아하는 이유는 뭘까?

박진 동어반복이라는 전제는 일단 접어두고……. 내가 보기에 김훈 소설 자체는 대중적인 성격을 갖고 있지 않다. 매끈하고 흥미진진한 스토리로 독자를 사로잡는 소설이 아니다. 스토리보다 담화(discourse)가 부각되어 가독성이 높지도 않다.『남한산성』도 그랬고『공무도하』도 그렇다. 이렇게 빽빽한 소설들이 어떻게 대중들로부터 큰 호응을 얻을 수 있었는지는 찬찬히 분석해볼 만한 현상이다.

김남혁 그런데 95년에 출간된『빗살무늬토기의 추억』은 대중에게 별다른 반응을 얻지 못했는데, 2001년에 출간된『칼의 노래』는 엄청난 반향을 일으켰다. 또 그 이후 출간된 단편집『강산무진』(2006)은 별로 관심을 끌지 못했던 것 같다.

박진『칼의 노래』의 인기에는 역사소설이란 특수성이 작용했다. 그

때 이순신 '붐'이 일기도 했다. 드라마 〈불멸의 이순신〉도 그 무렵이고. 고 노무현 대통령이 직접 이 소설을 언급하기도 했다. 작품 자체보다는 다른 영향들이 더 많았으니, 『빗살무늬토기의 추억』과 『칼의 노래』의 독자수를 직접 비교해서 말하긴 어렵다. 단편집보다 장편소설이 훨씬 두터운 독자층을 지닌 것도 분명한 사실이니, 『강산무진』이 덜 팔린 것은 자연스러운 일일 테고. 일단 김훈 소설의 대중적 인기는 『칼의 노래』부터 시작됐다고 해야 할 것이다. 역사소설 붐과 이순신 붐을 타고 『칼의 노래』부터 김훈이 인기작가로 확실히 자리를 잡았기에, 그의 다른 소설들에도 독자들이 모여든다고 볼 수는 있겠지만……. 그렇다고 해도 술술 읽히지 않는 김훈의 소설을 이렇게 많은 사람들이 읽는다는 건 일단 고무적인 일이라고 본다.

김남혁 스토리가 약한 김훈 소설이 읽기에는 불편해도 독자들에게 어떤 위로를 주는 것은 아닐까? 또 그의 문장이 갖고 있는 매력에 독자들이 반응하고 있는 것은 아닐까? 과거 김훈이 〈한국일보〉에 '문학기행'을 연재할 때도 김훈의 문장에 대한 독자들의 반응은 열광적이었다고 들었다.

박진 상당히 고급한 문장이다. 많은 독자들이 반응할 수 있다는 게 이례적이면서도 좋은 현상이라고 생각한다. 김훈 소설에서 독자들이 위로를 얻는다면, 그것은 공지영이나 신경숙 소설이 주는 '따뜻한 위로'는 아닐 것이다. 김훈 소설에서는 '세상이 늘 그렇지', '인간은 다 그렇지' 하는 허무주의적인 냉소가 일종의 '차가운 위로'로 작용할 수 있다. 노무현 대통령이 『칼의 노래』에서 위로를 얻었던 것도 그런 차원이 아닐까 한다. 이런 초탈한 시선이 주는 위로는 세상의 변혁 가능성을 인정하지 않는 탈정치적이고 보수적인 세계관과 손잡을 위험이 있다. 그런데 앞서 말했듯이 『공무도하』에는 이전의 허무주의적 색채가 훨씬 약화돼 있다. 허무보다는 절망, 무력감 자체보다는 그로 인한 분노가 더 두드러진다. 『공무도하』에서 독자는 위로보다는 오히려 답답함과 막막함을 느낄 것이다. '괜찮다, 괜찮다, 그래도 세상은 견딜 만하다'라고 말하면서 마음을 달래주는 소설이 아니라 괜찮지 않다고, 도무지 견디기 어렵다고 말하는 불편한 소설 『공무도하』가 많이 팔릴 수 있다는 건 더욱 고무적인 일이 아닐까.

김남혁 '차가운 위로'라는 말에 공감한다. 『공무도하』에서 방천석이 떠난 집으로 장철수와 오금자와 후에가 들어오는 장면을 읽으면서, 나는 소설가 윤성희를 생각했다. 윤성희라면 이 장면을 어떻게 그렸을까? 민족과 혈연과 계급의 틀을 벗어난 이질적인 개인들이 하나의 가족을 이루는 장면을 아마도 윤성희라면 동화적으로 보일 정도로 아기자기하고 조금은 과장되게 긍정적으로 그렸을 것이다. 박진 씨 말대로 김훈은 독자들에게 윤성희 소설과 같은 '따뜻한 위로'를 주지 않는다. 김훈은 장철수와 오금자와 후에가 이루는 유사가족에 대해 긍정도 연민도 희망도 직접적으로 내세우지 않는다. 거짓 대의를 먼저 내세우던 창야의 장철수는 속물이었지만, 정직한 밥벌이를 먼저 수행했던 해망의 장철수는 잃어버린 대의를 실천할 수 있게 된다. 이전의 김훈에게 밥벌이는 인간의 삶에 내속된 근본적인 허무함을 알려줬지만, 『공무도하』에서 김훈은 그 밥벌이를 통해서만이 삶의 허무를 견뎌내고 미약하게나마 극복할 수 있다는 것을 말하고 있다.

박진 한 가지 덧붙이자면, 따뜻한 위로든 차가운 위로든, 위로를 주는 소설들에 대해 무조건 비난만 할 일은 아니라고 생각한다. 이런 위로를 필요로 하는 사회적 조건들과 대중들의 요구에 대해 더 깊이 생각하고 분석해볼 필요가 있다. 그 사회심리적 의미를 다루는 섬세한 통찰이 있어야 한다. '대중문학'은 도피적인 위안을 주고 '본격문학'은 현실을 직시하게 한다는 식의 편리한 구분법은 더 이상 통하지 않는다.

김남혁 자, 이제 좌담을 정리하자. 혹시 하지 못한 이야기가 있는가?

박진 개인적으로 나는 김훈의 역사소설에 관심이 많다. 역사적 과거를 충실히 재현하기보다 과감하게 현재화하고, 역사 속 인물에게 작가 자신의 실존적 고민을 이입하는 방식은 역사소설의 변화된 흐름을 단적으로 보여준다. 이는 문학적 가치 이전에 문화적 징후로서 주목할 만한 대목들이다. 크게 보면 역사 드라마나 사극 영화들의 변화와도 관련이 깊고. 이 문제에 대해 더 생각해보고 싶다.

김남혁 아, 김훈은 동어반복적인 작가라기보다 우리에게 많은 생각거리를 던져주는 작가인 것 같다. 작품 속 한 장면으로 좌담을 마무리하고 싶다. 『공무도하』에서 박옥출이 캐피탈 백화점 화재를 진압하는 과정에서 귀금속을 훔쳤다는 심증을 갖고 있던 문정수는 노목희에게 그 사실을 이야기한다. 이때 노목희는 박옥출과 문정수 모두 불쌍하고 가엾다고 말하면서 자신은 문정수 편이니 박옥출 일은 기사로 쓰지 말라고 한다. 기사를 쓰는 일은 치사한 일이고, 막막한 쪽이 치사한 쪽보다는 견딜 만할 거라면서 말이다. 문정수에게 기사를 쓰는 일은 진실을 밝히는 일이 될 때도 있지만 대개 신문사의 논조에 봉사하는 일이 되곤 한다. 수 년 전 해망에 침투한 간첩을 생포하지 않고 사살한 군인들처럼, 기사를 쓰는 일은 진실을 드러내기보다 묻어두게 할 때가 많다. 김훈에게 소설을 쓰는 일은 진실을 드러내지는 못하지만 묻어두지 않은 채 막막히 견디게 하는 일일 것이다. 김훈에게 계속해서 소설을 쓰는 일이, 또 독자들이 그의 소설을 계속해서 읽는 일이 진실을 묻어두기 위해 '인간은 치사하고 비루하고 던적스럽다'는 저 명제를 치사하고 비루하고 던적스럽게 활용하는 일이 아니었으면 좋겠다.

박진 듣고 보니 뼈 있는 말이다. (웃음)

김남혁 오늘은 날씨도 쌀쌀한데, 저녁 먹으면서 술도 한잔 함께 하자. 깊이 있는 이야기들을 나누게 되어 오늘 좌담도 즐거웠다.

4

스크린셀러:
마케팅 효과인가, 능동적 참여인가?

『눈먼 자들의 도시』 주제 사라마구
『더 리더』 베른하르트 슐링크
『로드』 코맥 맥카시

장소: 대학로 '코끼리공장'
시간: 2010년 2월 23일 오후 4시~6시
참여: 박진, 김남혁, 장성규

박진 오늘은 좀 색다른 분위기로 좌담을 시작한다. 장소도 더 아늑한 카페로 옮겨봤고, 무엇보다 '비평테이블'의 비밀병기, 장성규 씨가 우리 팀의 새 멤버로 참여하게 되었다. 환영한다. 간단히 소감이나 각오 한마디. (웃음)

장성규 재밌을 것 같다. 열심히 하겠다.

김남혁 반갑다.

박진 장성규 씨, 김남혁 씨와 함께 오늘 이야기 나눌 주제는 스크린(screen)과 베스트셀러(bestseller)의 합성어인 '스크린셀러' 현상이다. 소설이 영화화되는 것은 어제오늘의 일이 아니고 영화화된 이후에 원작이 독자들의 더 큰 사랑을 받는 경우도 많이 있어왔지만, 지난해에는 스크린셀러라는 신조어가 등장할 정도로 이런 현상이 두드러졌다. 영화 〈뉴문〉과 함께 스테파니 메이어의 『트와일라잇』 시리즈가 폭발적인 관심을 불러 모았고, 『용의자 X의 헌신』과 『백야행』 등 일본 추리소설도 영화 개봉 후 베스트셀러가 되었다. 영화 〈셜록 홈즈〉의 영향으로 『셜록 홈즈 전집』도 큰 인기를 끌었다. 주제 사라마구의 『눈먼 자들의 도시』(해냄, 2002)와 베른하르트 슐링크의 『더 리더』(이레, 2004)는 영화를 통해 우리에게 알려져 작가의 다른 소설들도 함께 큰 관심을 얻고 있다. 코맥 맥카시의 『로드』(문학동네, 2008) 역시 영화 개봉 소식이 들리면서 다시 가파르게 판매 부수가 늘었다. 『로드』의 경우는 영화가 좀 재미없어서 영화가 나온 '이후'의 반응이 더 눈에 띄지는 않았던 것 같다.

장성규 좀 많이 재미없었다. (웃음)

박진 그러니까 영화를 보고 원작을 찾아 읽는 경우뿐 아니라 영화가 나온다는 소식을 듣고 영화를 보기 전에 소설을 먼저 읽는 독자들도 많은 듯하다. 우선 가벼운 질문으로 시작해보자. 두 분은 평소에 영화를 얼마나 즐겨보는지, 또 소설이 원작인 영화들을 좋아하는지 궁금하다.

김남혁 내 경우는 영화 자체를 특별히 좋아하진 않는 편이다. 소설 전공자여서 그런지 몰라도 소설은 머리를 쓰려고 읽는다면 영화는 머리를 좀 식히기 위해서 본다. 특별히 어떤 영화를 찾아서 보거나 원작과 비교하면서 분석적으로 영화를 본 적은 별로 없다. 그런데 오늘의 좌담을 위해서 영화 〈더 리더〉, 〈더 로드〉, 〈눈먼 자들의 도시〉를 원작과 함께 감상한 것은 무척 흥미로웠다.

박진 나는 일단 즐길 수 없으면 머리도 쓰고 싶지 않던데. (웃음)

김남혁 박진 씨 경우는 영화를 무척 즐기는 편이라고 알고 있다.

박진 그런 편이다. 문학을 전공했지만 소설 못지않게 영화를 좋아하고 스토리가 단단한 영화를 특히 좋아해서, 좋아하는 영화들 중에 소설이나 만화가 원작인 경우도 꽤 많다. 하나만 예를 들면, 영화 〈렛미인〉과 원작소설 『렛미인』(2009)은 느낌이 꽤 다르지만, 둘 다 매우 좋아하는 작품이다. 장성규 씨는 어떤가?

장성규 나도 김남혁 씨처럼 영화를 그다지 즐겨 보는 편은 아니다. 개인적으로, 극장에서 영화를 보다가 상처를 받은 경험이 있다. (웃음) 영화 〈박하사탕〉이 나왔을 땐데, 설경구가 처음 고문을 끝낸 후 막 우는 장면에서 이상하게 거리가 느껴지면서 피식 웃음이 나온 적이 있다. 뭐랄까, 고문의 가해자가 미화된다는 느낌이랄까? 그런데 사람들이 다 쳐다보면서 '어떻게 이런 심각한 장면에서 웃을 수 있지?' 하는 표정을 짓더라. 영화를 볼 때는 사람들이 공통적으로 가진 심성이나 감성을 공유해야 할 것 같은 느낌이 들어서, 그게 좀 불편하다.

박진 잘 안 되는 건가? 비평적 거리 때문에?

장성규 비평적 거리 때문은 아니고, 왠지 잘 안 된다. 생각을 해보니까, 영화는 주어진 흐름을 따라가야 하는데 사유보다 이미지의 속도가 더 빠른 경우가 많아서 그런 것 같다. 문자 텍스트는 나름대로 사유의 속도를 조절할 수 있는 여지가 많은 데 비해서.

박진 맞다. 소설은 독자마다 자기 리듬에 맞게 감상 속도를 조절할

수 있는 반면에, 영화는 러닝타임이라는 일정한 시간 동안 영화의 속도를 그대로 따라가며 감상해야 한다. 이 점이 수용자뿐 아니라 영화를 만드는 사람들에게도 부담이 될 수 있을 것 같다. 영화가 너무 난해하거나 복잡해지면 관객들이 이미지의 흐름을 따라잡지 못해서 도무지 이해할 수 없는 영화가 돼버리고, 그러면 결국 실패한 영화가 되고 마니까.

장성규 그래도 소설이 원작인 영화들은 다른 영화들보다는 좋아하는 편이다. 문자 텍스트의 내러티브가 다른 매체를 통해 변형되는 모습을 보면, 원작에서 읽어내지 못했던 점들을 새롭게 읽을 수 있기 때문이다. 그런 맥락에서, 영화가 단순히 소설의 내러티브를 영상으로 그대로 옮기는 것은 큰 의미가 없다고 본다. 소설의 내러티브를 충실히 재현하지만, 그 과정에서 영화 문법의 특성이 충분히 발현되지 못한다면 별 의미가 없을 것 같다. 반대로 영화 문법이 지니는 고유성을 통해서 소설 문법이 보여주지 못하는 다른 것들을 보여준다면 의미가 클 것이다.

박진 중요한 지적이다. 좋은 이야기들이 다양한 매체를 통해 더 많은 수용자들과 만날 수 있다면 그건 기본적으로 바람직한 일이다. 그런데 요즘처럼 원작을 '콘텐츠'로 보는 관점은 장성규 씨가 말해 준 매체적 특수성의 측면을 간과하는 경향이 있다. 무정형의 '콘텐츠'가 매체들 사이를 변형 없이 자유롭게 흘러 다닌다는 식의 사고는 매체들 각각이 지닌 특성과 그로 인한 변형의 과정을 너무 간단히 삭제해버린다. 이런 관점은 또한 '좋은' 이야기를 그저 '먹히는' 이야기, '팔리는' 이야기와 동일시하게 만들 우려도 있다. 서사적 가치를 산업적 가치로 대체하게 되는 셈이다.

장성규 소설 자체가 하나의 내러티브 구조물이라면, 이 내러티브가 영화든 게임이든 여러 다른 매체를 통해 변형되는 것은 자연스러운 일이다. 문학이 대단하고 특별한 지위를 가졌다고 생각하는 사람이 많지만, 그건 역사적으로 보면 그리 오래되지 않은 문학의 신화이고. 그런데 중요한 건 원 소스(one source)로서 원작의 가치는 아닐 것이다. 좋은 소설을 원작으로 했어도 그다지 좋지 못한 영화가 나올 수 있고, 그 반대의 경우도 있을 수 있다. 그건 주로 매체적 특수성을 얼마나 잘 살렸는가 하는 문제와 관련된다고 본다.

김남혁 두 분 애기를 듣다 보니, 나는 소설을 읽고 그 소설을 원작으로 삼은 영화를 볼 때 소설을 일종의 평가 기준으로 삼는 경향이 강한 것 같다. 그런 태도는 소설을 읽는 일이 영화를 보는 것보다 훨씬 많은 노력을 요구한다는 점과도 관련이 있다. 나도 개인적인 경험을 하나 이야기하면, 어릴 때 조정래의 『태백산맥』을 읽고 나서 비디오로 임권택의 〈태백산맥〉을 본 뒤 무척 실망을 했던 기억이 있다. 그건 아마 열 권의 책이 비디오 두 개짜리로 손쉽게 처리된 데 대한 실망감이었을 것이다. 소설에 등장한 수많은 사건들이 간단히 내레이션으로 처리되어서 허탈했다. 물론 영화 그 자체의 완성도에 실망하기도 했지만, 소설 열 권을 읽어냈다는 자부심을 강화하려는 포즈로 영화를 봤던 것도 같다. 자부심을 강화하기 위해서는 영화에 더 실망해야 했고, 소설이 영화에 대한 고고한 평가 기준이어야 했다.

박진 나는 그런 생각이나 경험을 해본 적은 없지만……. 단편소설에서 모티프만 취해 영화화하는 경우 말고, 장편소설을 영화 한 편으로 만들 때는 원작소설의 많은 요소들이 축소되고 간추려진다. 영화의 러닝타임이 두 시간 내외이다 보니 그럴 수밖에 없을 것이다. 장편소설의 복합적이고 다양한 관점들이 영화에서는 한 줄기로 모아지는 경우도 많다. 그러니 대하장편소설은 말할 것도 없겠다. (웃음) 영화화되면서 발생하는 이런 현상이 좀 아쉬운 일일 수도 있지만, 그건 확실히 '영화적인' 선택이나 '영화적인' 해석이라 보아야 할 것이다.

장성규 그렇다. 내러티브 자체의 밀도는 소설이 영화보다 치밀한 경우가 많다. 그래서 나는 오히려 원작이 있는 영화를 좋아하고 영화를 보기 전에 원작소설을 먼저 읽는 편을 선호하는데, 내러티브를 충분히 이해한 후에 영화를 보면 내러티브 구조가 포괄하지 못하는 일종의 잉여나 결핍 같은 것들을 읽을 수 있기 때문이다. 영상 매체가 지니는 특성 때문에 내러티브의 이런 상대화가 가능해진다. 소설을 읽다 보면 여주인공이 어떤 브랜드의 옷을 입었을까, 주인공이 좋아하는 담배는 뭘까, 뭐 그런 게 궁금해지는 경우가 있지 않나? 이미지 숏 하나로 소설에 없는 그런 측면들을 채워주고 살아나게 하는 점이 영화에서는 참 재미있다. 이런 것이 매체 간 차이의 단적인 예일 것이다.

박진 구체적인 텍스트를 놓고 좀 더 이야기해보자. 최근 주목받은 스크린셀러 『눈먼 자들의 도시』, 『더 리더』, 『로드』 가운데 어떤 작품이 특히 좋았나? 소설과 영화를 비교하면서 함께 얘기해보자.

김남혁 소설은 세 편 모두 좋았다. 그중에서 가장 흥미로웠던 작품은 『더 리더』이고, 그다음이 『눈먼 자들의 도시』이다. 영화는 〈더 리더〉가 가장 좋았고, 그다음이 〈더 로드〉다. 솔직히 말해 영화 〈눈먼 자들의 도시〉는 재미없었다. 그러니까 영화도 소설도 모두 좋았던 것이 『더 리더』고, 소설은 좋은데 영화는 별로였던 것이 『눈먼 자들의 도시』다.

장성규 내 의견은 좀 다른데, 우선 나는 소설도 영화도 모두 『눈먼 자들의 도시』를 좋아한다. 소설의 경우 흔히 우리가 마술적 리얼리즘이라고 부르는 미학적 실험과 강렬한 정치적 메시지가 잘 결합되어서 여러 가지 생각할 점들을 던져주는 것이 좋고, 영화의 경우 원작의 몽환적인 부분들이 구체적인 이미지들을 통해서 선명하게 제시되는 점들이 좋았다. 마술적 리얼리즘과 같은 미학적 요소가 사실 소설에서는 손에 잡히는 무언가로 주어지지 않는 데 반해서, 영화에서는 이런 것들이 아주 사소한 장면들을 통해서 인상적으로 제시된다. 내러티브 자체는 원작과 거의 동일하지만, 이를 표현하는 과정에서 영상 매체가 지닌 고유한 특성이 잘 살아난 것 같다.

박진 이를테면 화면 전체를 뿌옇게 처리해서 온 세상이 하얗게 보이는 실명(失明) 상태를 시각적으로 제시한다든지?

장성규 그렇다. 다만 마술적 리얼리즘이 독자로 하여금 끊임없이 스스로 상상하게 만드는 반면, 영화 매체가 이를 선명한 장면으로 손쉽게 제시해주는 것이 과연 바람직한 것인지에 대해서는 좀 더 논의가 필요할 것이다.

김남혁 희뿌연 화면 처리를 통해 영화 〈눈먼 자들의 도시〉는 관객들이 눈먼 자들과 스스로를 동일시하게 하고 눈먼 자들이 받는 고통을 추체험하게 한다. 그런데 소설에서 핵심은 오히려 '눈뜬 자'의 고통과 연대의식이다. 눈뜬 자인 의사의 아내는 눈먼 자들보다 더 큰 고통을 느낀다. 그녀는 두 개의 지옥, 그러니까 국가와 군인들의 공권력이 만드는 하나의 지옥과 공권력의 피해자인 눈먼 자들이 만드는 또 하나의 지옥을 지켜봐야 하기 때문이다. 눈먼 자들이 못 보는 지옥을 지켜보면서 의사의 아내는 그들을 도와야 한다는 책임감을 느낀다. 사실 이 소설에서 눈뜬 자는 의사의 아내 한 사람만은 아니다. 눈을 뜬 사람은 의사의 아내와 화자와 독자, 이렇게 세 명이다. 의사의 아내가 느끼는 고통과 책임감은 곧 독자의 것이기도 하다. 소설의 화자는 독자와 자신을 시종 '우리'라고 명명함으로써 독자들로부터 눈먼 자들의 지옥을 못 본 척하지 않는 책임감을 이끌어낸다.

박진 정말 그렇다. 소설에 수시로 나오는 '우리'라는 호명 방식이 무척 인상적이었다.

김남혁 그런데 영화에서는 '우리'라는 인칭으로 개입하는 화자의 효과가 사라져 있다. 그래서 영화는 '당신(관객)은 유일하게 눈뜬 자이니, 의사의 아내와 같은 고통과 책임감에서 벗어날 수 없다'고 하는 각성을 유도하지도 못한다. 영화는 그저 눈먼 자들의 고통을 관음증적으로 구경하게 한다. 원작과 다르게 영화는 눈이 보이는 자들의 고통에 집중하지 못하기 때문에, 영화에서 의사의 아내는 소설보다 입체적으로 그려지지 않는다.

박진 날카로운 지적이다. 사실 이 소설은 '영화화가 불가능하다'는 평가를 받기도 했다. 그 이유는 첫째로 텍스트를 온통 뒤덮고 있는 화자의 논평들을 영상으로 번역하기가 불가능하기 때문이고, 둘째로는 눈먼 자들로 이루어진 수용소의 끔찍한 지옥을 '리얼하게' 스크린에 담아낼 수가 없기 때문이다. 정말 리얼리티를 살리고자 했다면 영화는 눈먼 자들이 엎어지고 기어다니고 부딪히는 장면들을 하염없이 보여줘야 했을 테니 스토리 진행이 엄청나게 느려졌을 것이다. 그뿐 아니라 눈먼 자들의 배설물로 더럽혀진, 물도 안 나오는 수용소의 참상은 관객들이 보기에 참을 수 없이 역겨웠을 것이다. 누가 그런 불쾌한 영화를 보고 싶어 하겠는가? 영화는 그런 끔찍한 지옥을 시각화하는 불가능하고도 '위험한' 선택을 하는 대신에, 헌신

적이고 책임감 강한 의사의 아내를 중심으로 눈먼 자들이 일사분란하게 움직이는, 덜 끔찍한 광경을 연출했다.

김남혁 맞다. 나는 영화 속의 지옥이 생각보다 별로 끔찍하지 않아서 좀 시시했다.

장성규 그런 측면이 매체적 차이이고, 영화적인 특성은 아닐까? 영화화가 불가능하다고 평가되는 소설을 영상으로 만들면서 나타나는 독특한 번형으로, 오히려 매력적인 측면이라고 볼 순 없을까?

박진 그렇게도 볼 수 있지만, 『눈먼 자들의 도시』에서 매체적 특성으로 인한 변형은 메시지 자체를 완전히 뒤바꿔놓는 경향이 있다. 의사의 아내가 겪는 내적인 고통, 눈이 보인다는 사실을 들키지 않고 싶어 하는 소심함이나 그들을 책임져야 한다는 데서 오는 부담감 같은 것들이 말끔히 지워지면서, 영화에서 그녀는 마치 영웅적인 구원자처럼 묘사된다. 이에 비해 소설은 의사의 아내가 갈등하고 회피하고 두려워하는 모습을 통해 인간의 존엄성과 인간 문명에 대한 근본적인 회의와 성찰의 시선을 드리운다. 화자의 장황하고 아이러니한 목소리 역시 이런 뉘앙스를 강하게 풍긴다. 그런 측면들이 모두 누락되면서 영화는 반대로 인간성에 대한 신뢰와 문명의 가치 같은 뻔한 메시지를 되풀이하게 된다.

장성규 원작을 얼마나 충실히 따르고 있는가 하는 것이 영화화의 성패를 가르는 기준은 아닐 것이다.

박진 물론 그렇다. 하지만 어떤 게 원작이냐 하는 문제를 떠나서 두 텍스트를 나란히 놓고 봤을 때, 어느 쪽 메시지가 더 의미 있는가를 따져봐야 한다. 스토리를 거의 변형하지 않았는데도 소설과 영화가 이렇게 전혀 다른 메시지를 전한다는 것, 이것이 우리가 매체적 특수성과 그로 인한 변형에 더욱더 민감해져야만 하는 이유일 것이다. 이제 다음 소설로 넘어가보자. 김남혁 씨가 『더 리더』는 매우 좋았다고 말했는데, 그 이유를 듣고 싶다.

김남혁 나는 워낙 사랑 이야기를 좋아하는데, 『더 리더』가 사랑 이야기라서 우선 좋았다. (웃음) 『더 리더』는 쉽게 말해 타인을 이해하는 것의 어려움을 말해주는 소설이다. 소설의 1부에서는 미하일과 한나의 사랑이 엇갈리는 과정을 통해 타인과의 낭만적인 합일이 불가능하다는 점, 타인을 완전히 이해할 수 없다는 점이 드러난다. 재판 과정을 중심으로 하는 2부에서는 정의를 내세우는 법이 타인의 고통을 단순하게 판가름하는 모습을 보여준다. 명목상 법은 나치의 피해자들을 이해하기 위해 존재한다. 하지만 역설적이게도, 법은 나치에 부역할 수밖에 없었던 자들을 이해할 수 없게 만든다. 나치에 자발적으로 동조하지 않은 사람들, 어쩔 수 없이 나치를 따를 수밖에 없었던 사람들은 어떻게 보면 나치의 또 다른 희생자이다. 이 점을 고려하지 않은 채 법과 정의를 맹신하는 자들의 단죄는 나치의 폭력만큼이나 무시무시하다는 사실이 2부에서 드러난다. 특히 소설의 3부가 중요하다. 한나의 출감을 앞두고 미하일은 자신의 낭만적인 사랑이 깨지는 것에 두려움을 느낀다. 이 점이 이 소설의 미덕이라고 생각한다. 낭만적인 사랑은 한나에 대한 이해를 가능하지 않게 만드는 일종의 "마비증세"(110쪽)이다.

박진 공감한다. 나는 '낭만적인' 사랑 이야기는 별로 안 좋아하지만……. (웃음) 김남혁 씨와 같은 이유로 이 소설은 무척 좋았다. 낭만적인 사랑의 환상이 인간에 대한 이해를 협소하고 얄팍하게 만든다면, 그 환상을 흔들어놓고 되돌아보게 하는 사랑 이야기들은 인간을 깊이 있게 이해할 수 있게 해준다.

김남혁 좀 더 보충하자면, 미하일은 한나가 자신과 낭만적인 사랑을 나눴던 인물이면서 동시에 유태인을 죽였던 전범자이기도 하다는 사실 가운데, 전자인 하나만을 취하려고 했다. 한나의 출감은 한나의 두 가지 모습이 한꺼번에 드러나는 것을 의미한다. 미하일은 전범자인 한나와 연루되는 것에 두려움을 느끼고 한나를 사무적으로 대한다. 한나를 끝내 자살하게 만든 결정적인 원인은 유태인을 죽였다는 사실에서 비롯된 그녀의 죄책감이 아니라 낭만적인 사랑이 깨지는 데 두려움을 느끼는 미하일의 사무적인 태도에 있다. 한나를 감옥에 가둔 것이 무정한 법이라면, 한나를 죽인 것은 무정한 미하일이다.

박진 설득력 있는 분석이다. 추억을 보존하기 위해 사랑했던 사람을 기억 속에 방부처리할 것인가, 아니면 그의 현재 모습을 수용할 것인가? 사랑하는 사람이 도저히 받아들일 수 없는 모습을 가지고 있을 때 이를 회피하거나 부인할 것인가, 아니면 고통스럽더라도 그 모습을 인정할 것인가? 이런 질문들이 『더 리더』에서 무척 마음에 와 닿았다.

장성규 이번에도 나는 생각이 좀 다른데, 왜 이럴까? (웃음)

박진 아, 더 좋다. 다른 의견을 듣고 싶다.

장성규 소설의 경우 주인공 '나(미하일)'의 입장에서 모든 일들이 서술되다 보니까, 특히 나치즘 문제에 대해서 지나치게 편의적이라는 생각이 들었다. 그래서 오히려 영화에서는 수용소 생존자의 직접적인 발화를 통해 이에 대한 성찰이랄까, 그런 것이 가능할 거라고 생각했는데. 그리고 이런 부분이 어쩌면 영화가 소설보다 잘 구현할 수 있는 점이 아닐까 싶었고……. 그런데 막상 영화에서는 이 부분이 지나치게 간략하게 봉합되었다는 생각이 들었다. 내심 수용소 생존자와 한나 간의 법정 논쟁이라든가, 영화 말미에서 생존자와 미하일이 만나는 장면의 강렬한 발화 같은 것들을 기대했는데, 이런 부분이 영화에서도 모두 주인공의 관점으로 통어되어버린 느낌이다.

박진 지금 해준 얘기는 소설과 영화의 매체적 특성과 관련된 흥미로운 문제인 것 같다. 소설의 영화화에서 매우 중요한 부분이 '1인 칭' 화자의 문제다. '1인칭' 소설에서 '나'의 관점은 중립적이거나 보편적인 것이 아니라 이런저런 한계와 약점을 지닌 한 인물의 것으로 제한돼 있다. 이 사실을 독자도 잘 알고 있기 때문에, '나'의 목소리는 텍스트의 중심에 있으면서도 전체를 장악하지 않을 때가 많다. 그런데 영화에서는 아주 특별한 경우, 가령 배우가 카메라를 손에 들거나 몸에 매달고 촬영하는 경우, 또는 아예 카메라가 배우를 대신하는 경우 정도를 빼면, '1인칭' 서술이 불가능하다. 보통 영화는 인물 바깥에서 촬영하는 카메라의 '중립적인' 시선에 의해 이야기가 서술되고, 그래서 영화의 관점이 특정 인물에 치우쳐 있는 경우라도, 그렇다는 사실 자체가 겉으로 잘 드러나지 않는다. '1인칭' 소설을 영화화할 때 카메라가 주인공 '나'의 관점과 입장에 밀착돼 있으면서도 그것이 마치 중립적인 시선인 양 행세하면, 뜻하지 않게 메시지와 이데올로기에 미묘하거나 결정적인 변화가 일어나게 된다. 영화 〈더 리더〉에서도 카메라의 외부적인 시선이 여전히 미하일의 입장에만 밀착돼 있다 보니, 이런 일이 생긴 것 같다. 화자와 관련된 매체적 차이에 대한 각별한 자의식이 없을 경우, 영화는 '1인칭' 소설보다 훨씬 더 편협해질 수 있다.

장성규 정말 그런 것 같다. 기대했던 것과 달리 영화 속에서 다른 목소리들의 충돌이 전혀 일어나지 않아서 무척 아쉬웠다. 특히 68세대를 대표하는 남학생의 목소리가 전혀 설득력을 지니지 못하고 '나'의 시선으로 왜곡된 채 묘사된 것이 실망스러웠다. 영화에서 68세대의 목소리는 독단적이고 철없는, 게다가 매우 무책임한 톤으로 처리된다. 소설에서는 적어도 '나'와 다른 생각을 가진 인물들이 희화화되는 것 같진 않았는데, 영화에서는 그렇게 보여 상당히 불편했다.

박진 이해할 만하다. 사실 소설과 영화 모두 『더 리더』는 홀로코스트 문제와 관련해 불편한 점을 지니고 있다. 이 문제를 도덕적인 측면에서 정면으로 다룬 이야기라기보다는 앞 세대가 저지른 끔찍한 죄를 어떻게 이해하거나 평가할 것인가 하는 독일적인 고민과 난감함과 머뭇거림 같은 것을 담고 있는데, 어쨌든 홀로코스트 문제를 꺼내놓고 슬쩍 비껴갔다는 비난을 받을 여지가 있다. 영화는 소설에 비해 도덕적 관점을 좀 더 전면에 내세운 것처럼 보이지만, 아무래도 이 작품에서 더 호소력을 지니는 것은 사랑의 문제와 개인적인 트라우마의 문제다. 특히 『더 리더』에는 한나가 글을 읽지 못한다는 것이 정말 중요한 모티프로 등장한다. 살인죄로 비난과 처벌을 받는

것보다 글을 모른다는 수치심이 개인에게 더 큰 고통이 될 수 있는가 하는 질문이 타인을 이해하기 위한 쟁점으로 떠오른다. 달리 말하면, 도덕적인 죄나 법적인 처벌보다 한 개인에게 더 치명적인, 내밀한 상처나 비밀이 있을 수 있는가 하는 문제. 소설과 영화 모두 이 문제에 대한 대답을 어느 정도 열어놓고 있다.

김남혁 한편 영화의 몇몇 장면들은 소설보다 더 선명하게 한나의 캐릭터를 포착해내고 있어서 참 흥미로웠다. 자전거 여행 중에 한나가 메뉴판을 읽지 못해 당황하는 장면 같은 건, 한나의 콤플렉스를 소설과는 달리 한 컷의 이미지로 형상화한 인상적인 장면이었다.

장성규 중요한 얘긴 아니지만, 가해자라면 가해자라 할 수 있는 한나가 영화 속에서 너무 예쁘게 나온 것도 좀 불편했다. (모두 웃음)

박진 나는 이 영화가 소설 속 한나의 이미지를 너무 잘 살려냈다고 느꼈는데.

장성규 그런가? 예전에 〈우리들의 행복한 시간〉을 볼 때도 사형수가 너무나 잘생겨서 사형제도에 대한 관객들의 객관적인 판단이 좀 흐려지지 않을까 했었는데……. 물론 사형제 폐지에는 동의하지만 말이다.

박진 아, 강동원이 나왔던! (웃음) 하긴 꽃미남 꽃미녀가 스크린을 점령하면 그런 문제가 생길 수도 있겠다.

장성규 그리고 한나가 자살하는 장면에서 톨스토이의 『전쟁과 평화』가 지나치게 부각되는 점도 좀 불편했다. 홀로코스트의 문제를 손쉬운 화해로 해소하려 한다고나 할까?

박진 어떤 느낌인지 알겠다. 시각적 이미지의 즉각적인 강렬함은 영화의 확실한 매력이지만, 그래서 또한 의식하지 못하는 사이에 강력한 이데올로기적 효과를 내기도 한다. 그런데『더 리더』는『눈먼 자들의 도시』와는 달리, 소설 자체가 무척 영화적이지 않나? 몸이 아픈 미하일이 건물 앞에서 처음 한나와 만나는 장면도 그렇고, 욕조가 달린 한나의 방에서 두 사람의 사랑이 시작되는 장면도 그렇고, 소설을 읽으면서 머릿속에 저절로 그림이 그려지는 대목들이 참 많았다.

김남혁 소설을 읽을 때도 자전거 여행 장면이 참 좋았고 영화로는 어떻게 표현됐을까 궁금했는데, 영화에서도 역시 그 장면이 너무 좋았다.

박진 좋다. 그럼 이제『로드』에 대해 이야기해보자. 사실 나는『로드』가 영화와 소설 모두 좀 지루했는데, 다른 분들은 어땠는지 궁금하다.

장성규 나는 영화보다 소설이 훨씬 좋았다. 소설『로드』는 끊임없이 폐허가 된 세계에서의 인간의 윤리랄까, 그런 것들에 대해 질문하고 생각하게 만드는 힘이 있다고 느꼈다. 내러티브 자체는 매우 단순하지만 사유를 가능하게 하는 문체나 묘사 같은 것들이 잘 살아 있었고. 반면 영화의 경우에는 이 점을 놓친 것 같다. 지나치게 원작의 내러티브에 충실한 나머지, 역으로 단순한 폐허의 이미지만을 반복해서 제시했다고 할까? 이 과정에서 사유할 만한 특정한 영화적 장치가 없었던 것 같다. 소설에서 아이가 지니는 함축적인 의미들도 영화에서는 거의 느낄 수 없었고, 주인공의 내적인 고뇌 같은 것들도 지나치게 단순하게 처리된 느낌이다.

김남혁 『눈먼 자들의 도시』에서 모두가 눈멀었을 때 혼자 볼 수 있는 게 고통이었듯이,『로드』는 모두가 죽은 땅에서 살아남은 게 행운이 아님을 보여준다. 영화의 관객은 이런 지옥 같은 현실의 모습이 화면으로 어떻게 형상화되었을지 궁금하게 여길 텐데, 영화는 관객의 이런 요구에 잘 대응하고 있다. 이 작품에서 핵심은 끔찍한 현실의 묘사라기보다 수용자의 마음을 찌르는 단순한 대화들일 것이다. "우리가 도와줄 수 없나요? 아빠?"(59쪽), "우린 아무도 안 잡아먹을 거죠, 그죠? // 우리는 좋은 사람들이니까요"(147쪽), "아빠 제발 저 사람 죽이지 말아요"(289쪽) 같은 소년의 말들. 그런데 영화에서는 찌르는 대사보다 압도적인 현실이 강조돼 있다.

박진 두 분 의견이 비슷하다. 왜 나는 그런 대목에서 감동이 안 왔을까? '나쁜 사람'인가 보다. (웃음) 세상의 종말이 와도, 신에게 완전히 버림을 받아도 '착한 사람'이 될 것인가 하는 질문이 나는 좀 지나치게 도덕적이고 관념적으로 느껴졌다. 묵시록적인 상상력도 새삼 새로울 것이 없고. 이런 끔찍한 상황에서도 신의 존재를 믿을 것인가 하는 신학적인 질문들도 크게 공감이 가지 않았다. 기독교적인 시구 교회에서는 좀 다를 수 있겠지만, 주제가 너무 선명하기도 하고, 새로운 '착한 가족' 품에 안기는 것이 무슨 구원처럼 그려진 것도 불만이다. 혹시 소설이 너무 고평됐다고 생각하지는 않나?

장성규 그런 면이 좀 있긴 하다. 미국인의 탈레반에 대한 공포가 이런 식으로 표출된 게 아닌가 싶다.

김남혁 장편소설로서는 문제의식이 그다지 입체적이지 않다는 건 약점인 것 같다.

박진 영화에서도 종말의 폐허가 훨씬 더 강렬하게 부각된다는 점 외에, 매체에 따른 색다른 변형이나 새로운 해석은 없었다.

장성규 그렇다. 그래서 영화는 재미가 없었는데, 특히 무채색의 폐허 위에 너무나 도드라져 보이는 빨간색 코카콜라 캔이 눈에 거슬렸다. 소설에서는 잘 몰랐는데.

박진 세 편의 소설과 영화에 대해 흥미로운 얘기들이 많이 나왔다. 이제 스크린셀러 현상에 대해 더 본격적으로 얘기를 나눠보자. 스크린셀러 현상은 문화산업의 마케팅 효과라는 측면과 수용자들의 능동적인 참여라는 이중적 측면을 지니고 있다. 여기에 대해 어떻게 생각하는지, 두 분의 의견을 듣고 싶다.

장성규 대중들이 영화를 보는 것에 만족하지 않고 원작소설을 찾아 읽는 것이 단지 문화산업이라는 메커니즘의 효과만은 아니라고 생각한다. 일단은 영화에서 충분히 형상화되지 못한 내러티브의 핍진성이랄까, 특히 인물의 내면이나 특정 장면의 묘사 같은 부분을 더 구체적으로 알고 싶은 욕망이 클 거 같다. 관객들도 영화가 원작의 내러티브를 압축적인 사건 전개와 이미지로 풀어낸다는 것을 알고 있고, 따라서 영화에 매력을 느꼈다면 다른 방식으로 그 내러티브의 매력을 느끼고 싶어 하는 것이다. 다만 아까도 말했지만, 이 과정에서 각각의 매체의 차이를 묻어버린 채 어떤 영화의 원작이라는 점만이 강조되는 것은 문제일 것이다. 이렇게 되면 단기적으로는 문학

서적 판매에 도움이 될지 모르지만, 문학 텍스트의 고유성을 망각하게 한다는 점에서 오히려 위험할 수 있다.

김남혁 나는 오늘 좌담을 하는 동안, 생각이 많이 바뀌었다. 사실 나는 최근의 변화된 상황과는 달리 스크린셀러 현상에서는 원작의 가치가 리메이크된 작품보다 우월하게 평가된다고 느꼈었다. 다들 알고 있는 것처럼 지금 이 시대는 원작만이 리메이크된 작품의 기원으로 높이 평가되던 시대가 아니다. 리메이크된 작품은 그 자체로 원작과 다른 가치를 부여받는다. 그런데 스크린셀러에서는 마치 과거로 회귀한 것처럼 원작의 가치가 부각된다고 생각했다. 영화 관계자들은 원작소설이 베스트셀러였다는 점이나 소설의 미학적 가치나 소설가가 받은 권위적인 상의 목록 등을 전면에 내세워 영화를 광고한다. 리메이크된 영화 그 자체가 지닌 독특한 성격이나, 리메이크된

영화가 소설과 변별되는 특성 등등을 강조하지 않고 말이다. 하지만 오늘 얘기를 나누면서 생각해보니 영화가 원작의 권위를 마케팅에 활용하듯, 원작은 영화에 기대어 소설을 홍보한다.

박진 물론이다. 책 표지에 영화 포스터가 등장하거나 여배우 사인본 한정판이 나오는 경우(박현욱의 『아내가 결혼했다』), 영화 제목에 따라 원작소설의 제목을 수정하여 재출간하는 경우(이지민의 『모던보이』) 등에서 원작은 오히려 영화를 모방한다. 원작이란 말이 무색할 정도로. 스크린셀러가 원작의 권위를 강화한다면, 그건 '판권'으로서의 경제적 가치를 원작의 권위로 오해하거나 오도(誤導)한 결과일 것이다.

김남혁 나는 원작의 권위를 주장하는 마케팅 전략에 대중들이 효과적으로 반응하고 있다는 쪽으로 생각이 기울어 있었다. 극장에서 관객들은 원작이 대단한 작품이거나 베스트셀러이고 원작을 쓴 사람은 대단한 작가다 등등을 알게 되고, 그래서 극장을 나오면 당연히 영화의 기원이 되는 원작을 찾게 되는 것이라고. 행여 원작이 있다는 사실을 미리 알고 있던 관객이었다고 해도, 영화를 먼저 보고 소설을 나중에 보는 것이 영화를 보지 않고 소설을 읽는 것보다 이해하는 데 노력이 적게 들기에, 영화관을 나온 후 자연스레 소설을 펼치게 된다고 생각했다. 하지만 이렇게 보면 영화를 보기 전에 일부러 소설을 찾아 읽는 대중들의 욕구를 도저히 설명할 수 없을 것 같다. 또 영화와는 다른 방식으로 내러티브의 매력을 느끼고 싶어 하는 독자들의 욕구를 단순히 수동적인 소비 행위로 보기도 어려울 것 같다.

장성규 그렇다. 수용자들이 스스로 문화를 향유하는 주체랄까, 그런 계기가 될 수 있다는 점이 중요할 것이다. 주어진 영화나 소설을 그대로 수용하는 것이 아니라, 영화와 원작을 비교하면서 하나의 텍스트만으로는 읽어낼 수 없었던 또 다른 의미들을 스스로 찾을 수 있다는 점은 굉장히 큰 의의를 지닌다고 본다. 좀 다른 예인데, 강의시간에 학생들과 「오발탄」을 소설과 영화로 함께 보고 비교해본 적이 있다. 소설에서는 전후 시대의 지식인의 고뇌랄까, 그런 게 잘 드러나는 반면, 사실 좀 추상적이고 관념적인 점이 많다. 그런데 영화를 보면 소설에서 거의 발화하지 못하는 인물인 여동생 명숙의 삶이나, 당대 해방촌의 구체적인 모습이 여러 가지 오브제를 통해서 인상적으로 드러난다. 이렇게 두 가지 다른 매체의 텍스트를 본다면 문학이나 영화의 메시지를 더 능동적으로 사유할 수 있는 계기가 될 것이다.

박진 장성규 씨가 긍정적인 의의를 잘 정리해주었으니, 나는 이 현상의 이중적이고 양면적인 성격을 좀 더 강조하고 싶다. 틀 안에서, 예측 가능한 방식으로만 소비하고 즐긴다면, 분명 한계가 있을 수밖에 없다. 문화산업의 시스템에 의해 조사, 분류, 목록화된 상품들 중에서 자신에게 적합한 것을 소비하는 데 그친다면, 우리는 이 촘촘한 문화산업의 그물망을 빠져나갈 수 없을 것이다. 자본의 욕망을 나의 욕망으로 착각하게 되는 것이다. 하지만 헨리 젠킨스가 『컨버전스 컬처』에서 지적한 대로 오늘날의 소비자들은 끊임없이 이동하고, 미디어에 대한 '충성도'가 낮아지고 있다. 여러 미디어 채널에 걸쳐서 이야기의 조각들을 찾아내고 수집하고 다른 사람들과 공유하면서, 더 풍부한 엔터테인먼트 경험을 얻고자 한다. 특히 과거의 소비자들이 서로 고립된 개인들이었다면, 새로운 소비자들은 긴밀하게 네트워킹되어 커뮤니티를 형성한다. 기존의 소비자들과 달리 지금의 소비자들은 시끄럽고 공공연하게 자기 목소리를 드러낸다. 이런 새로운 욕구가 문화산업의 예정된 틀을 초과하고 파열시키는 데까지 나아갈 때, 진정한 의의를 찾을 수 있을 것이다.

장성규 동감이다. 좀 이상적인 얘기지만 예술의 주체와 객체의 경계를 무너뜨리려는 시도들이 중요하다고 생각한다. 예를 들어 우리가 다룬 『더 리더』를 영화로 보고 난 후, 주인공의 입장이 아니라 한나의 입장에서, 혹은 수용소 생존자의 입장에서 내러티브를 새롭게 상상하려는 시도가 필요하다고 본다. 아니면 주인공의 다음 세대인 딸의 입장에서 68세대, 혹은 그 이전 세대에 대해 생각해보는 것도 가능할 테고. 개인적으로는 요즘 시트콤 〈지붕 뚫고 하이킥〉을 굉장히 재미있게 보는데, 흥미로운 점은 인터넷 상에서 팬들이 스스로 에피소드를 창작하고 공유한다는 거다. 어떻게 보면 굉장히 단순한 거지만, 사실 이런 문화가 광범위하게 형성되는 것이 예술의 대중화에 걸맞은 민주화, 뭐 그런 가치와 직결되는 문제가 아닌가 한다.

박진 정말 중요한 얘기다. 장성규 씨가 언급한 팬덤의 파생서사 만들기나 정치적이고 시사적인 패러디 같은 것들은 앞으로 더욱 주목할 필요가 있는 현상들이다. 이런 움직임들은 종종 문화산업의 기획

자나 생산자들을 당황하게 만들고, 그들의 의도와 바라는 바를 넘어
서버리기도 한다. 대중은 예측불허이고, 단일하거나 균질적이지 않
다. 그 잠재력과 집단지성의 역량을 극대화할 필요가 있다. 온라인에
서 이루어지는 수용자들의 적극적인 대화와 담론 만들기도 같은 맥
락에서 큰 의미를 띤다. 우리 '비평테이블'도 이 과정을 활발하게 매
개하는 담론의 장이 될 수 있길 바란다. 이런 말로 좌담을 마무리하
게 되니, 오늘따라 더 뿌듯한 마음이 든다. (웃음) 다음 달에는 장성
규 씨와 함께 또 다른 주제로 뜻깊은 이야기들을 나눌 것을 약속드
리며, 오늘은 여기서 좌담을 마친다.

5

최근의 문학상 수상작 어떻게 달라졌나?

『오즈의 닥터』 안보윤
『아홉 번째 집 두 번째 대문』 임영태
『피리 부는 사나이』 김기홍
『천년의 침묵』 이선영

장소: 대학로 '코끼리공장'
시간: 2010년 3월 19일 오후 2시~5시
참여: 박진, 장성규

장성규 반갑다. '비평테이블'의 다섯 번째 좌담이다. 오늘은 2009년 말과 2010년 초 사이에 발표된 최근 문학상 수상작들을 놓고 이야기해보겠다. 구체적으로 다룰 작품은 임영태의 『아홉 번째 집 두 번째 대문』(뿔, 2010), 김기홍의 『피리 부는 사나이』(문학동네, 2009), 안보윤의 『오즈의 닥터』(자음과모음, 2009), 이선영의 『천년의 침묵』(김영사, 2010), 이렇게 네 편이다. 임영태 소설은 제1회 중앙장편문학상 수상작이고, 김기홍 소설은 제15회 문학동네소설상 수상작이다. 안보윤 소설은 제1회 자음과모음문학상을, 이선영 소설은 제3회 뉴웨이브문학상을 수상한 작품이다. 먼저 문학상에 대한 일반적인 얘기부터 시작해보자. 전통적인 문학상 제도, 예컨대 이상문학상, 동인문학상, 미당문학상 등등에 대한 평소의 생각을 들어보면 좋겠는데?

박진 예전에는 대학생들이 다들 이상문학상 수상 작품집을 해마다 읽었던 기억이 난다. 그런데 요즘에는 문학상이 정말 많아졌다. 전국에서 시상하는 문학상을 합치면 200여 개가 된다고 한다. 그러다 보니 예전에 문학상들이 지녔던 권위가 이제는 많이 줄어든 것 같다.

장성규 맞다. 또 예전 문학상들을 보면 대부분 문학사적 중요성을 지니는 문인들의 이름을 딴 것이 많았다. 앞서 예를 든 문학상들뿐 아니라, 김수영문학상, 소월시문학상, 이효석문학상 등등. 이런 문학상들은 전통적인 문학적 권위를 강화하는 역할을 했다. 그런데 최근에는 이런 경우보다는 예를 들어 뉴웨이브문학상과 같이 특정한 장르나 문학적 경향을 표명하는 문학상이 많이 생겼다. 이런 현상 자체가 변화된 독서 문화나 출판 시장의 경향을 단적으로 보여주는 것은 아닌가 싶다.

박진 문인들 이름을 딴 문학상들에는 정말 좀 다른 권위가 있었다. 왠지 이효석문학상 수상작이면 이효석풍의 서정적인 작품일 것 같고, 이상문학상 수상작이라고 하면 뭔가 전위적인 느낌이 들고. 물론 반드시 그런 작품이 선정되는 건 아니지만. (웃음) 장성규 씨 말대로 지금은 문학상의 권위보다는 시장의 영향력이 훨씬 더 중요해졌다. 특히 진에는 주로 문예지에 발표된 단편소설들 중에서 문학상 수상작을 선정했다면, 최근에는 소설집이나 장편소설처럼 한 권의 단행본에 문학상을 주는 경향이 있다. 개정된 동인문학상이 단적인 예일 텐데, 이런 변화는 출판 시장의 영향력을 그대로 반영하고 있다. 즉, 한편으로는 시장의 요구를 적극적으로 수용하면서, 다른 한편으로는 여기에 문학상의 권위를 덧입히는 것이다. 상금 얼마짜리 소설이라든가, 무슨무슨 상 수상작이라는 것이 그 자체로 엄청난 광고 효과를 내기도 한다. 그래서인지 최근 문학상 제정과 심사 결과, 심사평 등을 보면 대중성과 문학성을 어떻게든 결합해서 의미화하려는 의도가 눈에 띈다.

장성규 정말 그렇다. 최근 문학상의 변화된 경향을 정리하자면, 크게 두 가지 정도가 새롭다. 첫 번째로 예전엔 주로 단편 중심으로 문학상이 주어졌다면, 최근에는 대규모 장편공모 문학상이 급증하고 있다. 그리고 두 번째로는 장르문학이나 신인들의 새로운 감수성을 선정 기준으로 내세우는 경향이 있다. 이에 대한 얘기를 더 해보면 좋을 것 같은데?

박진 우선 최근 소설의 경향이 장편 중심으로 재편되는 것이 큰 이유일 것이다. 출판 시장에서 장편소설이 차지하는 비중이 점점 더 높아지면서, 거액의 상금을 건 장편소설 공모가 늘어나고 있는 상황인데……. 이런 현상은 문단 자체가 출판 시장과 분리되어 존재할 수 없으며, 문학 제도가 시장의 요구에 따라 적극적으로 변형, 재구성되고 있음을 말해준다. 장르문학상의 경우도, 소수 마니아층에 한정돼 있던 장르소설이 이제는 훨씬 폭넓은 독자층을 확보하게 된 상황과 관련이 있다. 게다가 이제는 더 이상 '본격문학'과 장르문학의 이분법이 유효하지 않은 시대가 아닌가? 서로 다른 장르 간의 활발한 교섭과 융합이 진행되고 있고. 이런 현상이 문학상에 대한 고정관념을 바꾸는 계기로 작용하는 것 같다.

장성규 박진 씨는 특히 새로운 장르문학상들의 긍정적인 가능성에 주목하는 듯한데?

박진 실제로 외국의 경우에는 세계환상문학상, 네뷸러상, 휴고상, 브람스토커상, 영국환상문학상 등 장르소설에 수여되는 문학상들이 상당한 권위와 문학성을 인정받고 있다. 아직은 더 지켜봐야 하겠지만, 다양한 장르들을 대상으로 하는 새로운 문학상들이 더 수준 높은 장르소설의 창작과 유통에 기여할 수 있었으면 좋겠다.

장성규 나는 장편 위주로의 문학상 재편에 대해 좀 더 이야기해보고 싶다. 최근 장편에 대한 요구가 문학 내외적으로 제기되고 있다. 문학 외적으로는 앞서 말한 것처럼 출판 시장의 문제가 있다. 물론 인터넷 연재라는 새로운 소설 발표의 형식이 등장했다는 것도 중요하게 지적될 수 있겠다. 문학 내적으로는 장편에 대한 인식의 변화와 사회적 요구가 영향을 미쳤다고 생각한다. 오랫동안 한국문학에서는 유독 단편이 강조돼온 경향이 있다. 근대 초기부터 장편은 통속적이고 단편은 예술적이라는 인식이랄까, 그런 것들이 분명히 존재했고…….

박진 그렇다. 문학 계간지를 통한 청탁도 단편을 중심으로 이루어졌고, 비평 역시 단편이 가진 미학적 성격과 구조적 완결성에 더 큰 의미를 부여해왔다. 단편이 아닌 장편에 포커스가 맞춰져 있는 외국의 경우와는 분명한 차이가 있었다. 하지만 지금은 상황이 크게 달라졌다.

장성규 여기에는 장편이 지니는 고유한 성격에 대한 문학적 요구도 강하게 작용하고 있다고 본다. 장편은 분명히 단편에 비해서 시대나 현실의 문제에 대해 큰 이야기를 형상화할 수 있는 형식적 특성을 지니고 있다. 단편이 자아나 내면의 문제를 담기에 적절하다면, 장편은 사회 현실을 재현하고 자아와 현실의 길항을 담아내기에 적절하다. 아무래도 장기적으로 지속되고 있는 자본주의에 대한 대항 서사를 요구하는 시대적 배경이 장편에 대한 요구로 이어지는 것 같다. 다만 최근 장편이 양적으로 증가하는 것에 비해 그에 걸맞은 현실인식을 보여주고 있는지에 대해서는 좀 더 냉철한 평가가 필요하다고 본다.

박진 장성규 씨가 지적한 측면의 장편에 대한 기대가 있는 반면, 다른 한편으로는 스토리텔링과 콘텐츠로서의 장편에 대한 요구 역시 존재한다. 현재 이 두 가지 요구가 혼재하고 있는 상황인데, 지금으로서는 두 번째 경향이 더 두드러져 보이는 것이 사실이다.

장성규 박진 씨가 장편 위주로의 문학상 재편의 이중적인 성격에 대해서 깔끔하게 정리해준 것 같다. 아무튼 문학과 현실의 관계에 대한 요구와 시장논리에 의한 대중성의 요구, 이 두 가지가 장편 중심의 문학상들을 추동하는 복합적인 배경이라 할 수 있겠다. 이제 문학상 제도에 대한 얘기에서 구체적인 작품으로 논의의 중심을 옮겨보자. 내 경우는 오늘 다룰 네 권의 작품들에서 뭐랄까, 신인들만이, 물론 임영태와 안보윤의 경우는 신인은 아니지만, 여하튼 신인들이 가질 수 있는 새로운 감수성이 장편이라는 형식을 통해 어떻게 발현될 수 있는지에 대한 기대를 지녔었다. 이런 측면에서 조금은 실망하기도 했는데, 박진 씨는 어땠는지 궁금하다.

박진 네 권의 작품이 일단 겉으로 보기에는 각기 다 다른 경향들을 지니고 있다. 임영태의『아홉 번째 집 두 번째 대문』은 예술가소설이라 볼 수 있고, 김기홍의『피리 부는 사나이』는 성장소설의 형식을 취하고 있다. 안보윤의『오즈의 닥터』는 환상소설의 성격을 전면에 내세운 작품이고, 이선영의『천년의 침묵』은 팩션(faction)으로 분류될 수 있다. 그런데 네 권의 소설에서 모두 환상적이고 장르적인 경향이 두드러진다는 점이 눈길을 끈다. 임영태의 소설에서도 환상이 중요한 역할을 하고, 안보윤과 김기홍의 소설에서도 스릴러적 성격이 강하게 나타나고…… 본격문학과 장르문학의 경계가 무너지고 있다는 점, 그리고 이러한 구획 자체가 굉장히 관념적이라는 점을 잘 보여주고 있다.

장성규 구체적으로 작품을 하나하나 살펴보자. 먼저 임영태의『아홉 번째 집 두 번째 대문』을 보자. 좌담 시작 전에 박진 씨가 오늘 다룰 소설 중에서 상당히 좋은 느낌을 받았다고 말했는데, 어떤 점에 주목했는지 궁금하다.

박진『아홉 번째 집 두 번째 대문』에서 다른 존재들과의 교감이라는 테마가 일종의 예술론으로 이어지는 점이 흥미로웠다. 이 소설의 스토리는 단순하게 본다면 대필작가의 일상일 것이다. 대필작가는 다른 사람의 이야기를 듣고 그의 삶을 생생히 글로 써내는 사람이다. 그런데 어쩌면 이게 바로 소설을 쓰는 일이 아닐까? 특히 이 소설에서 '나'는 접신이나 빙의 상태인 듯 다른 이의 감정을 고스란히 느끼고 그의 목소리로 말한다. 어릴 때 친구는 물론이고, 강아지 태인이까지도 '나'의 입을 통해서 자기 목소리를 드러낸다. 샤머니즘적인 인상이 들 정도인데……. 소설가란 이렇게 타자의 목소리를 듣고 대신 말하는 존재이며, 그런 의미에서 진정한 소설가란 어쩌면 대필작가일지 모른다는 생각이 무척 흥미롭게 읽혔다.

장성규 아, 박진 씨는 이 소설을 그렇게 읽었구나. 나는 화자가 강아지 태인이의 감정을 읽어내고 하는 장면들이 약간 무섭고 섬뜩하다는 느낌도 들었는데. (웃음)

박진 그랬나? 내 생각엔 그게 참 중요한 대목인 것 같은데. 그런데 소설에서 주인공이 아직 듣지 못한 목소리가 있다. 그것이 아내가 만든 문패에 적힌 '아홉 번째 집 두 번째 대문'의 의미이다. 이 소설이 '작가되기'에 관한 이야기라면, 그것은 의뢰인 장자익의 이야기를 소설로 써서 '내 이름으로' 출간하는 과정이 아니라 그 문패의 의미를 깨달아가는 과정일 것이다. 물론 그 과정은 아직 미완인 것으로 나온다. 그렇지만 '아홉 번째' 개인 태인이가 돌아오고 아내의 문패를 현관에 걸기로 작정하는 장면에서 암시되듯, 결말에 이르러 주인공은 그 의미에 한결 다가선다. 이런 측면에서 이 소설은 단순히 대필작가의 잔잔한 일상을 그린 것이라기보다는, 소설쓰기나 작가되기의 본질에 대한 임영태 나름의 예술론으로 읽을 수 있다.

장성규 그러고 보니 작품 내에서 샤먼에 가까운 존재로 묘사된 주인공의 아내가 담당하는 역할이 꽤 큰 것 같다.

박진 주인공의 아내는 샤먼인 동시에 '나'를 작가로 이끌어주는 사람이기도 하다. 그리고 이런 점들이 이 소설의 환상성과 절묘하게 어울린다. 죽은 사람들이 등장한다든가 하는 이 소설의 환상들은 단순한 기법이나 감각의 층위에 머무르지 않고, 샤먼으로서의 작가라는 예술론을 효과적으로 형상화하고 있다.

장성규 저번 좌담에서도 그랬는데, 오늘도 내 생각이 너무 달라서 좀 이상하다. 내 감식안에 문제가 있는 건 아닌가 싶기도 하고……. (웃음)

박진 그럴 리가! 장성규 씨 생각은 어떤지 너무 궁금하다.

장성규 나는 사실 이 작품이 굳이 이렇게 길게 구성될 필요가 있는지 싶었다. 작품 초반부에서는 무언가 잔잔한 감동 같은 게 느껴졌는데, 중반을 넘어서면서부터는 동일한 주인공의 일상이 계속 반복되면서 장편 장르에 맞지 않는 이야기를 굳이 길게 끈다는 느낌을 강하게 받았다. 오히려 단편으로 처리하는 게 더 좋지 않을까 싶었다.

박진 사실 이 소설은 장편으로서는 스토리가 상당히 약한 편이다. 소설을 읽으면서 독자들은 작품 초반에 등장하는 장자익의 삶에 대한 '나'의 탐색이 계속 진행될 것으로 기대한다. 그런데 독자의 예상과 달리 그 얘기가 더 이상 진전되지 않으면서, 일반적인 스토리 전개 방식을 벗어나게 된다. 나는 이 점이 오히려 이 소설의 특징이자 개성이라고 생각한다. 아쉬운 점이 있다면, 운명이나 진실 등등에 대한 아포리즘 형식의 진술들이 다소 빈번하게 등장한다는 점이다. 세상의 이치를 통달한 것같이 일반화하는 목소리는 인물 화자인 '나'에게 잘 어울리지도 않고, '소설적'이거나 매력적이지도 않은 것 같다.

장성규 내가 느낀 아쉬움도 그 점과 관련이 있는데……. 뭐랄까, 짧막짤막한 에피소드들이 제시되면서 그 에피소드들이 유기적으로 결합되고, 그로부터 특정한 작가의식이 등장한다기보다는, 지나치게 에세이처럼 작가의 목소리가 툭툭 삽입된다는 느낌이 들었다. 장편 형식의 특성을 살리려면 거대서사, 큰 이야기를 보여주는 작업이 필요한데, 이런 형식상의 고려가 소거된 듯하다. 그러면서 세계와의 대결이라는 부분이 없어지고, 대신 관조자적 시선이 전면화된 느낌이다.

박진 이 작품이 예술가소설이자 사소설적인 경향을 띠다 보니, 세계와의 대결보다는 자아의 탐색에 치중하는 경향이 있다. 작품 전반이 소설의 화자에게 집중되면서, 애잔하게 읊조리는 화자의 목소리가 부각되어 있는 소설이다.

장성규 그런데 일본 사소설은 주로 자아의 탐색에 초점을 맞추지만, 한국 사소설의 경우에는 사회적 맥락에 따라 정치적인 발화로 독해될 수 있는 특성을 지닌다. 이런 부분을 좀 더 살렸다면 한국형 사소설과 장편 장르 간의 유기적인 결합으로 나아갈 수도 있었을 것 같다. 이제 다음 소설로 넘어가보자. 김기홍의 『피리 부는 사나이』는 개인적으로는 네 권 중 가장 흥미롭게 읽은 작품인데, 박진 씨는 어땠는지?

박진 『젊은 날의 초상』 같은 성장소설에서부터 〈판의 미로〉 같은 신화적인 판타지와 〈아이리스〉 같은 첩보 스릴러까지, 이질적인 장르와 경향들을 넘나드는 참 이상한 소설이다. 소설 자체의 완성도나 밀도 같은 데 주목하면 부족한 점이 상당히 많다고 말할 수밖에 없겠다. 피리 부는 사나이의 정체나 상징성도 흐지부지되었고, 인물들의 방황이나 성장의 의미도 모호한 채로 끝나버린다. 전반부와 후반부가 괴리되어 있고 서사적 긴장감이나 긴밀함도 점차 느슨해져서, 시작한 이야기를 제대로 끝맺지 못한 채 어찌할 바를 모르고 있다는 느낌도 준다.

장성규 성장소설의 유형을 보이는 앞부분과 모험소설의 유형을 보여주는 뒷부분이 소설 내적인 문법으로 잘 결합되기보다는 다소 거칠게 연결되어 있는 게 사실이다. 그런데 나는 오히려 이러한 균열이 지금 젊은 세대들의 현실을 잘 반영하고 있다고 생각한다.

박진 내 생각도 비슷하다. 이 소설이 흥미롭다면 문학적 가치의 측면보다는 문화적 징후의 차원에서일 것이다. 『피리 부는 사나이』는 전형적인 성장소설의 구조나 질문의 방식 등이 더 이상 가능하지 않게 된 지금의 상황을 단적으로 예시하는 징후일지 모른다. 전반부에서 주인공들은 독서와 토론, 연애와 여행 등 성장을 위해 거쳐왔던 익숙한 통과의례들을 따라하고는 있지만, 이 소설에서 그것들은 예전과 같은 의미나 실감을 전해주지 못한다. 소설이 진행되어감에 따라 주인공들의 방황과 시련은 오히려 대중문화적, 환상적, 장르적 기호들 속에서, 그것들을 통해 전개된다. 그 여정은 또한 이전의 성장소설들에서보다 훨씬 더 오리무중이며, 미로 속에서 길을 잃고 헤매는 양상을 띤다. 그런데 바로 이런 측면이 지금 젊은 세대들이 처한 곤경과 2000년대 성장소설의 역설적인 특징을 잘 보여주는 건 아닐까 한다.

장성규 공감한다. 과거 1980년대 성장소설은 굉장히 명확한 플롯을 가지고 있었다. 대학에 입학하고, 곧바로 사회과학 세미나와 집회 참여를 통해 실천적 지식인으로 각성하는 과정, 이런 것이 당시 성장소설의 기본구조였다. 반면 1990년대 성장소설에서는, 이를테면 배낭을 메고 하루키 소설을 들고 자신의 정체성을 찾아가는 여행의 구조가 두드러지는 것 같다. 그런데 이 작품에서는 이런 구조가 명확하게 제시되지 않는다. 이것을 기법적인 결함으로 보기보다는 동세대적인 공통의 가치지향이 부재하는, 혹은 가치지향이 제시되지 않은 현재 20대의 삶을 정확히 포착한 징후로 읽을 수도 있을 것 같다.

박진 보충하자면, "지금 이 세계는 곧 끝날 거야. 이 세계는 스스로 다른 세계가 될 힘을 상실했어"(289쪽)라는 절망적 인식이 짙게 깔려 있지만, 그런 이 세계에서 앞으로 어떻게 살아가야 하는지, 도대체 무엇을 추구하며 살아야 하는지, '다른 세계'라는 게 과연 있기나 한 것인지 등을 전혀 알 수가 없는 젊은 세대들의 사회심리적 상황이 잘 묘사돼 있다. 정현이란 인물이 길거리에서 기타 연주를 하며, 길거리 연주가 피리 부는 사나이와의 '대결'이라 생각하는 장면도 눈길을 끈다. "효과가 있을 리는 없겠지만 뭐라도 하지 않으면 마음이 편치 않아서"(315쪽)라고 말하는 정현의 모습은 세상과 대결하려는 지금 젊은 세대들의 답답하고 막막한 심정을 그대로 대변해주는 것 같다.

장성규 나 역시 작가가 어설프게 새로운 가치와 성장의 구조를 제시해주는 게 아니라, 매우 정직하게 그 과정 자체의 지난함을 보여준다는 점이 굉장히 인상적이었다. 나는 이 작품의 진정한 주인공이 화자가 아니라 정현이라고 생각한다. 화자나 수연은 거의 실체가 없는 인물이다. 반면 정현은, 박진 씨도 언급했듯이 기타 연주를 통해 피리 부는 사나이와 나름의 대결을 시도한다. 그런 면에서 소설 독해의 초점을 정현에게 맞추고 싶기도 하다. 좋은 작품인지는 모르겠지만, 매우 인상적인 작품이라고 생각한다.

박진 이번엔 우리 생각이 꽤 많이 일치한다. (웃음)

장성규 덧붙이자면, 이 소설에서 음악이 자주 등장한다는 점도 참 흥미로웠다. 주인공과 정현이 만나게 되는 계기나 영국에서 정현의 오빠를 확인하는 장면, 이런 것들이 모두 음악을 매개로 해서 진행된다. 언어로 명료하게 설명될 수 없는 음악의 독특한 성격이 있지 않나? 작가가 명료하게 방향을 제시하지 못하는 상황에서 음악을 끌어와 중요하게 활용한 점이 인상적이다.

박진 그런 생각은 미처 못 했는데, 흥미로운 의견이다.

장성규 김기홍의 소설은 작품의 완결성을 비롯해서 많은 논란거리를 지닌 소설이다. 하지만 과거와는 다른 2000년대 젊은이들의 성장 과정을 치열하게 그리려는 열정에 대해서는 앞으로 주목할 필요가 있다고 본다. 여담이지만 임영태와 김기홍 모두 마포와 홍대 근처의 공간을 배경으로 하는데, 임영태는 쇠락한 변두리를 그리는 반면, 김기홍은 홍대 앞의 인디문화를 그리고 있다. 상당히 재미있는 지점이라고 생각한다. 그럼 다음 소설로 넘어가보자. 안보윤의 『오즈의 닥터』는 최근 작가들에게 나타나는 다양한 경향들을 잘 보여주는 소설인 것 같다. 환상적이고 스릴러적인 기법도 그렇고, 정신분석 이론을 적극적으로 도입한 것도 그렇고.

박진 그래서 무척 재미있을 거라는 기대를 하고 읽었는데, 기대했던 것보다 좀 실망스러웠다. 애초에 없는 인물인 닥터 팽이 서두부터 중심인물로 등장하여 스토리를 이끌어간다는 점은 흥미로웠지만, 그렇게 해서 결국 이야기하는 것이 불우한 유년기의 상처와 그로 인한 정신병, 환각제에 의한 기억의 착란과 범죄 행각 등이라면, 이건 너무 식상하지 않나? 수없이 봐왔던 전형적인 오이디푸스 서사에서 별로 벗어나지 못하고 있고.

장성규 여담인데, 문학 관련 인터넷 채팅창에 종종 접속한다. 물론 서로가 누구인지는 모른 채로. (웃음) 그런데 이 소설에 대해서는 반응이 극단적으로 엇갈렸다. 문예창작학을 전공하고 습작을 하는 분들은 이 작품이 모범적인 소설이라고 하더라. 정신분석 프레임의 차용, 영화적인 기법의 노출, 환상적 요소의 도입 등등이 모두 포함된 작품이라는 점에서. 반면 습작을 하지 않는 일반 독자들은 도대체 작가의 주제의식이나 기법에 대한 자의식이 무언지 잘 모르겠다는 다소 비판적인 견해가 많았다. 이런 반응들은 분명 이 작품이 최근 소설들의 트렌드를 잘 보여주고 있음을 방증하는 것 같다. 어쨌든 안보윤의 경우 다양한 이론적 프레임과 실험적 기법들을 꽤 자유롭게 구사할 줄 아는 작가라는 생각이 든다. 다만 이러한 과정에서 자신만의 뚜렷한 문제의식을 보여준다면 더 좋은 작품이 나오지 않을까 싶다.

박진 그런 문제의식이 없다면, 그저 트렌드를 뒤쫓는 것 이상이 될 수 없을 것이다. 현실과 환상, 진실과 거짓말의 경계를 지운다는 것도 그 자체로는 더 이상 새로울 게 없다. 더구나 "현실이 그렇게 중요한가요? 환각이 보이는 상태로 좀 살면 안 되는 건가요? (……) 결국 마찬가지잖아요. 나는 이제 환각도 현실도 상관없어요"(248쪽)라는 주인공의 마지막 말은 너무 무책임하고 맥 빠지는 결론이다. 작가 스스로 책 뒤에서 세상에 더 이상 새로운 이야기는 없다고 말하긴 했지만, '무엇을' 이야기하는가보다 '어떻게' 이야기하는가가 중요하다면, 그건 '어떻게'가 '무엇을'에 영향을 미치고 이야기 자체를 변형하기 때문일 것이다. 새로운 말하기 방식을 사용하고 있지만 결국에는 기존의 익숙한 이야기로 귀결된다면 별 의미가 없을 것 같다. 이야기가 넘쳐나는 현실에서 지금은 더욱더 ‘왜 이야기해야 하는가?’에 대한 자의식이 필요하다고 본다.

장성규 환상은 억압된 것들이 표출되는 형식이다. 그런데 이 작품에서는 ‘무엇이 억압하는가?’, ‘억압의 메커니즘은 무엇인가?’에 대한 문제제기가 잘 보이지 않는다. 이 때문에 환상이 지닌 미학적인 가능성을 잘 살리지 못했다는 생각이 든다.

박진 맞다. 최근 작가들이 환상을 빈번히 활용하는 것은 리얼리티 개념이 전반적으로 변화하면서 나타난 자연스러운 현상일 것이다. 문제는 환상을 작품 안에 끌어오면서 어떤 의미를 생성하는가 하는 점일 텐데, 이 소설에서는 그런 자의식을 찾아보기 어렵다. 억압의 사회적 메커니즘이나 욕망의 정치성 같은 것이 잘 드러나지 않는다.

장성규 우연찮게도 김기홍의 『피리 부는 사나이』에도 수연이가 등장하는데, 이 작품에도 여고생 수연이가 등장한다. (웃음) 주인공은 교사이고 수연이는 학생인데, 작품에서 수연이의 캐릭터가 지나치게 평면적이고 특별히 발화하는 부분이 없다. 수연이의 관점에서 학교라는 제도의 폭력성이 좀 더 풍부하게 서술되었다면, 주인공의 심리치료가 진행되는 병원이라는 제도에 대한 인식과 결합되면서 억압의 메커니즘이 어느 정도 형상화될 수도 있었을 듯하다.

박진 재미있는 지적이다. 우리가 한 얘기들이 다 서로 맞물려 있는 것 같다.

장성규 분명히 이 소설은 최근 한국문학의 주된 경향들을 잘 보여준다. 오이디푸스 서사구조부터 영화적 기법, 환상성 같은 것들이 현재 젊은 작가들이 빈번하게 사용하는 창작방식임은 분명하다. 다만 이러한 방식이 어떤 의미를 지니는지에 대해서 작가가 좀 더 고민했어야 하지 않을까 한다. 이번엔 이선영의 『천년의 침묵』에 대해 이야기해보자. 이 소설은 뉴웨이브문학상 수상작인 만큼, 오늘 우리가 다루는 네 편의 작품들 중 가장 장르적 성격이 강한 소설인데, 이 작품은 어땠나?

박진 일단 깔끔하게 잘 쓴 팩션이라 생각한다. '한국형 팩션'이란 말이 유행했던 적이 있는데, 이른바 한국형 팩션들은 민족주의적이고 근대적인 역사관을 강하게 담고 있다. 『천년의 침묵』은 그런 한계를 극복하고 '지식권력'에 대한 문제제기를 하고 있어 흥미로웠다. 참주로 대표되는 정치권력과 현자로 대표되는 지식권력 사이의 미묘한 갈등, 귀족 지식인과 시민계급(민중) 사이의 충돌 등을 통해 권력의 속성을 포착해낸다. 결국 참주가 시민계급을 이용하여 지식권력을 흡수해 들이는 결말은 쓸쓸하면서도 의미심장하다. 한편 수학적 지식들을 소설 안에 끌어들인 것도 재미있다. 예전에 글을 쓰면서 팩션이 인포테인먼트(information+entertainment)의 성격을 띤다고 말한 적이 있다. 전문지식을 말랑말랑하게 가공하여 흥미진진하게 즐길 수 있도록 만든다는 뜻인데, 『천년의 침묵』은 이런 측면도 잘 살려낸 전형적인 팩션이다.

장성규 지식권력에 대한 문제제기가 이 작품의 중요한 성과라는 점에는 동의한다. 그런데 지식을 소유한 지배계층과 소유하지 못한 시민계층 간의 갈등을 지나치게 단순화해서 이분법적으로 처리한 점은 다소 거칠어 보인다. 특히 무지한 시민계층의 '폭동'으로 결말을 처리하는 부분은 일종의 정치적 보수성을 강하게 암시한다는 점에서 이 작품의 성과를 의심하게 만든다.

박진 장성규 씨 지적대로 이 결말이 정치적 보수성으로 읽힐 여지도 있어 보인다. 비전을 제시하는 대신에 변화의 불가능성을 강조한다는 점에서. 하지만 이런 암담한 상황에 대한 비판적 시선 또한 소설 안에 깔려 있다고 본다.

장성규 한편 이 소설이 소재주의적인 한계를 극복하지 못했다는 생각도 든다. 이를테면 움베르트 에코의 『장미의 이름』이 일반적인 팩션과 다른 매력을 지녔다면, 그것은 이 소설이 당대의 특정한 지적 풍토 속에 다양한 인문학적 사유를 녹여냈다는 점일 것이다. 그런데 이 작품의 경우 소재로서는 피타고라스학파의 수학이 전면에 등장하지만, 이를 둘러싼 학파 내부의 논쟁들이 지니는 철학적 함의랄까, 그런 부분들은 잘 드러나지 않는다.

박진 유클리드 기하학은 뉴턴 물리학과 함께 근대의 패러다임을 형성하는 바탕이 되었는데, 이와 관련하여 피타고라스학파가 상징하는 세계관에 대한 성찰이 있었다면 더 좋았을 것 같다.

장성규 또 하나 아쉬운 점은 당시 피타고라스학파가 자신을 유일한 진리로 형성하는 과정에서 억압하고 배제했던 다른 학파나 개인들의 견해가 풍부하게 등장하지 못했다는 점이다. 만약 이런 부분들이 포함됐다면 공식적인 수학사 – 역사가 간과한 다른 철학적 세계관들에 대해 고민해볼 여지를 제공할 수 있지 않을까 싶다. 그런 게 공식 역사서술이 아닌 팩션만이 지닐 수 있는 매력이 아닐까?

박진 확실히 이 소설에서는 피타고라스학파가 억압한 다른 세계관을 통해 진실(진리)의 다른 판본을 제시한다거나, 권력이 채택한 역사의 판본을 상대화한다거나 하는 지향을 찾아보기는 어렵다. 그보다 이 소설은 피타고라스학파가 지식을 독점하고 권력화하는 양상을 통해 권력 일반의 폭력성을 드러내는 한편, 지금의 우리 상황을 돌아보게 만든다. 우리 시대는 미디어 환경의 변화로 인해 전문지식이 더 이상 특권층의 전유물일 수 없는 시대인데, 그럼에도 여전히 지식권력이 정치권력이나 자본권력과 결탁하여 세상을 움직이고 있는 실정이다. 당시 상황에 우리 사회를 비춰보면서, 이런 문제에 대해 생각해보는 것이 이 소설에 어울리는 독법일 것이다.

장성규 이 소설과 관련해서 한 가지 궁금한 게 있다. 다른 작품들에도 추리나 스릴러적 기법이 많이 사용되었지만, 이 작품에서 이런 기법은 훨씬 강도 높게 나타난다. 뉴웨이브문학상 수상작인 만큼 장르 문법이 전면화되는 것은 당연한 일일 것이다. 그런데 나 같은 경우는 이 소설의 추리적 기법이 조금 재미없었다. 뭐랄까, 추리라고 하면 독자가 작품 안에서 스스로 단서를 찾으면서 예측하는 재미랄까, 그런 지적인 매력이 있어야 할 것 같은데, 어쩐지 이 소설에는 지적인 추리가 상당히 약화되어 있다는 느낌을 받았다.

박진 정통 추리물과 스릴러물에는 차이가 있다. 정통 추리물이 단서를 추적하여 범인을 찾아내는 지적인 탐색의 과정을 중심에 둔다면, 스릴러에서는 탐정이자 잠재적인 희생자이기도 한 주인공이 사건의 중심에 휘말리면서 위험에 처하는 상황이 긴박하게 전개된다. 스릴러는 정통 추리물의 변종이라 할 수 있고, 팩션은 스릴러와 역사물이 결합된 혼종장르다. 장성규 씨가 기대한 것은 정통 추리물의 치밀한 탐색 과정이었던 것 같은데…….

장성규 그렇다고 해도 살인자가 너무 쉽게 밝혀지고, 주인공의 분노 역시 너무 쉽게 사라져서 작품의 긴장을 결말까지 유지하지 못한다는 생각이 든다. 특히 형의 죽음에 의문을 품고 자신이 성취한 사회적 기반을 모두 버리고 학파로 들어간 주인공이 우연히 담장 사이의 빈 공간을 발견하면서 너무 쉽게 학파와 도시를 오간다는 설정은 서사적인 약점이라 해야 하지 않을까?

박진 역시 살인자를 밝혀내는 추리의 과정보다, 피타고라스 정리의 숨겨진 비밀을 알게 되고 그로 인해 살해당할 위험에 처하는 주인공의 상황이 부각되면서 그런 현상들이 나타난 것 같다. 팩션 자체가 비교적 새로 등장한 혼종장르인 건 분명하지만 이제는 팩션도 익숙한 장르의 하나로 자리 잡게 되었으니, 팩션의 전형적인 관습을 되풀이하기보다 그 관습을 변형하고 넘어설 수 있는 또 다른 시도들이 필요할 것이다. 또한 아까 장성규 씨가 말해줬던 에코의 소설이나 오르한 파묵의 『내 이름은 빨강』처럼, 장르적 매력과 철학적 사유가 결합된 소설들이 우리 문단에서도 많이 나왔으면 좋겠다.

장성규 박진 씨 얘기를 들으니까 내가 알고 있는 문학의 범위가 굉장히 좁다는 생각이 든다. 매우 다양한 장르 문법들이 창출되고 있는

데, 실상 이런 부분들에 대해 기존의 비평가들이 조금 간과해온 것은 아닌가 싶다. 오늘 네 권의 문학상 수상작을 대상으로 이야기를 나눴는데, 이들 작품들이 나름의 새로움을 보여준다는 점이 주목된다. 기법적이거나 소재적인 면에서도 그렇고, 주제의식 면에서도 그렇고……. 적어도 기존의 문학상 수상작과는 상당한 차이를 지니고 있다.

박진 출판 시장과 문화 환경 전반이 변화하고 있으니 문학상 또한 이전의 기준만을 고집할 수는 없을 것이다. 최근 문학상 수상작들의 변화는 당연히 지금의 변화된 상황들, 이를테면 리얼리티 감각과 미디어 환경의 변화, 우리 삶에서 대중문화 텍스트들이 차지하는 엄청난 비중 등을 그대로 반영하고 있다. 다만 문학상 제도가 이들의 새로움을 '문학적 권위'로 포장하거나 엄연히 존재하는 출판 시장과의 관계를 직시하지 못하게 만드는 것은 경계할 필요가 있다. 문제는 변화된 경향 안에서 더 좋은 작품들을 선별하는 것이지, 이들 작품을 기존의 문학성으로 포장하는 것은 아닐 테니까.

장성규 좋은 지적이다. 이와 관련해서 새로운 콘셉트의 문학상들이 많이 생겨나고 있는 현상에 대해서도 좀 더 논의가 필요할 것 같다. 한편으로는 새로운 문학적 경향과 독자들의 감수성 변화를 능동적으로 반영한 것으로도 볼 수 있지만, 다른 한편으로는 출판 시장의 상업논리에 의한 것일 수도 있을 텐데?

박진 '순문학' 또는 '본격문학'이라 불리는 문단 시스템은 매우 강고하게 구축되어 있다. 그 강고함은 때로는 배타적이고 권력적인 성격을 띠기도 한다. 반면 장르적 경향의 작품들에는 이런 시스템이 취약하다. 새로운 문학상을 통해 장르적 경향의 작품들을 생산, 유통, 향유하는 시스템을 만들어가고, '본격문학'과 장르문학이라는 배타적인 이분법을 탈구축하는 일은 의미가 있다고 본다. 다만 현재 만들어지고 있는 문학상들이 시장논리를 따르느라 이런 역할을 잘 수행하고 있는지는 좀 의문이다.

장성규 나 같은 경우 일종의 B급문화, 하위문화의 비제도성이랄까, 그런 점이 자칫 제도에 포획되지 않을까 하는 기우가 든다. 물론 장르문학이 문학상을 수여받고 이를 통해 활발히 창작, 유통되는 것은 바람직하지만, 장르문학의 하위문화적 성격을 제도의 획일성이 장악하게 되는 것은 경계해야 하지 않을까?

박진 무슨 얘기인지는 충분히 이해가 간다. 하지만 '본격문학'이라는 제도 내부 입장에서 장르문학 쪽에 대고 '너희는 하위문화적 전복성을 지켜야 하니 제도권 밖에 머물러 있으라'고 말하는 건 좀 그렇지 않나? 결과적으로 장르문학에 대한 기존의 배타적인 태도와 별로 다를 게 없어 보인다. 나는 오히려 새로운 문학상들이 어떻게 만들어지고 운용되는가가 중요할 것 같은데, 우선 다양한 장르의 문학상들이 저마다 독특한 특성들을 잘 살렸으면 하는 생각이다. 또 전형적인 장르소설들에 문학상을 주기보다 색다르고 참신한 시도들을 높이 평가했으면 좋겠고.

장성규 잘 알겠다. 정리를 해보자. 최근 문학상들은 새로운 문학적 경향을 적극적으로 반영하려는 의지를 보여준다. 이 과정에서 변화된 대중의 감수성이나 시대적 상황을 반영하면서도, 분명히 존재하는 출판 시장의 문제를 외면하지 말고 직시하는 것이 중요하겠다. 그럴 때 비로소 새로운 문학상에서 '새로움'의 가치를 찾을 수 있지 않을까 한다. 더불어 문학상마다 각자의 독특한 정체성을 명확히 할 필요가 있겠다. 그래야 문학상 각자의 고유한 의미가 있을 것이다. 그리고 이를 위해서는 무엇보다 독자들의 능동적인 선택과 적극적인 비평이 필요할 것이다. 오늘은 여기서 마치고, 다음 '비평테이블'에서 다시 인사드리겠다.

6

2000년대 '새로운' 소설이 나아간 장편의 세계는?

『사과는 잘해요』 이기호
『재와 빨강』 편혜영
『고령화 가족』 천명관

장소: 대학로 '책읽는 사회문화재단' 2층 회의실
시간: 2010년 4월 21일 오후 4시~7시
참여: 박진, 김남혁

박진 4월이 다 가고 있는데, 어쩐 일인지 날씨는 한겨울이다. 게다가 지금은 차가운 비까지 내리고 있다. 그러고 보니, 오늘이 '비오는 수요일'이네? (웃음)

김남혁 그렇구나. 독자 분들 중에는 〈비오는 수요일엔 빨간 장미를〉 같은 옛날 노래는 모르는 분도 많을 거 같은데……. (웃음) 어쨌든 분위기 있는 옛날 노래를 들으면서 그냥 차나 한잔 하고 싶은 날씨다.

박진 정말 그런데, 그럴 순 없어도 우리 즐겁게 소설 이야기를 나누며 따뜻한 시간을 만들어보자. 이번 달에 다룰 작품은 이기호의 『사과는 잘해요』(현대문학, 2010), 편혜영의 『재와 빨강』(창비, 2010), 천명관의 『고령화 가족』(문학동네, 2010)이다. 우연히도 세 작가의 세 번째 책인데, 이기호와 편혜영에게는 첫 번째 장편소설이기도 하다.

2000년대 문학에 새로운 활력을 불어넣은 대표적인 '젊은' 작가들의 장편이라 무척 기대하고 읽었다. 김남혁 씨는 이 세 작가에 대해 평소에 어떤 인상을 가지고 있는지?

김남혁 이기호 하면 나는 '시봉'이로 대표되는 비루한 인물들, 이런 인물들을 드러내기 위한 형식 실험, 이 두 가지가 생각난다. 파격적이고 유쾌한 형식 실험에 담긴 애잔함이라고나 할까. 편혜영은 높은 완성도의 단편을 선보인 작가다. 『아오이가든』(2005)이 일상의 이면에 우글거리는 유기된 시체와 부패된 사체 등을 보여준다면, 『사육장 쪽으로』(2007)는 아무리 노력해도 변하지 않는 답답한 일상의 표면을 보여준다. 천명관 하면, 당연히 『고래』(2004)가 떠오른다. 넘쳐나는 이야기의 힘! 장르들 간의 혼성적인 접속을 유도하며, 소설의 규범을 교란하고, 거대서사의 그늘 아래 가려졌던 작은 이야기들을 해방하던 그 힘이 생각난다.

박진 특히 이 세 작가에게는 2000년대 '새로운' 소설의 대표주자라는 선명한 이미지가 있다. 이들의 이전 작품들은 기존의 소설 문법을 교란하고 전복하는 파격적인 개성과 참신함으로 큰 주목을 받았다. 김남혁 씨도 잘 정리해줬지만, 편혜영의 『아오이가든』은 시체들이 범람하고 역병이 창궐하는 그로테스크한 환상의 세계를, 이기호의 『최순덕 성령 충만기』(2004)는 기존의 담론 체계를 비틀고 조롱하는 발칙하고도 유머러스한 상상력을 보여줬다. 천명관의 경우에는 나 역시 『고래』의 작가로 기억하는데, 이 소설이 처음 나왔을 때의 그 강렬한 인상이 지금도 생생히 떠오른다. 『고래』는 이야기들의

'빅뱅'이라고 할 정도로 유기적인 서사구조에 아랑곳하지 않는, 말하기 그 자체의 폭발적인 에너지를 선보였다. 이들의 소설은 근대소설(novel) 이후의 소설을 예감케 하는 불온하고 발칙한 면을 지니고 있었다.

김남혁 그런 면들 때문에 논쟁거리가 되기도 했던 소설들이다. 박진 씨는 비평 활동 시기가 이들의 작품 활동 시기와 비슷해서, 그런 논쟁들에 직접 참여하기도 했던 걸로 기억한다.

박진 그래서 이 작가들에게는 더 관심이 많고 애정도 깊다. 비평적인 논쟁이라면 일단 이들의 소설이 '정말로' 새로운가, 근대소설/탈근대소설이라는 도식적인 구분을 적용하면서 새로움을 지나치게 강조한 게 아닌가 하는 문제가 하나의 큰 주제였다. 또 새롭다는 게 그 자체로 가치 있는 것인가 하는 문제도 있었다. 끊임없이 새로움과 '신상'을 원하는 시장논리를 그대로 따라가는 게 아니냐는 비판도 나왔고.

김남혁 박진 씨 입장은 이들의 새로움을 적극적으로 옹호하는 쪽인 걸로 알고 있다.

박진 우선 감각적이고 직관적으로 이들의 소설은 정말 새롭다고 느꼈고, 그 새로움의 정체가 뭔지 설명할 수 있어야 한다는 생각이다. 이들의 소설에 근대소설의 익숙한 기준들을 적용한다면, 이건 소설도 아니라는 식의 평가를 내려야 할지도 모른다. 가치의 문제는 물론 중요하다. 하지만 이렇게 이전과는 다른 소설들이 나오는 사회문화적 상황과 문학적 요구를 섬세하게 이해하면서, 바로 지금 '좋은 문학'이란 어떤 것인지 다시 고민해야 할 필요가 있다. 2000년대 중반까지는 이들의 소설이 어떻게 새로운지 밝히는 데 주력했다면, 이젠 그 새로움이 어떤 의의와 가치를 지니는지 평가하기 위해 더 깊이 고심해야 한다고 본다.

김남혁 동의한다. 미학적으로 새로운 게 항상 올바른 것은 아니다. 진, 선, 미 세 가지 중에 오로지 미만을 강조할 때 진과 선의 자리가 지워지는 것이 아닌지 항상 유념해야 한다.

박진 이제 개별 작가에 대해 더 자세히 이야기해보자. 이전 작품들을 함께 살펴보면서 이번 신작들에 대해서도 의견을 말해보자. 먼저 이기호부터 시작할까?

김남혁 이기호의 첫 소설집 『최순덕 성령 충만기』는 무척 좋았다. 특히 「햄릿 포에버」 「백미러 사나이」 「최순덕 성령 충만기」 「간첩이 다녀가셨다」에 담긴 이기호만의 색깔이 좋다. 그중에서도 수많은 시봉이들이 기억에 남는다. 보도방에서 일하거나, 자해공갈로 생계를 꾸려가거나, 조직에 들어가려고 이력서를 쓰거나, 국기봉에 올라가 블랙코미디 같은 대화를 나누는 인물들 말이다. 이들은 삶의 어두운 지점과 맞닿아 있지만 어딘가 삼류 냄새가 나는 인물들이다. 된소리를 포기한 '시봉'이라는 단어처럼 말이다. 그 단어는 표준어의 산뜻한 질서에 포함되진 못하지만, 표준어의 권위 있는 질서를 파괴하는 힘도 지니지 못한다. 표준어의 질서에 불만을 지니고 있지만 그렇다고 그 질서의 전면에 나서서 파괴력 있는 위반도 시행하지 못하는 '시봉'이라는 단어처럼, 이기호 소설의 인물들은 현실에 대한 불만을 지니고 있으면서도 현실을 개조하기 위해 앞장서지 못하는 비루한 인물들이다. 그야말로 갈팡질팡하는 인물들인데, 이들의 '갈팡질팡'이 이기호 소설에 담긴 유쾌하면서도 애잔한 정서를 잘 드러낸다. 그에 비하면, 두 번째 소설집『갈팡질팡하다가 내 이럴 줄 알았지』(문학동네, 2006)는 대부분이 이기호의 소설론으로 읽혀서, 소설적 흥미와 이기호만의 개성을 반감시키는 면도 있다고 느꼈다.

박진 내가 볼 땐 이기호의 개성은 아무래도 기존의 소설 문법을 조롱하는 파격적이고 유희적인 언어, 말도 안 되는 농담을 끝까지 밀고 나가서 그럴듯하게 만들어놓는 뻔뻔함이 아닐까 한다. 이기호 하면 떠오르는 그만의 색깔은 역시 첫 소설집에서 가장 잘 드러난다. 「최순덕 성령 충만기」「버니」「누구나 손쉽게 만들어 먹을 수 있는 가정식 야채볶음흙」과 같은 작품들이 특히 그렇다. 두 번째 소설집에서는 이런 개성이 조금 약화되고, 김남혁 씨 말대로 메타소설적인 성격이 더 강해졌다. 그래도 그중에서「수인」은 무척 인상 깊게 읽었다.「수인」은 문학에 대한 이기호의 작가적 자의식이 담긴 수작이다.

김남혁 기억난다. 폐쇄된 대형서점으로 굴을 뚫고 들어가 어둠 속에 묻힌 자기 책을 찾아내는 소설가의 이야기.

박진 소설을 쓰는 일도 수많은 직업과 노동 가운데 하나로 세속화되어버린 시대에, 「수인」의 주인공은 '곡괭이'와 한 몸을 이룰 때까지 노동을 해서 소설가로서의 자기 존재를 증명하는 한편, '노동 없는 곳에 존재하는 소설들'의 신성한 지하무덤에 경의를 표한다. 소설쓰기에 대한 자기성찰과 정직한 고백이 이 소설에서는 특히 마음에 와 닿았다.

김남혁 그런데 이기호 소설에서 한 가지 아쉬운 점은 그가 조롱하는 대상이 그동안 대중에 의해 빈번히 비판되어온 대상에서 크게 벗어나지 않는다는 점이다. 군사정권의 독재자나 군대 조직, 권위적인 종교 담론같이 문학에서 오랫동안 비판의 대상으로 등장했던 소재들을 많이 다루고 있는데, 그 자체는 별로 새로울 것이 없다. 비판받는 게 당연한 대상을 그냥 단순하게 '악'으로 설정하고 있다는 생각도 든다. 그래서 그런지 『사과는 잘해요』에서도 관리자와 관리되는 대상이 너무 명확하게 구분되어 있다. 이 소설은 시설 원장과 복지사들을 무조건 악의적인 인물들로 그리고 있다. 이들 역시 시봉이와 주인공 '나'만큼이나 제도의 피해자 같은데 말이다.

박진 내 느낌은 좀 다른데, 『사과는 잘해요』는 내겐 오히려 조금 모호하고 이상하게 보이는 소설이었다. 인물들의 성격이 이전처럼 선명했다면 시봉과 진만이 희생자의 느낌만 주었을 텐데, 내가 보기엔 그렇지가 않았다. 실제로 그들은 순진하고 멍청한 외양으로 악인 이상의 범죄를 저지른다. 이들은 연민을 자아내는 불쌍한 인물들이지만, 마치 진짜 영악한 사람들처럼 방해자를 제거하고 목적을 이뤄간다. 예전의 시봉이가 어딘지 변화했다는 느낌이 들어서, 이기호의 다음 장편은 이전의 소설들과는 또 다른 얘기를 해줄 수 있지 않을까 하는 기대도 하게 된다.

김남혁 그런가? 나는 이 소설에서 시설, 반장, 알약, 사과(고백) 등등의 알레고리가 너무 익숙하다고 느꼈고, 체제 질서에 몸담고 있는

사람들과 그렇지 않은 사람들을 이분법적으로 나누고 있다는 생각
이 들었다. 사회의 상징 질서를 의미하는 '시설'과 겉으로는 사회복
지 운운하면서 속으로는 가혹한 폭력을 휘두르는 상징 질서의 외설
성, 그 외설성을 공유하는 자들에게 '반장'이라는 직책을 부여하는
지배 메커니즘, 그 반장이라는 직책 때문에 시설의 지배 메커니즘
을 고통스러워하면서도 향유하는 인물들, 시설 밖에 나와도 시설 안
에서 유지되던 상징적 정체성(반장)을 유지하려 하고 그곳에서 먹던
'알약'을 자발적으로 복용하는 인물들, 죄가 있어서 사과(고백)하는
게 아니라 사과하기 위해 죄를 발명하는 사람들. 단어만 들어도 연
상되는 익숙한 해석을 소설화했기 때문에 『사과는 잘해요』는 전혀
새롭게 읽히지 않았다. 그런 면에서 이기호의 이전 단편들보다 완성
도가 떨어지는 소설이라고 생각한다.

박진 나는 이랬던 것 같다. 지금 김남혁 씨가 분석한 그 의미 위에 주인공들이 가진 모호한 측면, '시봉이적' 성격의 미묘한 변화가 더해져서 단순한 이분법이나 알레고리적 해석에 잡음을 낸다는 인상을 받았다. 그런 불일치가 주는 묘한 불안정함, 이런 것이 이 소설의 흥미로운 지점이다. 김남혁 씨와는 좀 다르게, 나는 소설의 완성도를 그렇게 중요한 평가 기준으로 삼지는 않는 편인 것 같다. 오히려 괴상함이랄까, 규격에서 벗어난 이질적인 지점들에 매력을 느끼는 경우가 많다. 『사과는 잘해요』에서도 딱 떨어지는 분석을 미묘하게 피해가고 어긋나게 만드는 인물들의 성격과 뉘앙스들이 더 관심을 끌었다. 기존의 '시봉이들'이 변화하고 있고, 이 소설이 단편에서 장편으로 가는 과도기적 성격을 지닌다고 보면, 더 높은 완성도는 다음 작품쯤에서 기대해볼 수 있지 않을까 한다.

김남혁 듣고 보니 그런 해석도 가능할 거 같다. 이 소설에서 가장 인상적인 건 마지막 장면이었다. 시봉의 누이를 업고 '병원'을 탈출하지만, 거대한 병원의 십자가가 그들을 바라보고 있는 장면. 그들은 '시설'을 나왔지만, 세상은 하나의 거대한 시설에 불과하다는 걸 씁쓸하게 일깨우는 장면인 것 같다.

박진 아쉬움도 있지만, 어쩐지 마음에 남는 면이 있는 소설이었다. 이제 편혜영의 『재와 빨강』으로 가자. 이번에도 편혜영의 이전 소설에서부터 이야기를 시작해볼까?

김남혁 편혜영 하면 우선 등단작을 첫 소설집에 포함하지 않은 작가라는 점이 생각난다. 등단작 「이슬털기」와 등단한 후 바로 발표한

「웨딩드레스」라는 소설이 『아오이가든』에 묶이지 않았다. 「웨딩드레스」는 『사육장 쪽으로』에서 보여준 작품들과 유사하지만, 「이슬털기」는 두 작품집에 어울리지 않는 소설이다. 발표된 소설을 단지 기계적으로 묶어서 하나의 소설집으로 발표하는 게 아니라, 한 권의 소설집에서 작가의 문제의식에 따라 작품을 선택하고 배치하는 것이 흥미로웠다. 하지만 이렇게 자신의 문제의식을 선명히 하기 위한 열정이 다소 지나쳐서 소설집 자체가 좀 작위적으로 완성된 것은 아닌가 하는 생각이 들기도 한다. 두 소설집에 수록된 단편들이 한 편 한 편 높은 완성도를 지니지만, 한 소설집 안에서는 모두 비슷한 느낌을 자아내기 때문이다.

박진 편혜영의 경우에도 첫 소설집 『아오이가든』의 세계는 워낙 강렬하고 압도적인 인상으로 남아 있다. 편혜영과 이기호 소설에 비슷한 점이 있다면, 첫 책에서 보여준 도발적인 면들이 두 번째 책에서는 차분하게 가라앉고 심화되었다는 점이다. 파격성은 다소 줄어들었지만 어느 정도 깊어지고 성숙해졌다. 특히 편혜영의 경우에는, 『아오이가든』의 잔혹하고 끔찍한 이미지들이 두 번째 소설집 『사육장 쪽으로』에서 일상적인 삶의 세계와 접속하면서 보편적인 의미화의 가능성을 얻게 됐다. 그래서 『재와 빨강』에서는 이 세계가 장편으로 어떻게 펼쳐질까 무척 기대가 됐다.

김남혁 나도 편혜영을 이기호와 비교해보자면, 먼저 떠오르는 가장 큰 차이는 '인물'인 것 같다. 이기호 소설에선 시봉이로 대변되는 인물들이 선명하게 떠오르는데, 편혜영 소설에선 유기된 시체와 불쾌한 냄새와 답답한 일상이 떠오르지 특정 인물이 생각나지 않는다. 편혜영 소설의 인물들은 이름이 없고, 영어 이니셜이나 성씨나 성별에 대한 호칭으로 불린다.

박진 그렇다. 편혜영 소설의 인물은 주체나 정체성 같은 개념에 전혀 어울리지 않는 존재들이다. 어쩌면 편혜영 소설은 그런 것들을 넘어서버리는 차원, 아예 인간 자체를 익명적인 힘들과 몰개성적인 특이성들로 분해하는 차원에 관심을 갖는지도 모르겠다. 그러니 이렇게 난해하다는 평을 들었던 건지도 모르고. (웃음) 처음 편혜영이 첫 소설집에 담긴 단편들을 하나하나 발표할 때, 평론가들끼리 모인 자리에서 "편혜영이 장편을 쓰면 어떻게 될까?" 하는 얘기를 하며 웃었던 기억이 난다. 단편들도 난해한데, 장편이 되면 도무지 읽

어내지 못할 것 같다는 느낌에서 나왔던 농담들이다. 그런 편혜영이 정말로 장편을 썼고, 그게 바로 이 소설『재와 빨강』이다. 주변의 평가들을 들어보면, 이 소설을 이전 작품들에서 보여준 문학적 개성의 결정판이라고 고평하는 사람들도 있고, 예전 소설들의 복사판으로 보는 사람들도 있다. 김남혁 씨가 보기엔 어땠나?

김남혁 실제로『재와 빨강』에는 이전 작품들의 흔적이 많이 들어 있다. 전염병과 쓰레기와 악취로 뒤덮인 아파트(「아오이가든」), 하수구에 사는 전락한 사람들(「맨홀」) 등은 이미『아오이가든』에서 보여준 편혜영의 문학적 개성이었다. 하지만 내 경우에는 예전 작품의 이런 잔상들이 독서에 방해가 되지 않았다.『재와 빨강』은『아오이가든』과『사육장 쪽으로』의 세계가 완성도 있게 결합된 결과물로 보는 것이 맞을 듯하다. 또한 서사의 측면에서 평가하지 않더라도 매력적인 장면이 많았다는 점도 장편으로서『재와 빨강』이 지닌 미덕이라고 할 수 있다. 가령, 아내와 신혼여행을 떠난 숲에서 원숭이들이 달려드는 장면은 대단히 인상 깊었다.

박진 단편소설의 분위기나 모티프가 꽤 많이 차용되긴 했지만, 나 역시 이 소설이 단편의 반복이라 말하고 싶지는 않다. 그저 반복이거나 단편을 늘여놓은 것이라면 뻔해서 지루하고 밀도도 상당히 낮아졌을 텐데, 이 소설은 전혀 그렇지 않으니까. 편혜영은 단편에서 보여줬던 독특한 지점들을 고스란히 끌어들이고도 의외로 흥미 있게 잘 읽히는 장편을 써냈다. 단편에서 강렬하고 이질적인 느낌을 주던 작가가 장편에서는 그런 매력을 잃고 편안하게 이야기를 풀어냈다면, 좀 아쉬운 느낌이 들었을 것이다. 편혜영다움을 잃지 않고도 이렇게 읽을 만한 장편이 될 수 있다는 것이 나는 일단 참 반갑고 좋았다.

김남혁 주제적으로도 이 장편소설은 마치 『아오이가든』과 『사육장 쪽으로』가 합쳐진 소설 같다. 제도의 이면과 제도의 표면이 동시에 드러난다. '그'가 부랑자가 되어 공원과 하수도에서 생활할 때 시스템의 이면이 드러나고, 무균실과 같은 본사의 모습을 통해 시스템의 표면이 표현된다. 그런데 문제는 C국의 아파트에서 무균실 같은 시스템에 부합된 삶을 추구하는 그와, 부랑자가 되어 시스템의 규칙 밖에서 생활하는 그가 모두 인간이 그렇게도 싫어하는 동물인 쥐와 비슷하다는 데 있다. C국의 아파트에 격리되었을 때 그는 제도의 추하고 더러운 이면에 직접적으로 노출되지 않지만, 그래서 평화롭고 안정적인 일상을 유지할 수 있지만, 제도의 관리에서 벗어난 주체의 삶을 살지 못한다. 그렇다면 그가 아파트를 벗어나면 어떻게 되는가? 그는 제도가 관리하는 삶에서 벗어나게 되지만 인간 이하의 삶을 살아가게 된다. 그의 삶이 인간 이하인 이유는 단지 쓰레기통을 뒤지면서 추하고 더럽게 살아가기 때문이 아니다. 그곳에서 그는 자신의 의식주와 관련된 것 이외의 문제, 이를테면 윤리와 자유와 평등과 이념 등등의 문제를 고려하지 않기 때문이다. 전염병을 이유로 감기에 걸린 노숙자를 불태워 죽인 장면은 제도 밖에서 인간들이 주체적인 삶을 살아가는 게 아니라 이기적인 동물로 전락한다는 점을 단적으로 보여준다.

박진 비슷하면서도 좀 다른데, 이 소설의 주인공은 시스템에 편입하려고 애쓰는 인물이자 시스템으로부터 끊임없이 달아나야 하는 인물이라는 점이 내게는 특히 인상적이었다. 그는 C국에서 자기 존재를 인정받고 회사에서 제자리를 찾아야 하는 사람인 동시에, 처음부터 감염자였고 살인사건의 용의자로 쫓기는 사람이다. 또한 감염자이면서 방역자이기도 하다. 이런 이중성이 무척 흥미로웠다.

김남혁 공감한다.『사육장 쪽으로』이후 편혜영 소설에서 정말 끔찍한 것은 부패한 시체나 곳곳에 포진된 사체나 비일상적인 현실이 아니다. 아무리 부푼 희망을 품고 시스템에서 벗어나려 해도 벗어날 수 없게 구축된 일상 그 자체가 가장 끔찍하다. 이 점을 드러내기 위해 대개의 편혜영 소설은 '일상→비일상→일상'으로 순환하는 악무한의 서사구조를 드러낸다.

박진 나아가 이 소설은 지금 우리 사회가 안고 있는 실제적이고 현실적인 문제를 호소력 있게 다루고 있다는 생각이 든다. 초기에 편혜영 소설은 막연히 '반문명'으로 해석되는 경향이 있었지만,『재와 빨강』에서 전염병과 방역체계, 쥐 떼의 출몰과 대지진 등은 상징적 해석의 가능성과 더불어 지금의 현실적 상황을 직접 환기시킨다. 신종플루와 2012년 종말론으로 대변되는 우리 사회의 집단적 무의식을 반영한다는 점에서도 그렇고……. 시스템 바깥으로 추방당하는 데 대한 두려움을 통해 시스템의 폭력을 자발적으로 수락하게 만드는 권력의 작동 방식, 특히 검역과 방역이란 이름으로 생명 그 자체를 미시적으로 지배하는 생명권력(bio-pouvour)의 감시 체계 등이 생생히 포착된 느낌이다. 독한 소독약이 얼굴 위로 분사되어 기침을 하면서 눈물을 흘리는 마지막 장면은 정작 우리를 죽이는 것은 바이러스가 아니라 소독약임을 쓸쓸하게 말해준다.

김남혁 『재와 빨강』은 여러모로 새롭고, 또 그 새로움이 중요한 의미를 갖는 소설이란 생각이 든다. 편혜영의 첫 장편이 우리가 입을 모아 지지할 수 있는 소설이라는 게 참 기쁘다.

박진 나도 그렇다. 이제『재와 빨강』에 대해 어느 정도 이야기를 나눈 것 같다. 마지막으로 천명관의『고령화 가족』에 대해 얘기해볼 차례다.『고래』의 작가 천명관의 고대하던 두 번째 장편이다. 물론 그 사이에 단편집『유쾌한 하녀 마리사』(2007)가 있지만.

김남혁 천명관 하면, 역시『고래』다.『고래』는 정말 매력적인 소설이었다. 이 작품을 읽으면서 어설프게나마 비평문을 쓰고 싶다는 마음이 들고, 나도 소설 한 편 쓰고 싶다는 생각도 들고, 이런 소설 한 편 쓰면 내 생에 더 이상 소원이 없겠다는 식의 방정맞은 생각도 들었던 기억이 난다. 또 제도권에서 문학 교육을 받지 않은 사람이, 더구나 64년생인 사람이 마흔한 살에 발표한 소설이 이렇게 젊다는 게 놀라웠다. 물론 마흔한 살이라고 해서 무조건 고루하고 답답한 사람은 아닐 것이다. 그래도 왠지 그 나이 정도의 사람들은 대개 문학이란 이런 것이다, 혹은 문학이라면 이런 걸 써야지 하는 편견이 있을 것 같다는 생각을 완전히 지울 순 없는데, 그래서 더욱더 천명관의 나이와『고래』라는 작품을 함께 생각하게 되는 것 같다.

박진 그런 느낌이 들 만도 하다.『고래』의 매력은 역시 폭발하는 에너지다. 의미를 해석하거나 소설적 장치들의 유기적 관계를 따져보기 이전에, 이야기 자체에서 뿜어져나오는 힘에 매혹됐던 기억이 있다. 영화, 신화, 설화와 같은 온갖 이질적인 이야기들이 들끓어 분출하는 힘이 『고래』엔 있었다. 하지만 『유쾌한 하녀 마리사』에 오면 그런 에너지가 사라지고 영화적인 요소들이 여기저기 끼어들어와 있을 뿐이다. 처음엔 이것을 장편과 단편이 가진 차이라고 생각했다. 하지만 『고령화 가족』에서도 『고래』 때의 매력은 찾을 수 없었다. 『고령화 가족』은 오히려 『유쾌한 하녀 마리사』에 가깝다.

김남혁 내가 보기에도 『유쾌한 하녀 마리사』에서는 『고래』에서 느꼈던 이야기나 여담의 활기가 많이 줄어들었다. 대부분의 작품이 결말의 반전을 향해 달려가기 때문에 흥미가 좀 떨어진다. 그래도 이 소설집에서 「더 멋진 인생을 위하여」라는 소설은 인상적으로 읽었다. 킬러인데 배가 나온 킬러라는 설정도 재미있었다. 더 멋진 인생을 위해 고향을 떠났지만 떠나기 전 고향이 가장 행복했던 곳임을 깨닫게 된다는 주제도 마음에 와 닿았고, 미국의 황량한 분위기가 작품의 주제와 잘 어울려서 매력적이기도 했다. 『고령화 가족』은 이 단편과 연속되는 지점이 있지 않나 하는 생각이 든다.

박진 사실 나는 『고령화 가족』이 그냥 가족 이야기의 비틀기라고 느꼈다. 피는 물보다 진하다는 식의 스위트홈 신화를 강화하는 가족 이야기들의 보수성을 깨고 혈연으로 묶이지 않은 콩가루 집안의 모습을 그려낸 소설이라 생각한다. 부르주아적인 가족 이데올로기를 비트는 그 나름의 의미는 분명하지만, 이미 〈가족의 탄생〉이나 〈좋지 아니한가(家)〉 같은 파격적인 가족 영화들이 나와 있는 상황에서 이런 소설이 새삼 큰 의의를 지닐 수 있을까 하는 의심이 든다. 미학이나 감수성의 차원에서뿐 아니라 정치성과 이데올로기적 차원에서도 문학이 영화를 겨우 뒤따라가고 모방하는 정도라면 무척 애석한 일이다.

김남혁 어느 정도 공감이 가는 말이다. 하지만 『고령화 가족』이 가족만을 이야기하는 소설은 아닌 것 같다. 『고래』와 연결해서 말해보겠다. 천명관이 『고래』를 통해 제시했던 명제가 "이야기는 계속된다"(406쪽)였다면, 『고령화 가족』에서는 "이야기는 여기까지다. 하지만 삶은 멈추지 않고 계속되는 법이다"(286쪽)라는 명제를 내세운다. 『고래』의 문제의식은 인간의 삶이 일관성과 통일성을 갖춘 거대한 이야기로 온전히 서술될 수 없다는 데 있었다. 그에 따르면 인간의 삶은 오히려 우연적이고 부조리하고 작은 이야기들로 조각조각 흩어져 있다. 그렇기에 『고래』는 삶을 큰 이야기 틀로 논리적으로 해석하고 설명하려는 태도를 유예하라고 독자들에게 제안한다. 그렇지만 '이야기는 여기까지'라고 말하는 『고령화 가족』이 우연적이고 부조리한 이야기를 포기하고 거대서사를 옹호하자는 것은 아니다. 천명관은 거대서사를 비켜나는 이야기 자체를 포기한 것이 아니라 주체적인 행동을 방기하는 데 알리바이가 된 이야기를 포기한 것이다. '부조리한 인생에 대한 그 모든 설명과 해석을 유예'하는 행동이 진실을 이끌어내지 않고 오히려 주체적인 행동을 포기하는 알리바이가 된 현 상황에서, 그는 주체적인 삶은 멈추지 않고 계속돼야 한다고 말하고 있다. 그렇기에 거대서사에 포섭되지 않은 우연적인 이야기들이 『고래』의 핵심이었다면, 이야기의 우연성을 변명삼아 주체적인 행동을 포기한 주인공의 기만과 그 기만에서 벗어나게 되는 주인공의 성장은 『고령화 가족』의 핵심일 것이다.

박진 재미있는 해석이다. 성장의 문제와 관련해서 이야기하자면, 나는 이 소설에서 화자인 인텔리 영화감독, 비록 지금은 실패했지만 언제나 특별대우를 받고 자란 동생과 뒷골목을 전전해온 무식한 전과자 형의 관계가 중요하다는 생각이 든다. 형을 무시하던 '나'가 스스로의 비겁함과 위선과 "얼치기 자유주의자"(276쪽)로서의 한계를 느끼는 과정이 형이라는 존재를 다시 보고 이해하게 되는 과정과 맞물려 있다. 헤밍웨이 소설을 읽는 형과 헤밍웨이 전집을 치워버리는 '나', '나' 대신에 형을 선택하는 미용사 수자 씨, 미연이의 가출을 둘러싼 '나'와 형의 대조적인 모습 등이 모두 그런 에피소드들이다. 그러면서 실패한 결혼생활과 영화감독으로서의 인생에 좌절하고 알코올 중독에 시달리던 '나'가 "초라하면 초라한 대로 지질하면 지질한 대로 내게 허용된 삶을 살아갈 것이다"(286쪽)라고 생을 긍정하게 되는 일종의 '착한' 소설이라고 할 수 있겠다. 그래서 좀 심심하기도 하고, 재담과 입심만이 살아 있다는 느낌이 들어서 허탈하기도 했다.

김남혁 확실히 그런 면이 있다. 『고래』를 처음 봤을 때는 이게 뭔지 정확하게 파악하진 못했지만 그래서 더욱 매력적이었다면, 『고령화 가족』은 잘 만들어져서 해석도 비교적 명확하게 할 수 있을 것 같은

데 그래서『고래』만큼 매력적이지 않다. 어쩌면 천명관에게는 다른 선배 작가의 작품을 넘어서는 것보다 자신이 쓴『고래』를 넘어서는 것이 더욱 힘든 일일지 모르겠다.

박진 첫 소설을 너무 잘 써도 문제다. (웃음) 천명관의 새 장편은 우리의 커다란 기대에는 미치지 못해 아쉬움을 남긴 소설이라 정리해도 좋을까? 오늘은 엉뚱하고 파격적이고 그래서 충격을 주기도 했던 작가 이기호, 편혜영, 천명관의 신작 장편을 함께 읽었다. 세 권의 소설을 다 읽고 얘기 나눈 뒤, 어떤 생각이 들었는지 듣고 싶다.

김남혁 비슷한 시기에 발표된 소설들인데도 세 편의 소설은 문제의식이 상이하고 스타일도 겹치지 않았다. 이들의 작품들을 한데 묶어 특정한 경향이 있다고 말하기는 어려울 것 같다. 어쩌면 이들은 항간에 유행하는 문제의식이나 스타일과 거리를 두고 오로지 자기 자신의 문제의식이나 스타일과 대결하고 있다고도 볼 수 있겠다. 그런 단독적인 작업이 오히려 상당한 공감과 개성을 이끌어낸다고 생각한다. 이들 세 편을 하나로 통합하는 문제의식을 발견하진 못했지만, 그렇지 못해서 오히려 더 흥미로운 독해였다.

박진 정말 각자의 개성이 뚜렷하고, 다른 누구와도 비교하기 어려운 작가들이다. 이들이 앞으로도 장편이라는 장르를 통해 자신의 새로움과 독특한 세계를 더 깊게 만들어가고, 그 속에 우리 사회에 대한 통찰들을 풍부히 담아주길 기대한다. 근대소설의 전통과는 또 다른 모습으로 이 시대의 사회 현실을 문학적으로 형상화하는 작업이 가능하다면, 이 세 명의 작가들이야말로 그런 기대를 걸 만한 우리 시대의 소설가가 아닐까 한다. 우리 오늘 이렇게 열심히 일했지만, 그런대로 괜찮은 '비오는 수요일'이었다. (웃음) 보람찬 하루 일을 끝냈으니, 이제 맛있는 저녁을 먹으러 가자.

7

베르베르의 대중성에서 배워야 할 것과 경계해야 할 것

『파라다이스』1, 2권   베르나르 베르베르

장소: 대학로 '책읽는사회문화재단' 2층 회의실
시간: 2010년 5월 27일 오후 7시~9시
참여: 박진, 김남혁, 장성규

김남혁 오늘은 베르나르 베르베르의 신작 『파라다이스』(열린책들,
2010)를 놓고 이야기해보자. 전 세계적인 베스트셀러였던 베르베르
의 『개미』는 흥미롭게도 프랑스보다 한국에서 판매량이 높은 소설
이었다고 한다. 아직까지도 한국에서 베르베르의 인기는 식지 않은
것 같다. 근데 대중의 열광적인 반응과 다르게 그동안 평자들은 베
르베르의 소설에 대해 크게 반응하지 않아왔다. 이는 우리 시대 문
화에 대한 어떤 징후를 보여주는 것일지 모르겠다. 이번 좌담이 베
르베르 소설에 열광하는 대중의 무의식과 베르베르 소설에 무관심
한 비평가의 무의식을 살펴보는 한 계기가 됐으면 좋겠다. 물론 그
같은 무의식에 가까이 다가가기 위해서는 작품에 대한 꼼꼼한 독해
가 필수적이다. 먼저 베르베르의 작품에 대한 전반적인 스케치를 해

보자.

박진 베르베르 소설을 이해하는 키워드로 '유머'와 '매혹'을 들 수 있다. 『타나토노트』에서 잘 드러나듯 베르베르는 '죽음'을 가지고도 농담을 하고, 아무리 심각하고 형이상학적인 문제에 대해 이야기하더라도 장난치고 싶은 욕구를 누르지 못한다. 이를테면 오직 한 가지, "유머를 갖고는 장난치지 말아야"(『파라다이스』 2권, 「농담이 태어나는 곳」, 104쪽) 한다거나, "유머 감각이란 뇌의 진정한 건강 상태를 재는 종합적인 척도이자 의식의 맥박"(『뇌』 상권, 130쪽)이라는 표현들에, 유머에 대한 그의 생각이 단적으로 드러나 있다.

장성규 박진 씨가 '매혹'에 대해 자세히 말하기 전에 '상상력'이란 키워드를 추가하고 싶다. 아무래도 이게 먼저 나와야 할 것 같아서……. (웃음) 베르베르의 상상력은 정말 일반적인 사람들의 상상 그 이상을 보여준다. 『파라다이스』의 경우, '있을 법한 미래'나 '있을 법한 과거'의 텍스트들에서 그려지는 미래상과 과거상은 일반적으로 언론 매체에서 만들어지는 미래상이나 역사 담론에서 그려내는 과거상의 범주를 완전히 넘어선다. 이런 기발한 상상력은 단지 특이한 소재를 등장시키는 데 국한되지 않고 상당히 설득력 있는 이야기로 직조된다. 과학적으로 진짜인지 아닌지는 모르겠지만, 특이한 소재에 상당히 많은 과학적 인포메이션이 첨가되면서 상상력으로 빚어낸 베르베르의 이야기들은 설득력과 재미를 동시에 지니게 된다.

김남혁 유머와 상상력 그리고 과학, 두 분에 따르면 이것들은 독자들이 베르베르 쪽으로 건너갈 때 밟게 되는 징검돌이다. 징검다리를 완성시키는 마지막 징검돌은 아마도 박진 씨가 말해줄 '매혹'일 것 같은데?

박진 그럴 것 같다. 베르베르는 자신이 다루는 구체적인 대상들에 실제로 완전히 매혹당해 있다. '개미'가 그렇고 '뇌'가 그렇다. 분석하고 탐구하기 이전에 사로잡혀버린다고 할까. 나아가 자신이 만들어내는 상상력 가득한 이야기 세계에 대해서도, 그는 설계자나 건축자이기 이전에 홀린 듯 빠져들어 있는 사람처럼 보인다. 이 매혹에 동참할 수 있는 독자라면, 베르베르의 소설이 충분히 즐길 만하게 느껴질 것이다. 그런데 베르베르의 매혹은 감상적인 몰입이나 정서적인 연루와는 좀 거리가 있다. 어떻게 보면 그의 매혹은 과학자적인 호기심과 연결되어 있다. 방금 장성규 씨가 베르베르 작품이 과학적이라고 말했는데, 그런 특성은 소재 자체 때문이라기보다는 오히려 작가의 태도에서 비롯되는 것 같다. 예를 들어 인간 사회의 고질적인 문제들을 다룰 때, 그는 그런 문제들에 대해 가슴 아파하고 갈등하는 인간으로서가 아니라, 인간 종(種)을 관찰하고 실험하는 과학자의 눈으로 인간 사회를 바라보고 있다.

김남혁 그렇다. 베르베르는 인류를 마치 과학자처럼 실험하려고 한다.『파피용』속 등장인물의 말로 표현하자면, "시원(始原)에서 인류의 실험을 시작"(299쪽)해보고자 하고, 인간의 "뇌를 세척"(265쪽)한 후 현실에서 벗어나 "진공 속으로의 탈출"(278쪽)을 시도해보고자 한다. 시원과 진공 속에서 깨끗한 뇌를 지닌 인간은 과연 과거의 구태에서 벗어날까? 이런 의문이 베르베르 소설에서 연속적으로 드러난다. 간단히 말해 지구 밖으로 나가서, 또는 인간 존재 밖으로 나가서 지구와 인간을 관찰한다. 이 같은 두 분의 의견에 동의한다. 그래도 궁금한 게 있다. 베르베르가 작품의 메시지를 상상력과 유머와 과학자적인 태도를 기반으로 해서 아무리 흥미롭게 전달한다고 해도 그 메시지 자체는 너무 식상하지 않나?

장성규 좀 더 구체적으로 지적해주면 좋겠다.

김남혁 『나무』에는 「투명피부」라는 작품이 있다. 이 소설의 메시지는 한국인 여성의 말에 담겨 있다. 투명피부로 기괴하게 변한 남자에게 그녀는 "변화는 두렵지 않아요. 정체와 거짓이 훨씬 더 나쁘죠"(64쪽)라고 말한다. 그런데 현시대 사람들은 이런 메시지가 전달하는 교훈을 정말로 모르는가? 몰라서 변화를 추구하지 않는 것인가? 그렇지 않다. 우리는 알면서도 실천하지 않는다. 이 소설은 마치 독자들이 이런 교훈을 몰라서 변화 대신 정체를 추구한다고 보는 것 같다. 이런 점 때문에 이 소설의 문제의식이 상당히 낡았다고 생각하게 된다. 현시대 독자는 정체보다 변화가 더 좋다는 걸 몰라서 정체된 삶을 추구하는 게 아니라, 알고 있음에도 불구하고 정체된 삶을 추구한다. 이런 점을 문제삼아야 하는 게 아닐까?

박진 일단 「투명피부」는, 내가 보기엔 그런 메시지를 전달하는 소설이 아닌 것 같다. 나는 그 소설을 '정체'와 '변화'에 대해 말하는 이야기로 읽지 않았다. 이 소설에서는 모두가 끔찍해서 피하는 투명피부의 사람에게 한 여성이 다가가 목 부분을 들여다보며 '아, 이래서 내가 목이 아팠구나, 이제야 알 것 같다'라고 말하는 장면이 제일 인상적이다.「투명피부」는 이런 감수성을 통해서 '사랑이라는 것이 어쩌면 바로 이런 게 아닐까' 하는 느낌을 전하는 소설로 읽는 게 더 어울릴 듯하다.

장성규 문제의식과 관련해서는 베르베르 작품 안에 편차가 있는 것 같다. 문제의식을 뚜렷하게 내보인다기보다 특이한 소재가 현실적인 문제들과 부딪힐 경우 나름대로 블랙코미디적인 요소가 살아나는 것 같고, 사랑 얘기처럼 일반적인 소재로 접근하면 상당히 진부해진다. 베르베르식 유머이긴 한데 재미가 없어진다. 이렇듯 문제의식의 편차는 작가의 세계관에 따라 좌우된다기보다 오히려 베르베르가 택하고 있는 소재에 따라 좌우된다. 하지만 문제의식이 약하다고 해서 베르베르의 장점마저 지나쳐서는 안 된다고 생각한다. 어떻게 보면 한국문학에서 간과되어왔다고 할 수 있는 지적인 재미들, 개미의 삶처럼 알 수 없는 세계에 대한 재미들을 이끌어낼 수 있게 하는 것이 바로 베르베르의 상상력이고 그의 장점이다.

박진 소재와는 별개로 베르베르 소설에서 연속되는 문제의식은 전체주의와 상품사회, 그리고 대중의 심리에 대한 것이다.『파라다이스』에서도 그는 다양한 소재와 상황들을 다루고 있지만, 전체주의에 대한 혐오 어린 비판, 막장에 도달한 상품사회의 아이러니, 대중 조작과 획일화의 문제 등을 반복적으로 논점화한다. 이 문제들은 서로 긴밀하게 얽혀 있기도 하고. 그런데 베르베르의 작품을 즐길 때 포인트는 문제의식이 아니라 역시 유머와 상상력일 것이다. 작품의 포

인트를 문제의식에 두고 볼 때 '고작 이 말을 하려고 이렇게 많은 얘기를 했나?' 하는 생각이 들 수도 있다. 하지만 베르베르 소설에서는 문제의식이나 메시지보다는 거기로 가는 과정 자체가 훨씬 더 중요하다.

김남혁 그렇다면 베르베르의 특기인 유머와 상상력은 장편이나 단편이라는 장르적인 제약과 무관하게 모두 동일하게 드러나는가? 베르베르에게서 장편과 단편의 특징은 어떻게 구분할 수 있을까?

장성규 베르베르에게서 장편과 단편은 특별히 구분되지 않는 것 같다. 박진 씨가 말한 것처럼 과학자적인 태도도 지녔지만, 시니컬한 태도로 팔짱 끼고 인류를 위에서 내려다보면서, 약간은 잘난 척도 하면서 이야기를 풀어나가는 방식, 그리고 결론으로 '쏘 왓(So what)?' 하는 분위기를 제시하는 방식. 이런 것들이 장편과 단편에서 연속된다.

박진 그렇다. 문제의식이나 유머, 상상력 등은 장편과 단편에서 공통적으로 발견된다. 베르베르 자신도 말했지만 짧은 이야기들이 긴 이야기들의 '발상'을 담고 있다는 점에서, 장편과 단편은 서로 긴밀하게 관련을 맺고 있다. 특히 문제의식의 '깊이'라는 차원에서 장편과 단편을 비교하긴 어려울 것 같다.

장성규 베르베르가 장·단편 구별 없이 뻔하고 상식적인 얘기들을 계속해서 하고 있는데 독자들이 많이 읽는 이유를 생각하면, 베르베르가 성실하기 때문이 아닐까 한다. 장르문학과 일치하지는 않지만, 선택한 대상에 대해서 자신이 갖고 있는 인포메이션을 최대한 재미있게 풀어나가는 법을 그는 알고 있다. 더불어 독자들이 탐색 과정에 동참하게 만드는 재주도 있고.

김남혁 그럼 장편 『개미』를 통해 느꼈던 재미를 독자들은 『나무』나 『파라다이스』에 실린 단편들에서도 똑같이 느끼게 된다고 생각하는가?

장성규 그렇진 않다. 상상력과 유머를 동원해서 작품을 만들어내는 방식에 있어서는 크게 구별되지 않지만, 그렇게 만들어진 작품의 효과는 분명 다르다. 베르베르 소설들은 콩트의 법칙을 잘 살릴 때 장점이 나타난다. 콩트가 길어지면 심각해질 수밖에 없다. 이야기 중간중간 개연성 있는 사건도 배치해야 하고, 인물의 변화도 이끌어내야 하고, 그러다 보면 일반적인 문학에 요구되는 문법들을 필연적으로 활용하게 된다. 이때 서사 구조에 구애받지 않는 톡톡 튀는 유머와 상상력이 주는 재미가 반감된다. 예컨대 『개미』는 좀 짧게 쓰였어도 될 것 같다는 생각이 들었다. 워낙 모험 내지는 과학적인 본질을 찾아가는 과정들, 이런 과정 자체의 재미를 강조하려는 건 충분히 알겠는데, 그러다 보니까 지루해진다는 느낌이 들었다. 오히려 베르베르가 잘하는 건 짧은 분량 속에서 콩트가 지녀야 할 장점들, 유머를 불러일으키는 요소들을 잘 배치하는 것이다. 분량이 길어지면 베르베르답지 않게 심각해진다. 그래서 나는 베르베르 소설 중에서 짧은 소설들이 더 좋다.

박진 아무래도 장성규 씨는 『나무』 같은 스타일의 짧은 이야기들을 편애하는 것 같다. (웃음) 『나무』와 『파라다이스』에 실린 단편들의 상상력이 철저히 아이디어와 순발력에 의존한다면, 장편들의 경우에는 과학적이고 신화적인 지식과 자료들을 토대로 한다. 단편들은 가벼운 마음으로 두뇌 체조나 생각의 워밍업이라는 느낌으로 읽으면 좋을 만한 얘기들인데, 장편은 아무래도 서사적으로 훨씬 더 복잡해지다 보니 단편과는 호흡이나 느낌이 달라질 수밖에 없다. 짧고 읽기 편한 단편의 경우 특별히 거부감만 없다면 누구라도 부담 없이 즐길 수 있겠지만, 분량이 상당한 장편들은 다루고 있는 테마와 개인적인 취향에 따라 단편보다 훨씬 더 재미있는 경우와 훨씬 더 읽기 힘든 경우가 있을 것 같다. 개인적으로 나는 장편 『뇌』와 『개미』는 단편들보다 좋았지만, 『신』과 『타나토노트』는 좀 지루하고 재미없었다. 『뇌』와 『개미』는 상대적으로 신화적 요소보다는 과학적인 요소들의 비중이 높고, 또 스릴러적인 구성을 부분적으로 활용해 긴

박감 있고 단단하게 짜여 있는 편이다.

김남혁 나는 베르베르의 장편이 장성규 씨의 말처럼 일반적인 문학에서 요구되는 문법들을 잘 활용하고 있는지 의문이 든다. 앞서 말했듯이 『파피옹』은 인류가 지구를 탈출해서 새로운 행성에 정착할 수 있는지 아닌지를 실험하는 장편소설이다. 이 소설은 이렇게 기발한 실험에 집중하다 보니 장편소설이라면 으레 갖춰야 할 미덕을 많이 포기하고 있다. 개연성 없이 행동을 바꾸는 인물들이 등장하고, 개성 있는 인물이 없고, 서사와 무관하게 좋은 인상을 주는 장면이 없다. 인물 고유의 개성이 거의 없기 때문에 독자들은 프랑스어로 된 복잡하고 어려운 이름을 자주 까먹고 헷갈리더라도 서사를 즐기는 데 아무런 지장을 받지 않는다.

박진 베르베르 소설은 내면을 성찰하거나 인물을 성격화하는 데는 처음부터 관심이 없다. 인물이나 내면이 아니라 행동과 스토리가 훨씬 더 중요한 소설인데, 여기에다 성격이 다른 소설들에 적용해온 익숙한 관점을 대입하는 것은 거의 의미가 없을 것이다.

장성규 베르베르는 깊이가 있는 작가가 절대로 아니다. 깊이만으로 본다면 저급의 작가라고도 말할 수 있을 것이다. 하지만 깊이 외의 다른 장점이 많은 작가다. 문학을 대하는 기존의 관점으로 베르베르 소설을 재단하지 않는 태도가 중요하다고 생각한다. 나는 베르베르의 작품을 문학이라기보다는, 절대로 비하하는 의미가 아니라 좋은 의미에서, 그냥 이야기라고 부르는 것이 적절하다고 본다.

김남혁 알겠다. 베르베르의 작품이 워낙 많이 소개되어 있다 보니 스케치가 조금 길어졌다. 이제 『파라다이스』로 넘어가보자. 한때 『마음을 열어주는 101가지 이야기』라는 책처럼 분량은 짧지만 감동의 여운이 긴 이야기들이 독자들에게 인기를 얻은 적이 있었다. 베르베르의 『나무』나 『파라다이스』는 굳은 '머리를 열어주는 101가지 이야기'라고 말할 수도 있을 것 같다. 『파라다이스』는 어떤 소설인가?

박진 장성규 씨는 베르베르가 장편에서 심각해진다고 말했는데, 짧은 이야기 중에도 메시지가 선명하고 심각한 게 있다. 반대로 장편 중에도 유머가 부각되는 경우가 있다. 예를 들어 장편 『타나토노트』는 우주여행을 하듯 천국을 탐사하는 소설인데, 죽음을 통해 무거운 철학적 성찰을 이끌어내는 대신 신화적 상상력 위에서 다채로운 농담들을 구사하고 있다. 반면, 『파라다이스』에 실린 「맞춤낙원」이나 「상표전쟁」과 같은 단편들은 선명한 메시지를 전달한다. 앞서 말했듯이, 베르베르의 소설들은 주제나 의미라는 '목적지'를 향해 나아가는 소설이라기보다는 상상력이 전개되고 이야기가 굴러가는 과정 자체를 중시하는 소설이다. 그 과정을 즐기는 게 베르베르 소설에 어울리는 독법인 셈이다. 메시지만 보면 그리 심오하거나 남다를 게 없으니까. 그래서 『파라다이스』 안에서도 상대적으로 메시지 지향적인 성격이 강한 소설들은 단순하고 뻔해 보이는 측면이 있다.

장성규 그런데 메시지가 선명하다, 혹은 단순하다는 점은 베르베르 소설이 유독 한국에서 독자들의 호응을 이끌어낼 수 있었던 한 원인일 수 있다. 일반적으로 한국에서 문학으로 불리는 이야기들은 메시지가 심층적이어야 한다고 간주되어왔다. 그런 관점에 따라 베르베르 소설을 읽는다면 대개의 사람들은 베르베르 소설이 전달하려고 하는 메시지가 진부하다고 생각할 것이다. 하지만 독자들이 베르베르를 읽는 코드가 메시지의 진정성에 있다고는 생각하지 않는다. 메시지가 너무 파격적이면 독자들에게 사유의 부담감을 준다. 베르베르는 독자들을 이런 부담감으로부터 자유롭게 해준다. 이런 방식이 무조건 좋다는 것은 아니다. 하지만 한국문학에서는 이런 부담감이 편파적이라고 할 정도로 강요되지 않았는지 생각해볼 필요가 있다.

김남혁 두 분이 지적해준 대로, 베르베르는 메시지를 복잡하게 만드는 작가는 아닌 것 같다. 그가 전달하는 메시지는 복잡하지 않을 뿐만 아니라 독자들을 불편하게 하지 않는다. 그는 인류에 대한 사랑 운운하는 보편적인 메시지만 전달하고, 전체주의나 상품사회처럼 논쟁을 불러일으키지 않고 안전하게 비판할 수 있는 대상들만 문제 삼는다. 그러니까 그의 상상력과 유머가 아무리 흥미로워도 메시지나 문제의식을 염두에 두고 소설을 읽으면 분명 흥미가 떨어진다.

박진 동의한다. 하지만 베르베르 소설에는 또 다른 매력이 있다. 이건 『나무』와 『파라다이스』의 차이점이기도 한데……. 『파라다이스』에는 『나무』보다 분량이 조금 긴 단편들이 수록되어 있다. 근데 단지 길이만 긴 게 아니다. 『파라다이스』에서는 풍자와 냉소, 유머와 아이러니의 어조 등이 교차하면서 메시지에 혼선이 빚어지는 단편들을 발견할 수 있는데, 이런 소설들은 명료하고 단조로운 단편들보다 좀 더 흥미롭다.

김남혁 구체적으로 어떤 작품이 그런가?

박진 「환경 파괴범은 모두 교수형」(1권)이 대표적인 예 아닐까?

장성규 어, 나는 그 소설 안 좋게 봤는데. 일단 이 작품은 흡연을 금지하고 있으니까 안 좋았다. (웃음) 농담이고, 무엇보다도 이 작품은 재미있지 않았다. 환경문제가 전면화되면서 무거워질 수밖에 없었던 것 같다. 베르베르 작품답지 않게 길고, 결말에 반전이 있을 것 같았는데 재미있는 반전도 없고, 메시지 측면에서 보면 진부하고, 또 이야기의 재미를 살리기에는 분량이 길었다. 길면서 질질 끄는 게 흥미를 잃게 했다. 「농담이 태어나는 곳」은 베르베르 소설의 세계관을 드러내는 메타픽션이라고 할 수 있다. 여기에는 "떠오르는 데 꼭 필요한 것이 아니면 뭐든지 버려라"(「농담이 태어나는 곳」, 『파라다이스』 2권, 125쪽)라는 농담의 법칙이 나온다. 이 법칙과 다르게 「환경 파괴

    그래서 우리는 소설을 읽는다

범은 모두 교수형」은 여러 가지 이야기 선들이 얽이고 분량이 길어지면서 유머를 놓치게 됐다.

박진 장성규 씨가 말한 것처럼 환경문제와 관련된 메시지만 읽어내면 이 작품은 확실히 재미가 없을 것이다. 그런데 이 소설은 실은 좀 더 복잡하다. 우선 환경문제에 대한 다소 진지한 비판이 깔려 있는데, 이 테마가 정치사법적인 공권력과 치안의 문제, 무한경쟁 시장 논리에 대한 냉소적 풍자와 맞물리면서 이리저리 비틀리게 된다. 달리 말하면 환경보호라는 당위적 명제가 정치적 술수와 세력 싸움에 이용되고, 공권력에 의한 엄청난 폭력의 명분이 되며, 환경상품 개발을 위한 기업들의 치열한 경쟁과 손을 잡으면서 그 정당성을 잃어버리고 희화화되는 것이다. 또 목적지로 승객을 '쏘는' 투석기를 개발하는 데 골프 전문가와 궁술 전문가들이 동원되는 장면이나, 가축들의 방귀가 메탄가스의 원천이라며 소, 돼지, 양 떼를 모두 없애라고 명령하는 장면 등은 냉소나 풍자보다는 유머 그 자체의 감각에 충실하다. 한편 환경 파괴를 일삼는 부분별한 행위들에 대한 경고는 흥미롭게도 감각적 쾌락의 순수한 열정에 대한 긍정과 포개져 있다. 이렇게 되니 작가가 어느 쪽을 지지하는지, 이 이야기가 무엇을 말하려는 것인지 알 수가 없어지는 경향이 있다. 메시지를 통합하기 어려운 하나의 거대한 아이러니나 웃지도 울지도 못할 희비극이 되어버리는 건데……. 장성규 씨 표현대로 '쏘 왓?'이라 할 수도 있고, 그걸 우리말로 하면 '어쩔~!'이겠지만. (웃음)

김남혁 문제의식과 메시지에만 집중하는 내가 보기에도, (웃음) 이 작품은 재미있었다. 과거 자본주의는 항상 환경파괴의 주범이었는데, 현시대 자본주의 체제는 적극적으로 앞장서서 환경을 보호하자고 주장한다. 그 과정에서 인간의 욕망은 자발적으로 억압되고 전체주의 사회가 도래하게 된다. 미래로 갈수록 자본주의 사회가 발달하게 되고 환경보호 운동이 강화되며 그 결과 과거의 잔재인 전체주의 사회가 도래하는 것이다. 미래에도 인류는 더 나아지는 게 아니라 과거의 구태를 또다시 반복하게 된다는 설정이 흥미로웠다. 그런데 이 소설에도 만족스럽지 않은 게 있다. 유엔사무총장은 왜 맹인이어야 하는가? 이 소설에서는 그 이유를 찾기 어렵다. 서사의 흐름과 무관하게 설정된 이러한 디테일들이 거슬린다.

장성규 베르베르 소설은 개연성을 따지면서 읽는 소설이 절대로 아니다. 어떻게 보면 그렇게 하나하나 따지는 경직된 독서에 대해서 장난치는 소설이라고도 볼 수 있다.

박진 「환경 파괴범은 모두 교수형」에서 껄끄러운 점은 그런 사소한 디테일에 있는 것 같지 않다. 오히려 이 소설의 장점이 다른 관점으로 보면 거슬릴 수 있다. 환경문제는 이 시대에 유일하게 남아 있는 거대담론이라고 할 정도로 쉽사리 비꼬고 빈정거릴 수 없는 문제다. 이런 무거운 문제를 갖고도 가벼운 상상의 놀이를 하고, 환경보호를 당위적인 명제로 내세우면서 교훈적인 이야기를 하는 듯하다가 엉뚱하게 딴청을 부리는 것, 독자에 따라서는 이런 점을 오히려 불편하게 느낄 수도 있을 것 같다.

김남혁 장성규 씨는 짧으면서 블랙코미디적인 유머가 있는 작품들을 베르베르적인 특성으로 보는 것 같고, 박진 씨는 유머와 아이러니가 복합적으로 섞여서 메시지 지향적인 경향을 탈피하는 이야기를 베르베르적인 특성으로 보는 것 같다. 『파라다이스』에 실린 작품들을 놓고 더 이야기를 나눠보기로 하자. 우선 각자 이 작품집에서 좋았던 작품을 말해보자. 먼저 장성규 씨부터.

장성규 「안개 속의 살인」이 좋았다. 작가의 약력을 보니까 실제로 이와 비슷한 경험을 했을 것도 같다. 저널리즘 쪽에 있었다고도 하니까. 이 작품에서 주인공은, 엄마가 경제적인 문제 때문에 자신의 아이를 죽인 사건을 처음으로 취재해서 진실을 밝히려고 한다. 이때 편집장은 주인공이 보기에는 진실이 중요하겠지만 시민 전체의 이익을 고려할 때 진실을 밝히는 게 과연 유익할 것 같으냐고 말한다. 그러면서 편집장은 기사를 완전히 바꾸어버린다. 살인이 아니라 사고사로 처리하고, 그렇게 바꿔야만 하는 여러 가지 이유를 주인공에게 설명한다. 만약 그 여자가 감옥에 가면 지방 소도시에서 성매매 여성이 없어지기 때문에 범죄율이 더 높아질 거라는 등.

박진 이 엄마가 아이를 살해한 것이 밝혀지면 또 다른 모방범죄가 발생할 것이라고도 말하고.

장성규 그렇다. 이 작품에는 베르베르의 소설을 관통하는 문제의식이 드러나 있다. 진실이 중요한 게 아니라 유통되는 과정에서 가장 매끄럽고 실용적인 효과를 주는 이야기가 중요하다. 이후 동일한 사건이 일어났을 때 다른 기자가 그 사건을 취재해서 기사화한 것에 대해 부정적인 톤으로 언급하며 작품이 끝나는데, 이렇듯 베르베르는 당위적이고 계몽적인 이야기들 대신에 '쏘 왓' 이런 분위기의 '쿨'한 이야기를 지향하는 것 같다.

박진 나도 이 소설을 재미있게 읽었다. 이 소설은 진실을 조작하는 언론을 비판하는 게 아니다. 진실을 말하는 게 무조건 좋을 수는 없다는 점을 드러낸다. 이렇게 베르베르는 어느 한쪽을 지지하는 대신에, 이러지도 저러지도 못하는 인간의 난처한 상황을 보여준다. 진실을 말하라, 또는 진실을 은폐하라, 이런 식이 아니라 그 사이에 끼여 있는 딜레마를 보여주는 게 재미있었다.

김남혁 박진 씨도 「안개 속의 살인」이 가장 좋은 작품이었나?

박진 그 작품도 괜찮았지만, 딱 하나만 고르라면 「영화의 거장」을 꼽고 싶다. 「환경 파괴범은 모두 교수형」과 비슷하게 복합적이면서도, 어딘가 불편하게 만드는 찜찜한 면이 없이 산뜻하다. 제3차 세계대전 이후 인류라는 종의 자기파괴를 막기 위해 전쟁의 원흉이었던 국가, 종교, 역사를 금단의 열매로 규정한다는 설정도 재미있지만, 그것이 또 하나의 끔찍한 전체주의적 통제와 치안 사회를 낳는 모습이 인상적이다. 그래도 '이야기'를 듣고 싶은 욕망은 더 강렬해져서 국가, 종교, 역사의 빈자리를 영화가 채우게 된다는 상상력도 흥미롭다. 이것이 영화에 대한 찬양이 아니라 영화 '산업'과 대중의 우상에 대한 냉소로 이어지는 점도 좋다. 특히 스탠리 큐브릭의 자손인 영화감독이 '아포칼립스' 이전으로 초소형 카메라를 보내 찍은 '실제' 장면들이 최고의 영화로 각광받게 된다는 설정은, 사실과 허구의 경계를 반대 방향에서 허물어뜨리는 참신한 발상이다. 허구가 실제와

의 경계를 지우며 영향력을 행사하는 방식이 아니라 실제가 허구의 지위를 점하며 각광받는다는 점, 그래서 조상들의 기억을 복원해야 한다든가 하는 교훈적인 메시지를 전달하는 것이 아니라 훨씬 더 복잡하고 아이러니한 상황을 연출하는 솜씨, 이런 게 좋았다.

김남혁 두 분이 언급한 작품들처럼 『파라다이스』에는 뚜렷한 메시지 대신에 상상력과 유머가 복합적으로 섞여 있는 작품도 있지만 그렇지 않은 작품도 있는 것 같다. 우리가 본격적으로 『파라다이스』에 대해 말하기 시작할 때 박진 씨도 「상표전쟁」 같은 소설은 메시지가 선명해서 좋지 않았다고 말했듯이 말이다. 장성규 씨는 이 작품을 어떻게 읽었는지 궁금하다.

장성규 박진 씨 얘기처럼 굉장히 일반적인 메시지가 선명하게 드러나 있는 작품이다. 미래에는 국가의 경계는 사라지고 기업의 상표전쟁이 시작된다. 그러나 결국에는 다시 과거처럼 기업에 의한 국가의 경계가 강화된다. 인류는 미래로 나아가는 게 아니라 과거를 반복한다. 뭐 이런 메시지를 전달하려는 것 같다. 하지만 나는 그런 메시지보다는 이 작품에 추신처럼 붙어 있는 마지막 말이 흥미로웠다. "추신: 언급된 모든 상호에 대한 저작권은 보호받음"(「상표전쟁」,『파라다이스』2권, 238쪽). 농담은 그것이 현실이 아니라 픽션이라는 안도감을 독자에게 줄 때 농담이 된다. 만약 이 거리감이 무너지면 더 이상 농담이 아니라 심각한 고민거리가 되고 마니까. 〈개그 콘서트〉의 동혁이 형이 만약 정말 급진적인 샤우팅을 하면 그건 개그가 아니라 선동이 되지 않겠나. 그럼 당연히 심각해질 것이고 재미는 반감된다. 개그라는 걸 먼저 인지하게 하는 구조가 필요한 거고, 그건 베르베르의 농담에서도 마찬가지다. 추신 같은 형식을 적절히 사용하면서 거리감을 확보하고, 독자들에게 심리적 안정감을 제공하는 것. 이런 것이 베르베르식 농담의 인기 요인이 아닐까 싶다. 그리고 지구에서 만든 건 '미에틱(MIE-tic, Made In Earth+tic)' 하다고 했는데, 이 표현도 익숙한 것에 대한 향수를 자극하면서 독자에게 공감을 불러일으키는 기능을 하는 것 같다. 「상표전쟁」은 메시지의 측면에서는 진부하지만, 베르베르식 농담의 기술을 잘 보여주는 것 같아서 흥미로웠다.

박진 내가 『파라다이스』에서 불편함을 느꼈던 건, 단지 몇몇 작품들이 선명하고 직선적인 메시지를 전달하기 때문만은 아니다. 나는 대중(성)이란 문제를 다루는 베르베르의 방식이 가장 불편하다. 「당신 마음에 들 겁니다」와 「허수아비 전략」이 그렇다. 전체주의를 혐오하는 그는 대중의 획일성과 맹목성을 신랄하게 비꼬는데, 이 과정에서 대중을 매우 단순하게 파악하고 얕잡아보는 태도가 엿보인다.

장성규 내 느낌도 비슷하다. 특히 「당신 마음에 들 겁니다」가 그랬다. 베르베르는 굉장히 재미있고 대중적이고 어깨에 힘을 빼서 좋았는데, 이 작품에서는 그렇지 않아서 불쾌했다. '난 그런 방식으로 웃기지 않는다'는 식의 태도가 거북하다. '난 결코 대중적이지 않아'와 같은 태도가 베르베르답지 않았다.

박진 사실 그는 누구보다 대중의 사랑을 받고 있는 작가 아닌가? 그렇기 때문에 어쩌면 반대로 나는 대중의 취향에 영합하지 않는다, 대중이 원하는 대로 따라가는 것은 저급한 자들이나 하는 짓이다, 나는 대중이 원하는 것을 거스르면서 오히려 대중을 선도하고 이끌어간다는 식으로 말하고 싶은지도 모르겠다. 자기를 대중작가라고 부르는 데 대한 불만과 방어심리가 이런 식으로 표출된 게 아닌가 싶다. 하지만 가치의 측면을 떠나 그의 소설은 분명 대중적일 만한 요소들을 강하게 지니고 있는데, 그의 이런 태도는 궁색하고 모순적인 자기변명으로 느껴질 수밖에 없다.

장성규 이 작품의 스타일은 분명 다른 작품들과 괴리되는 것 같다. 「농담이 태어나는 자리」 같은 작품들에서 그는 분명 농담에는 이런 저런 타입이 있고 그것들 자체로 의미가 있다고 말했는데 말이다. 이 작품에서 베르베르는 자신이 다른 작품에서 말한 대중적인 농담의 의미 자체를 부정하고, 그것을 미디어에 의해 수동적으로 움직이는 대중의 변덕 정도로 치부하고 있다.

박진 『파라다이스』에 실린 작품은 아니지만 『나무』에 들어 있는 「달착지근한 전체주의」에서도 베스트셀러 작가를 희화화한다. 베르베르 소설들 가운데 대중과 관련된 것을 모두 단순하고 어리석다고 취급하는 태도가 드러날 때, 그리고 자기 자신을 대중주의와 분리시키려는 의도가 부각될 때 상당히 불편하다. 더구나 그의 소설이 실제로 무척이나 '달착지근'하다는 걸 떠올리면……. (웃음)

김남혁 듣고 보니 참 아이러니하다. 『파라다이스』에서 더 하고 싶은 말 없나?

장성규 마지막으로 이 작품집에서 만족스럽지 못했던 점을 하나 더 말하고 싶다. 나는 이 작품집의 마지막 소설로 왜 「아틀란티스의 사랑」이 배치됐는지 궁금했다. 무엇보다도 이 작품은 『파라다이스』에 실린 작품들과 비교할 때 톤이 많이 다르다. 이 작품은 동양적인 것을 지나치게 스테레오타입화한다는 점에서도 불만족스럽지만, 무엇보다도 재미가 없다. 문제는 왜 하필 이 작품이 마지막에 수록되었는가 하는 점이다. 결과적으로 「아틀란티스의 사랑」은 사랑이라는 진부한 소재를 통해, 『파라다이스』에 수록된 이야기들 전체를 베르베르 특유의 유머와 농담 대신에 다소 무겁고 진지한 톤으로 수렴시킨다. 베르베르의 선택인지, 아니면 출판 에디터의 선택인지 모르겠지만, 조금은 어색하게 『파라다이스』에 무게감을 주려는 듯한 의도가 엿보여 다소 거슬린다.

박진 무게감이라기보다는 오히려, 낭만적인 사랑 이야기로 책을 마무리하여 대중 취향을 강화하는 전략일 수 있을 것 같다.

김남혁 좋다. 이제 작품 밖으로 나가보자. 나는 이 책 읽기가 상당히 고역이었다. 프랑스식 유머에 익숙하지 않아서 그런지 베르베르의 유머는 시종 썰렁했고, 거기다가 작품이 전달하려는 메시지마저 식상하니, 도무지 재미를 느낄 수 없었다. 두 분이 베르베르 소설의 장단점을 명쾌히 지적해주었는데, 내가 생각하는 단점을 몇 가지 더 언급하고 싶다. 베르베르는 주제적으로 인류를 대상으로 기발한 실험을 하지만, 소설 그 자체를 갖고서 미학적으로 실험하지는 않는다. 그는 기존의 소설 독법으로 읽어내기 어려운 여러 가지 형식 실험이나 언어적인 실험을 시도하지 않는다. 또 하나, 말도 안 되는 유머를 구사하는 박형서나 여담을 늘어놓는 천명관이나 기발한 발명

품을 제시하는 김중혁이 우리에게도 있지 않은가? 베르베르가 이들과 특별히 다른 게 있는가?

장성규 김남혁 씨의 언급은 베르베르 작품이 그렇게 독창적이지 않은데도 불구하고 대중들이 열광하는 이유에 대한 질문인 것 같다. 이에 대해 답해보겠다. 좌담을 처음 시작할 때 했던 말인데, 문학이라고 보고 들어가면 베르베르를 해석하기 힘들 것 같다. 말을 바꾸면, 베르베르의 작품들은 우리가 일반적으로 문학이라고 생각하는 것들이 지니고 있는 미덕과는 거리가 있다. 박형서와 천명관과 김중혁 소설이 지닌 미덕과 베르베르 작품의 미덕은 분명히 다르다. 김중혁의 수집광들, 박형서 특유의 지적인 농담, 천명관의 '이야기' 자체에 대한 탐색은 단지 말장난에 그치지 않고 풍자적인 성격을 띠면서 문학적인 의미도 함께 지닌다. 평론가들은 베르베르 소설이 김중혁과 박형서와 천명관 소설의 미덕을 지니고 있지 않다는 이유로 베르베르를 멀리하는 것 같다. 하지만 개인적으로 나는 베르베르 텍스트들이 상당히 낯설었다. 이것을 굳이 문학이라고 부르고 문학의 자장 안으로 귀속시킬 필요가 있을지 의문이었다. 이렇게 낯선 점을 고려한다면 이런 책도 분명 존재해야 할 필요가 있다. 독자들이 계속해서 베르베르에게 열광한다는 점은 역으로 한국문학에서 이렇게 황당하고 낯선 이야기가 상당히 경시되는 측면이 있다는 점을 드러낸다고 생각한다.

박진 동의한다. 베르베르 소설이 특히 한국에서 대중적으로 사랑받는 이유는 베르베르 같은 소설이 우리에겐 너무 없었기 때문일 것이다. 그렇기 때문에 더욱 신기하고 기발하게 느껴져서 관심을 끄는 것이 아닐까. 그런데 기존의 장르소설들과 비교하면 사실 베르베르가 보여준 상상력은 그렇게 새롭거나 낯선 게 아니다. '사람 흉내'를 내는 전자제품들을 혐오하지만 실은 자신이 '기계'였음을 뒤늦게 알게 되는 남자 이야기(『나무』의 「내겐 너무 좋은 세상」), 방사능 유출에 견딜 수 있도록 인류를 개량하는 과학자 이야기(『파라다이스』의 「내일 여자들은」) 등은 차라리 식상하고 상투적인 모티프에 가깝다.

장성규 「내겐 너무 좋은 세상」은 정말, 어떻게 끝날지 미리 짐작이 가는 얘기였다.

박진 그래서 장르소설 마니아들은 오히려 베르베르 소설을 재미없고 시시하게 느끼는 경우가 많다. 그렇지만 이제는 장르소설의 고전이 된 아이작 아시모프나 필립 K. 딕 같은 작가가 우리나라엔 없었고, 우리에게 소설은 유독 재현적이고 사실적인 경향의 작품들이 지배적이었다. 또 우리는 메시지 중심의 심각한 독서에 익숙하고, 오랫동안 주로 그런 경향의 소설들을 배우고 읽어왔다. 그런데 이렇게 가볍고 경쾌하게, 이야기 그 자체의 매력을 즐길 수 있는 소설도 있다는 것이 일반 독자들에게 무척 신선하게 다가왔을 것이다. 그리고 동일한 이유 때문에 베르베르 소설은 비평가들에게는 전혀 관심의 대상이 되지 못한 것 같다. 베르베르 소설의 매력이나 특징은 곧 문학적인 약점이나 한계와도 통한다. 김남혁 씨처럼 이런 점들을 꼼꼼히 짚어주고 비판적으로 조명하는 관점도 꼭 필요할 것이다. 하지만 이런 종류의 소설을 철저히 외면하고 배제한다든지, 어울리지 않는

엉뚱한 기준들로 재단하는 것은 바람직하지 않아 보인다. 베르베르에 대한 대중들의 관심을 통해, 우리 문학 전반이나 가치 기준의 편향성을 돌아보는 일도 의미 있는 작업이 되리라 생각한다.

김남혁 우리 문학이 해소해주지 못했던 갈증을 베르베르 작품이 풀어준다면 우리에게 베르베르 소설은 어느 정도 의미가 있을 것이다. 근데 대중들이 베르베르 소설에 열광하는 만큼 베르베르가 아닌 다른 스타일의 작품들에도 관심을 갖는지 생각해볼 필요가 있다. 만약 그렇지 않다면 베르베르 소설은 우리에게 문학의 갈증을 풀어준다기보다 문학의 다양성을 사장시키는 게 아닐까? 현시대 대중들은 유독 베르베르에게만 열광하는 건 아닐까?

박진 그런 상황은 비단 베르베르에게만 국한되는 것은 아니다. 마케팅의 힘이 막강해진 요즘 베스트셀러가 문학의 다양성을 사장시키는 경향은 내가 볼 때도 무척 심각한 문제다. 온 국민이 다 같은 책을 읽는 이런 현상은 솔직히 끔찍할 정도이고, 분명히 비판해야 할 현상이다. 근데 모두가 베르베르를 읽는 것이, 모두가 하루키를 읽거나 신경숙을 읽는 것보다 정말 더 나쁜 일일까? 나는 별로 그럴 것 같지는 않다. 물론 베르베르는 심각한 척, 있는 척 하면서 문학을 한다기보다, 기본적으로 즐길 만한 이야기라는 전제에서 글을 쓰는 작가다. 하지만 베르베르 소설이 문학적이지 못한 베스트셀러이기 때문에 유독 저급하고 나쁘다는 식으로 평가하는 태도는 상당히 모순적이라고 느껴진다. 오히려 대단한 문학이라는 포즈를 내세우면서 대중의 취향을 충실히 따라가는 베스트셀러들이 혹시 더 해로운 건 아닐지?

김남혁 더 생각해봐야 할 어려운 문제제기를 해준 것 같다.

장성규 마지막으로 덧붙이자면 베르베르의 성공은 출판 마케팅의 측면에서도 분석될 필요가 있다고 본다. 예컨대 『파라다이스』의 경우 '있을 법한 미래'와 '있을 법한 과거'가 서로 맞물려 배치된 구성을 가지고 있다. 아마도 출판 에디터의 감각이 발휘된 것일 듯한데……. 미래에 대한 기발한 과학적 상상력을 제시해주고, 바로 뒤에서 익숙한 과거를 통해 독자에게 안도감을 주는 형식은, 텍스트의 '질'의 문제가 아니라 출판 시 '배치'의 문제가 『파라다이스』의 성공에 크게 작용하고 있다는 점을 단적으로 보여준다. 게다가 원작과는 다르게 한국어판에서만 일러스트가 새롭게 삽입된다거나, 텍스트 소재에서 베르베르의 주 시장인 한국이 유독 빈번히 나타난다거나 하는 것들은 베르베르 현상이 출판 마케팅의 측면에서 만들어진 것은 아닌가 하는 생각이 들게 한다.

김남혁 중요한 지적이다. 대중문학에서 정치성을 발견해내는 데 탁월한 이론가인 슬라보예 지젝의 말로 이 좌담을 정리해보자. 그는 더러운 물과 함께 아이까지 버리지 않도록 조심하라고 말한 적이 있다. 단지 대중적이어서, 아니면 소설이라면 으레 지녀야 할 미덕을 지니지 않아서 베르베르 소설에 무관심했던 비평가들에게 이 같은 지젝의 말을 건넬 수 있을 것 같다. 베르베르 소설은 '본격문학'의 깨끗한 물을 오염시켰을지 모르지만, 그렇다고 베르베르 소설에 담긴 다른 미덕들마저 버려서는 안 될 것이다. 하지만 역으로 지젝은

물의 오염이 아이로부터 온 것임을 잊지 말라고도 당부하고 있다.
이 말은 오로지 베르베르 소설에만 열광하는 독자들에게 건넬 수 있
을 것 같다. 문학의 다양성이라는 대의를 오염시키는 원인은 문화산
업의 마케팅 전략과 쉽사리 손잡을 수 있는 대중성에 있을 것이다.
우리는 베르베르의 대중성에서 독특한 문학성을 발견하면서도 그
러한 대중성이 자본주의의 전략에 포섭되는 것을 경계할 필요가 있
다. 긴 시간 동안 좋은 이야기를 해준 두 분에게 감사한다.

8

신경숙 신드롬에서 무엇을 읽어낼 것인가?

『어디선가 나를 찾는 전화벨이 울리고』 신경숙

장소: 대학로 '코끼리공장'
시간: 2010년 6월 22일 오후 4시~6시
참여: 박진, 김남혁, 장성규

장성규 지난달엔 시간들이 잘 맞지 않아 어쩔 수 없이 '야간 좌담'을 해야 했는데, 어느덧 종강을 하고 이번엔 좀 더 홀가분한 마음으로 다시 만났다. 오늘 '비평테이블'에는 신경숙의 소설이 놓여 있다. 최근 『어디선가 나를 찾는 전화벨이 울리고』(문학동네, 2010, 이하 『어나벨』)가 출간되면서 신경숙 소설의 대중적 파급력이 다시 한 번 확인되고 있는데, 그 원인과 의미에 대해 토론해보는 시간이다. 먼저 신경숙 소설에 대한 개인적인 느낌이랄까, 그런 얘기부터 시작해보자.

김남혁 신경숙 하면 말줄임표를 많이 쓰는 작가라는 생각이 든다. 문체뿐만 아니라 그녀의 작품에는 대체로 어떤 문제라든지 사태에 대해 단호히 결정 내리지 못한 채, 주저하고 돌아가고 머뭇거리는 인물들이 빈번히 등장한다. 그런 인물들은 큰 것보다는 작은 것에 연연하고 또 그 작은 것에 크게 상처받는다. 사람들과 쉽게 관계를 맺지 못하고 혼자서 끙끙 앓는 인물들이 기억에 남는다.

박진 내 경우에는 신경숙 소설이 잘 안 읽히는 편이다. 답답하게 늘어지는 느낌이 들 때가 많다. 연민이나 미련 같은 감상적인 정서들이 페이지들마다 덕지덕지 묻어 있는 느낌이랄까. 『외딴방』(1999)은 비교적 의미 있는 소설이라고 생각하지만, 열여섯 살, 열일곱 살의 '나'에 대한 감상적인 자기연민이 치렁치렁 매달려 있어서 읽기가 좀 거북했다. 『엄마를 부탁해』(2008) 같은 경우에는 엄마가 죽은 뒤 새가 되어 말하는 부분부터는, 사실 참고 읽기가 좀 힘들었다. (웃음)

장성규 개인적인 얘긴데 중학교 때 어머니가, 왜 아파트 부녀회에 마을문고 같은 것 있지 않은가? 거기 가서 이거 좋은 책이래, 하시면서 읽어보라고 빌려다 주신 책이 『풍금이 있던 자리』(1993)였다. 처음에는 오호, 이거 불륜 얘긴데, 하면서 읽었던 기억이 난다. (웃음) 처음 읽었을 때 신경숙 특유의 서간체 형식의 가늘게 이어지는 문체가 인상적이었다. 또 하나 개인적인 체험은 문학 공부한다고 하면서 부모님과 함께 책을 읽고 이야기를 나눈 기억은 거의 없는데, 그 유일한 예외가 신경숙인 듯하다. 『엄마를 부탁해』 같은 경우는 나보다 어머니가 먼저 읽으셨던 기억이 난다. 이런 것들이 대중적인 신경숙 신드롬을 실감하게 해준, 내게는 중요한 인상으로 남는다.

김남혁 신경숙 하면, 장성규 씨도 언급했지만, 일단 『풍금이 있던 자리』를 이야기하지 않을 수 없을 것이다. 나는 이 소설이 단순히 여성의 수동성을 표현한 것이라기보다는 오히려 여성의 정직한 욕망을 이야기하고, 그러면서도 그 욕망을 추구할 때 불가피하게 다른 사람들(소설에서 그 남자의 아내)이 상처받을 수 있다는 것을 염려하는 이야기로 해석하고 싶다. 그래서 그 남자와 한국을 떠나는 것을 단호히 결정하지 못하고, 그렇다고 그 남자를 가정으로 보내줘야 하나 주저하다가, 결국 작품 말미에 가서는 이러한 판단도 주인공 스스로 하지 못하고 있는 게 아닌가 싶다. 표면적으로는 상당히 수동적인 여성이고 모든 일에 주저하는 인물이다. 하지만 주인공은 단지 결단력이 없는 여자라기보다 자신이 추구하는 욕망과 타인이 의존하는 제도가 충돌하는 지점에서 갈등하는 인물이다. 욕망과 제도 사이에 손쉬운 이분법을 작동시키지 않는 장면에서 주인공 여성의 윤리적인 태도를 읽어낼 수 있다.

박진 그렇게 머뭇거리게 만드는 건 사실 과잉된 정서이기도 하다.

김남혁 박진 씨가 말한 정서의 과잉은 분명 신경숙 소설에 존재하는 부분이다. 예컨대 『바이올렛』(2001) 같은 작품은 정서의 과잉 외에 남는 의미가 적은 것 같다. 반면 『풍금이 있던 자리』나 『외딴방』 등의 작품은 그런 점을 감수하면서까지 읽게 만드는 무언가가 있다고 본다.

장성규 자연스럽게 신경숙의 초기 작품에 대한 이야기가 나온 듯하다. 『풍금이 있던 자리』는 신경숙 소설의 원형이 아닐까 싶다. 이 소설 외에, 또 각별한 의미가 있다고 생각하는 작품이 있는지?

박진 나는 『외딴방』에 좀 더 주목하고 싶다. 단순히 소재적으로 노동 문제를 다뤘다거나, 한 여공의 성장 이야기라는 측면보다는, 이것이

자기 글쓰기에 대한 성찰로 나아간다는 점이 중요하다고 본다. 이 소설에서 '외딴방'은 여공들이 살던 쪽방처럼 우리 사회에서 소외된 존재들을 비유하는 말이기도 하고, 그 시절의 기억이 '나'의 생애에서 부자연스럽게 고립된 시기임을 뜻하기도 한다. 또한 학교를 졸업하고 쪽방을 빠져나온 뒤 '나'의 글쓰기가 그들의 삶을 전혀 끌어안지 못했다고 하는 자각을 담은 말이기도 하다. '나'는 한때 공장에 다니긴 했지만 정말로 그들 속의 한 명이었던 건 아니고, 결국 그들과는 전혀 다른 삶을 살게 된다. 이 소설은 한 노동자 소녀의 성장 이야기라기보다는, '나'의 글쓰기가 그들 계급의 삶을 철저히 배제해왔다는 죄책감과 자기반성을 통해 작가인 '나'가 변화를 겪는 성장소설이라 보아야 할 것이다. 물론 소설 속의 '나'를 곧바로 작가 신경숙과 동일시하거나, 이 작품을 계기로 신경숙의 이후 소설이 실제로 변화했다고 판단하는 건 너무 단순한 해석이겠지만.

장성규 나는 박진 씨가 말해준 점들과 관련해서, 사실 불편함을 좀 많이 느꼈다. '나는 공장에서 일하는 사람들과 다르다'는 자의식을 강하게 표출하면서도 왜 군이 그런 배경 설정을 했는지 의문이 들기 때문이다. 7,80년대 노동운동이라는 소재를 자신의 글쓰기와 길항하는 사회적 문제의식으로 차용한다는 느낌이 들었다. 그리고 자신의 글쓰기가 희재 언니의 죽음으로 대표되는 산업화 시대에 대한 추도의 글쓰기라는 자의식이 강하게 느껴졌는데, 정작 그 글쓰기의 정체가 뭐냐는 질문에 대해서는 이렇다 할 문제의식이 보이지 않는다. 나는 『외딴방』이 이런 면에서 전작과 크게 구별되는 작품이라는 생각은 별로 들지 않는다.

김남혁 『외딴방』에서 셋째 오빠가 군사정권과 유신정권을 문제삼는 소설을 쓰라고 권하자, 주인공은 그런 사회 문제보다는 그때 연탄불은 잘 타고 있었는지, 가방을 챙겨 나간 오빠가 어디 길바닥에 쓰러져 있지 않았는지 하는 개인의 문제를 소설로 쓰고 싶다고 말한다. 이렇게 이야기하는 부분이 『외딴방』의 핵심이 아닌가 한다. 이 소설은 신경숙답게 개인의 내면에 섬세히 접근하는데, 그러한 접근이 단지 개인 속에 함몰되지 않고 사회의 영역으로까지 확장되고 있다.

장성규 어떤 면에서 그렇게 볼 수 있는지?

김남혁 신경숙 소설이 사회 제도의 문제를 말할 때 그 출발점은 개인이지 사회가 아니다. 개인의 문제를 섬세히 읽다 보니 사회의 문제까지 자연스럽게 도출된다. 『외딴방』에서 또 하나 중요한 점은 '글쓰기'이다. 신경숙 소설은 사회 제도의 부당함으로부터 1인칭 '나'를 지켜내는 것에 큰 의미를 두고 있고, 그 방법으로 끊임없이 글을 쓰고 기억을 더듬는 것을 강조한다. 그런데 글쓰기를 통한 기억의 복원은 항상 한계가 있고 불완전하다는 인식이 『외딴방』의 기법이나 화자의 발화를 통해 나타난다. 이 소설에는 글쓰기와 기억을 통해서 1인칭 '나'를 지켜낼 수 있다는 신념과 이런 방식 자체에 분명한 한계가 있다는 인식이 공존한다. 개인에서 출발해 사회적인 문제까지 드러내고, 사회로부터 개인의 존재를 지켜내기 위해 글쓰기와 기억을 사용한 셈인데, 나는 이런 자의식이 좋았다.

장성규 의견은 좀 엇갈리지만, 『풍금이 있던 자리』에서 『외딴방』까지 신경숙의 주요 작품에 대한 얘기들이 나왔다. 다음 순서는 아마도 『엄마를 부탁해』가 될 것 같다. 2009년 출판 시장에서 이 소설이 문학 부문 중 가장 많이 팔린 책이 아닌가 싶은데? 아직도 여전히 베스트셀러 순위에 올라 있고.

김남혁 김훈 소설이 아버지를 생각하게 한다면 신경숙의 소설은 엄마를 생각하게 한다. 그런데 『엄마를 부탁해』는 단순히 엄마에 대한 최루성 소설은 아닌 것 같다. 나는 신경숙 소설이 항상 어떤 제도에서 출발하지만 억압적 제도를 그저 반복하는 것이 아니라 그 제도 안에서 타인에 대한 무한한 신뢰라든지 타인에 대한 책임감, 이런 것들이 발현될 수 있다는 점을 놓치지 않는다고 생각한다. 『엄마를 부탁해』 역시 엄마에 대한 신화화된 모성성을 포기하지 않으면서도 여성으로서의 욕망을 함께 가져가고 있다는 점이 중요하다.

박진 나는 이 소설에서 엄마가 과연 어떤 욕망을 지녔는지 의문이다. 이웃 남자에 대한 얘기라면, 사실 둘은 별 사이가 아니지 않은가? 그 집 갓난아기가 굶어 죽어갈 때 젖을 물려준 걸 계기로 말벗이 되었으니, 모성의 확장이라 보는 게 더 어울릴지 모르고. 엄마는 남편이 바람을 피워도 아이들을 위해 가정을 지켜냈고, 호감이 가는 남자가 생겼어도 일탈을 하거나 선을 넘지 않았다. 그게 과연 자기 욕망을 지닌 여성의 모습일지? 이 소설에서 부각되는 건 역시 엄마의 숭고하고 헌신적인 희생이고, 그래서 자녀들은 이에 대한 죄책감을 가지게 된다. 하지만 이 죄책감은 심지어 달콤하기까지 하다. 나는 절대 그렇게 못하지만 내 엄마는 의무가 아니라 사랑 때문에 우리를 위해 기꺼이 희생하고 몸바쳐주었으며, 그러고도 도리어 우리에게 항상 '미안하다'고 말하는 존재로 그려지니까. 이렇듯 완벽하고 선량한 희생자에 대한 판타지와 향수 어린 그리움이 온 국민을 감동시켰다니,『엄마를 부탁해』열풍은 상당히 께름칙하다.

김남혁 『엄마를 부탁해』에 그런 낭만적인 부분이 있는 것은 사실이다. 그러나 신경숙의 소설은 꼭 엄마가 아니더라도 타인을 무한하게 위로해주고, 받아주고, 이해해주는, 그런 공간이라든지 인물을 항상 희구한다. 그런 측면에서 엄마의 문제를 살펴볼 필요가 있지 않을까?

박진 그렇지만 그런 존재가 굳이 엄마로 대표되어 있다는 건 모성의 신화를 강화하는 결과를 낳게 된다. 엄마의 절대적 희생을 숭고하게 만들어 신비화하는 것은 보수적인 가족 이데올로기의 단적인 표현이다. 가족 이데올로기는 단지 한 가족 안에서의 여성의 문제에만 국한되는 게 아니다. 가족 이데올로기가 확장되면 얼마나 폭력적인지 잘 알고 있지 않은가? 단순히 엄마-여성의 희생을 신비화하면서 가부장제의 억압을 정당화할 뿐 아니라, 생물학적인 모성애에 대한 강조와 혈연주의적 배타성으로 이어지기도 한다. 이것이 가족의 테두리를 불가침의 영역으로 신성시하고 이질적인 다른 존재들과 다른 집단들을 타자화하는 방식으로 나타나기도 한다. 가족주의가 확장되면 집단을 위해, 사회 전체를 위해 개인이 희생해야 한다는 전체주의 논리와도 통할 수 있다.

장성규 박진 씨도 한 어머니의 딸인데 이렇게까지 말할 줄이야. (웃음)

그런데『엄마를 부탁해』의 모성은 대중의 심성과 연결해서 논의할 필요가 있지 않을까?

김남혁 '엄마'는 사실 보편성을 가진 주제이지 않나? 특정 시대와 장르를 넘어서 대중이 호응할 수 있는 주제다. 또 이 작품은 형식적으로도 장이 분리되어 있다. 엄마와 다른 삶을 사는 작가인 딸, 엄마의 기대를 한 몸에 받았던 장남, 아내에게 항상 의지했던 남편, 엄마가 유령이 된 후 진술되는 한 여자로서의 엄마. 이렇게 각기 다른 인물들이 엄마에 대해 이야기한다. 그래서 다양한 성별과 연령의 독자들이 각자 자신의 입장에 맞추어 작중 화자에게 동일시할 수 있다. 이런 보편적인 주제와 화자를 교체하는 형식이『엄마를 부탁해』의 대중적 성공을 이끌어낸 원인과 무관하지 않을 것 같다.

장성규 지금 김남혁 씨가 한 얘기 중에 공감이 가는 부분이 있다. 『엄마를 부탁해』가 대중적인 호응을 얻은 이유 중 하나가 바로 인칭을 '너'로 호명하는 효과를 통해, 내가 어떤 위치이건 간에 딸, 아들, 남편 각각의 위치에서 어머니의 모성이랄까, 이런 것을 실감할 수 있게 하는 기법인 것 같다. 그런데 이런 방식이 독자들의 공감을 유발할 수는 있지만 한편으로는 위험하다는 생각이 들기도 한다. 분리된 장 속에서 다른 인물에 의해 서술되는 어머니가 각각의 시점에 따라서 과연 얼마나 다른 존재로 나타나는가? 오히려 다 똑같은 모성 이데올로기의 체현자로 서술되는 것은 아닌가? 만약 '나'와 오빠와 동생과 아버지가 서로 다른 관점에서 어머니를 봤다면 다른 어머니, 내가 못 봤던 어머니들이 드러나서 좀 더 입체적이 되었을 것이다. 그러나 이 작품의 경우에 타자의 시점이 끝에 가서는 모두 숭고하고 희생적인 어머니 상으로 귀결되는데, 이건 결과적으로 작품의 통속성을 강화하는 방식이 아닐까 싶다. 나는 다른 시점들 자체가 너무나 똑같은 발화로 귀결되면서 다른 어머니가 이야기될 가능성은 아주 배제된다고 느꼈다.

박진 동의한다. 결국은 서로서로 부족한 부분을 채워주며 엄마의 모습을 더욱 완전하게 만들어주는 것이다. 화자가 교체되거나 시점이 이동할 때 이렇게 서로 충돌하는 지점이 없는 채로 오히려 하나의 관점을 더 확고하게 만들어버린다면, 고정된 스타일의 서술 방식보다도 훨씬 더 일방적인 이야기가 되고 만다. 이 소설에서는 서술의 초점이 교체되는 방식이 텍스트를 다성적이 아니라 오히려 단성적으로 만들면서 매우 권위적인 방식의 발화로 변질되고 있다.

김남혁 솔직히『엄마를 부탁해』는 비평적으로 개입하기 힘든 부분이 많다. 감정적으로 많이 이입하다 보니 객관적 거리감을 유지하기 어려웠다. 그런데 과연 이 작품이 그렇게 비판만 받을 작품인가? 지금 두 분이 말한 서술 방식 같은 경우에도 이런 질문이 가능하다. 엄마가 갑자기 사라졌고 돌아가셨다. 그랬을 때 과연 각자의 입장에서 얼마나 엄마를 입체적으로 말할 수 있을까? 희생적인 어머니의 모습과 무관한 과거를 기억하는 게 오히려 이상한 것 아닌가? 물론 그때 엄마와 관련된 이야기는 조금 더 숭고해진다. 그런데 그럴 수밖에 없는 것이, 사실 각각의 인물들은 엄마가 없었으면 가족 자체가 해체될 수밖에 없는 상황에 처해 있었기 때문이다. 오히려 이런 점이 좀 더 핍진하게 개연성을 살리는 구성이라고 본다. 물론 엄마의 모성이 가정의 테두리 안에서 강조되다 보니까, 가정 밖의 타자들에게까지 그런 무한한 애정이나 환대가 확장되기 어려울 것이라고 짐작할 수 있지만, 이 소설에서 타자에 대한 어머니의 환대가 꼭 가정의 테두리 안에서만 이루어지지는 않는다. 굶어 죽으려는 이웃집 아이에게 젖을 물리는 엄마의 모습에서 볼 수 있듯이 말이다.

장성규 김남혁 씨 말대로 사실『엄마를 부탁해』는 다들 자신의 체험에 비추어서 공감을 얻게 만드는 데 상당한 성공을 거둔 작품이다. 나 같은 경우에는 이 작품을 보면서 두 가지 생각이 들었는데, 하나는 효도해야겠다는 거고……. (웃음) 또 하나는 '아니 이게 왜 이렇게 많이 팔렸지?'라는 의문이었다. 『엄마를 부탁해』는 사실 굉장히 뻔한 이야기이고 어떻게 될지 모두가 예측할 수 있는 이야기인데,

모두가 왜 그렇게 열광을 했는지 참 이상하다. 이런 얘기들은 TV 드라마에도 항상 나오는 거고, 라디오에서도 이런 유의 체험수기 같은 것을 항상 읽어주는데, 이 소설에 대한 반응은 왜 이렇게 폭발적이었을까?

박진 어떻게든 살아남아야 하고 살아남는 게 너무 힘겨운 세상에서 엄마의 사랑과 같은 무조건적인 위로와 보살핌을 바라는 건 자연스러운 일일지 모른다. 이런 사회 분위기와 대중적 필요 때문에 『엄마를 부탁해』는 놀라운 호응을 얻었을 것이다. 하지만 그런 완벽하고 절대적인 모성은 현실에는 없다. 『엄마를 부탁해』는 부재하는 것을 잃어버린 것, 상실한 것으로 만들고, 과거를 회고하는 방식으로 완전한 모성에 대한 환상을 만들어낸다. 잠시 후 얘기할 『어나벨』과도 연결되는 부분인데, 신경숙 소설은 이제는 없는 것에 대한 향수, 그러니까 복고적인 정서를 자극하는 경향이 짙다. 지금 우리 시대는 잃어버린 게 너무 많지 않나? 찬란한 청춘도 잃어버렸고, 혁명에 대한 꿈이나 과거와 같은 문학의 신화도 잃어버렸다. 부재하기 때문에 회고를 통해서만 존재할 수 있는 것들을 애도의 형식으로 전유하여 위로를 삼으려는 심리적 메커니즘을 『엄마를 부탁해』가 굉장히 잘 활용했다고 본다.

김남혁 실제로 신경숙의 작품들은 잃어버린 것들에 대해서 생각하게 해주는 지점들이 많은 것 같다. 방금 박진 씨가 말한 엄마라든지, 모성성, 문학 등등에 대해서……. 그런데 신경숙 소설은 그런 낭만적 과거를 현실에서 재현할 수 있다는 식의 낙관론을 펴지 않는다. 『어나벨』을 예로 들면, 이 소설은 타자와 낭만적으로 연대하는 것에 대해 시종 조심스럽다. 미래 누나와 미루와 명서가 한 집에서 살던 때는 이들에게 가장 좋았던 옛 시절이다. 미래 누나가 죽자 명서와 미루는 말 그대로 미래를 잃게 된다. 이때 이 소설은 미래 누나의 빈자리를 단순히 정윤이 채워서 낭만적인 과거를 복원하는 것이 상처 입은 타자와 연대하는 방식이라고 말하지 않는다. 낭만적인 과거는 언젠가는 복원돼야 할 미래의 이상이지만, 성급히 복원될 경우 그들은 다른 타자들과 연대하지 못한 채 고립될 수 있기 때문이다.

장성규 이야기가 『어나벨』로 자연스럽게 이어지는 것 같다. 먼저 전작과의 차이점이 있는지 묻고 싶은데?

박진 글쎄, 멜로드라마풍의 연애소설이라는 점? 물론 『깊은 슬픔』 (2006)도 있었지만. (웃음) 사랑 이야기라는 것 자체가 흠이 되거나 할 건 없는데, 이 사랑 이야기는 너무 낭만적이고 뭔가 공감이 되질 않는다. 우선 인물구도부터가 그렇다. 명서와 미루, 정윤과 단이는 어린 시절부터 함께 자란 '영혼의 짝'인데, 태생지에서 같이 자라면 떨어져 있어도 끊을 수 없는 영혼의 파트너가 되는 건가? 이것도 상당히 비현실적인데, 더구나 두 커플이 똑같은 구도와 상실의 체험을 반복한다는 게 너무 도식적으로 느껴진다. 또 미루를 잃은 명서, 단이를 잃은 정윤은 그 고통마저도 쌍둥이처럼 서로 닮아 있는 운명적인 상대로 묘사된다. 이런 식으로 명서와 정윤의 사랑을 필연이나 운명처럼 묘사하는 것도 꽤나 어색하고 작위적이다.

장성규 사소한 얘기일지 모르지만 나도 잘 이해가 안 되는 부분이 있다. 미루와 정윤이 지나치게 쉽게 친해지지 않나? 사실 미루하고 정윤은 친해질 수 없는 관계 아닌가? 둘이 친해지면 당연히 명서를 놓고 라이벌 관계가 되니까……. (웃음)

박진 맞는 말이다. 그리고 나는 미루와 단이의 죽음도 잘 납득이 되지 않았다. 미루의 언니 미래의 죽음이 작품에서 차지하는 비중이 매우 큰데, 실제 미루의 죽음은 미래와는 별로 상관이 없어 보인다. 미루는 언니의 죽음에서 벗어나지 못해 괴로워하지만, 명서·정윤과 함께 살 수만 있었다면 모든 상처를 극복하고 행복했을 것처럼 묘사돼 있다. 그들이 함께 살기로 약속한 집을 부모가 팔아버린 뒤에 좌절한 미루가 죽게 되는 거니까. 미루의 죽음이 전체 이야기 속에서 미래의 죽음과 이어졌으면 정말 상처로 느껴졌을 텐데, 그렇지 않아서 잘 와 닿지가 않는다. 단이 역시 군 생활에 회의를 경험하지만 그럭저럭 잘 견뎌오다가 '유일한 탈출구'였던 정윤에게 거절당한 뒤 총기사고로 죽게 된다. 이 죽음은 마치 군 의문사처럼 서술돼 있지만 정황상 자살이었을 확률이 높아 보이는데, 면회 온 여자친구가 '하룻밤'을 허락하지 않은 것 이외에는 자살의 동기를 찾기 어렵다. 단이의 자살이 이렇게 애매하게 처리된 것을 의문사 문제로 보이게 하고 마치 사회 문제를 다루는 것처럼 만들어놓은 것은, 굉장히 불편할 뿐 아니라 사랑 이야기로서의 공감도 약화시키는 것 같다.

김남혁 설득력 있는 말이다. 그런 점에 거부감이 들기는 하지만 이 작품을 좋게 만드는 지점도 있다고 본다. 그 지점을 크리스토프 이야기와 관련해서 말할 수 있다. 우선 이 작품은 『엄마를 부탁해』와 주제적으로 크게 다르지는 않은 것 같다. 『엄마를 부탁해』의 서사가 엄마의 실종으로부터 시작한다면, 『어나벨』은 윤 교수의 죽음으로부터 시작한다. 앞의 소설이 사라진 엄마를 이해하는 것을 주제로 삼는다면, 뒤의 소설은 윤 교수가 말했던 크리스토프 이야기를 현실적으로 어떻게 실천할 것인지를 주제로 삼는다. 크리스토프 이야기가 요구하는 실천은 『엄마를 부탁해』에서 사라진 엄마를 이해하는 일과 다르지 않다.

장성규 크리스토프 이야기가 중요하다는 점에는 동의한다. 이게 신학적인 얘기라서 조심스러운데, 솔직히 윤 교수가 크리스토프 얘기를 꺼냈을 때는 '80년대적인 상황 속에서 문학이 무엇을 할 수 있는가?', 내지는 '문학이 무엇을 할 수 없기 때문에 자신이 퇴임하고 더 이상 제자를 가르칠 수 없는가?', 이런 얘기를 하고 싶은 것 같다. 그렇다면 정윤이나 명서나 지금 시대에 글을 쓰는 나는 무엇을 해야 하는가에 대한 치열한 고민이 있어야 하는데, 이야기가 그런 측면으로 가는 게 아니라는 점이 문제다. 인물들은 그냥 툭 던져진 채로, 실제로 하는 일은 서울을 배회하는 것 이상이 아니지 않나? 이런 인물들은 실체가 거의 없다고 생각한다. 말을 바꾸면 크리스토프 얘기도 나오고, 사회적 문제도 삽입되고, 서사 구성에서 '갈색노트'와 같은 여러 장치들이 동원되는데, 이게 소재 차원에만 국한된 채 작품을 끌어가는 차원으로 나아가지 못하는 것 같다.

박진 작품 안에서 크리스토프 얘기가 상당히 핵심적인 대목인 것처럼 등장하지만, 사실 별로 구체적이지는 않다. 온 세상을 짊어지고 '피안'으로 건너간다는 게 무슨 의미인지도 좀 모호하고. 굳이 얘기하자면 결국 구원의 문제일 텐데, 크리스토프 이야기 속에서 우리는 구원되는 자이면서 구원하는 자이기도 하다. 이게 신경숙의 문학론과 통할 수 있겠는데, 문학이 세상을 구원할 수 있다거나 문학을 통해 함께 구원에 도달하고자 하는 바람 같은 게 담겨 있는 것 같다. 그런데 내가 보기엔 문학을 지나치게 낭만적으로 이상화하는 것 같다. 이런 경향은 윤 교수가 학교를 그만두는 대목에서도 나타난다. 윤 교수는 사직을 하면서 동료들이 해직되는 것을 두고 볼 수 없다거나, 독재 정권에 대한 저항으로 학교를 떠난다고 말하지 않는다. 그는 온갖 폭력적인 말들이 지배하는 시대에 더 이상 '말에 대해 말을 하는 것'에 의미를 찾지 못하겠다, 나는 돌아가서 필사적인 사명감으로 시를 쓰겠다, 이렇게 말하면서 학교를 그만둔다. 차라리 그가 이런 시대에 더 이상 글을 못 쓰겠다고 말했다면 나로서는 좀 더 공감이 갔을 것 같은데……. 결국 오직 '시를 쓰는 것'만이 폭력적인 말들에 대항하는 행위일 수 있다고 주장하는 셈인데, 이 역시 크리스토프 이야기와 마찬가지로 문학의 가치를 그 자체로 절대화하고 이상화하는 것은 아닌지 의심스럽다.

장성규 자연스럽게 신경숙의 문학관에 대한 이야기로 넘어가면 좋겠다. 김남혁 씨의 의견도 듣고 싶다.

김남혁 나도 박진 씨의 지적처럼, 문학에 대한 신경숙의 자의식이 펼쳐질 때 다소 낭만성이 과잉된다는 데 동의한다. 개인적으로는 강을 건너는 크리스토프 이야기가 이 소설의 작은 핵으로 소설 안에서 끊임없이 변주되며, 더 나아가 신경숙의 문학관을 대변한다고 생각한다. 크리스토프 이야기는 타자와 어떻게 함께 살아갈 수 있는지를 말하고 있다. 이 이야기는 명서의 '갈색노트1'에 기록된 강아지 이야기로 바꿔 말할 수 있다. 길에 버려진 두 마리 강아지가 있다. 이들 중 한 마리는 앞을 보지 못한다. 이때 앞을 보는 강아지는 앞에 나서서 눈먼 강아지를 이끌지 않는다. 항상 "앞 못 보는 개를 먼저 앞세우고 지켜본다."(52쪽) 세상을 볼 수 있는 자가 앞 못 보는 타자를 제도의 정해진 길로 안내하는 게 아니다. 상처 입고 보지 못하는 타자가 자기 나름으로 삶을 살아가는 것을 근거리에서 지켜보다가 타자가 어려움에 처하게 되면 언제든 달려가 도와주는 방식, 이 방식이 바로 타자에게 먼저 '내가 그쪽으로 갈게'라고 말하는 방식이고, 크리스토프가 등에 업은 자와 크리스토프가 서로에게 하느님이 되는 삶의 방식이다. 이 소설에서 정윤과 미루는 모두 자신의 의도와 무관하게 큰 상처를 입은 눈먼 강아지라고 할 수 있다. 엄마와 단이와 사별한 정윤, 미래 언니와 사별한 미루, 이들에게 값싼 동정을 건네지 않으면서도 이들을 모른 척하지 않는 삶의 방식을 제시하는 소설이다.

장성규 크리스토프와 관련해서 작품 속에서 구체적으로 글 쓰는 예가 두 가지 등장한다. 하나는 명서가 갈색노트를 쓰는 것이고, 다른 하나는 미루가 먹은 음식들을 일일이 기록하는 것이다. 신경숙은 그게 구원이 가능한, 그러니까 80년대적 상황 속에서 '숨을 쉴 수 있게 하는' 글쓰기 형식이라고 생각하는 것 같다. 그런데 여기서 조금 동의하기가 힘들었다. 물론 그 두 사람이 가지고 있는 각자의 진실들과 그 무게감을 부정할 수는 없다. 하지만 거기에 너무 큰 의미를 부여한다는 생각이 든다. 자신이 먹는 음식을 일일이 기록하는 게 미루 같은 거식증 환자에겐 중요한 일일 테고, 명서처럼 배회하는 인물에겐 사소하지만 자신에게 의미 있는 사건들을 글로 쓰는 게 중요한 일일 수 있겠지만…… 과연 그것이 당시 시대 상황 속에서 숨을 쉬게 할 수 있는 글

쓰기 형식인가? 나는 이 부분이 신경숙 문학관의 한계라고 본다.

박진 더구나 명서의 갈색노트는, 정윤이 알고 싶어 하는 얘기들, 정윤에 대한 명서의 속마음을 고스란히 담고 있다. 그 밖에 다른 얘기들은 거의 나오지 않고. 정윤에게나 독자에게나 너무 쉽게 명서의 마음을 들여다보고 궁금한 정보를 얻을 수 있게 하는, 서사적으로도 좀 안일한 장치가 아닐까 한다.

장성규 그렇다. 갈색노트에서 특히 아쉬웠던 건, 분명 정윤과 명서의 캐릭터는 다르지 않은가? 정윤은 시골에서 올라와 어머니가 죽은 뒤 학교에 적응하지 못하는 사람이고, 명서의 경우에는 구체적인 고민은 나타나 있지 않지만 학생운동에 가담하는 사람이다. 그런데 갈색노트에는 명서가 가진 이런 고민들이 잘 보이지 않는다. 이 노트에 정윤의 배회와는 다른 방식으로 구원의 가능성을 모색하는 명서의 목소리가 좀 더 들어 있었으면 좋았을 텐데, 이런 둘의 차이가 너무 말랑말랑하게 서로 봉합되어간다는 느낌이 들었다. 미루가 쓰는, 자신이 먹는 것들에 대한 기록도 마찬가지다. 신경숙이 생각하는 숨을 쉴 수 있게 해주는 글쓰기 형식이 개인의 층위에서는 가능할지 모르겠는데, 보편적인 층위로까지 나아가지는 못하고 있다.

김남혁 두 분이 단점들을 날카롭게 지적했으니, 나는 이 소설의 미덕을 좀 더 말하고 싶다. 내가 이 소설을 괜찮은 청춘소설이라고 생각했던 이유는 청춘이라는 시기의 특성을 정확히 짚어내고 있기 때문이다. 청춘은 아마 사랑이 커지는 만큼 상처가 커지는 시기일 것이다. 청춘의 한 시기를 보내는 정윤의 경우도 그렇다. 미루에 대한 사랑이 점점 커질수록, 미루를 이해하지 못했고 끝내 지켜내지 못했다는 절망감도 점차 증대된다. 그 상처에 겁먹어서 애초부터 타인에 대한 사랑을 포기하거나, 상처가 없다는 듯이 기만적인 사랑을 추구하는 것(또는 손쉽게 타인을 위로하는 것)에 이 소설은 반대한다. 상처를 예상하지 못하는 사랑의 순간도, 사랑을 기약하지 못하는 상처의 순간도 언젠가는 지나간다는 것을 이 소설은 독자들에게 말하고 있다. 이 소설이 사랑에 스며 있는 상처의 흔적을 기억하라고 말할 때 "어떤 이에게는 겸손한 힘을" 주게 되고, 상처 이후에 도래할 사랑을 다시 한 번 약속하라고 말할 때 "어떤 이에게는 견딜 힘을"(11쪽) 주게 된다. 이 소설은 타자와 함께 삶을 살아낼 수 있게 하는 사랑을 강조하면서, 동시에 타자를 온전히 이해하지 못해서 생기는 상처를 은폐하지 않는다. 사랑을 포기하지 않으면서 상처를 기억하기에 나는 이 소설이 좋은 청춘소설이라고 말하고 싶다.

박진 그냥 눈부시기만 해서는 청춘이 아닐 것이다. 어둠과 방황과 상처, 죽음까지 포함해서, 그런 것들이 있어야 청춘은 비로소 낭만화된다. 그것들 없이는, 청춘은 충분히 아름답거나 충분히 매혹적이지 않을 테니까. 그런데 이 소설에서 청춘의 상처들은 너무 막연하고 추상적이다. 뭔가 절망적이고 절박한 상처를 가진 것으로 설정돼 있지만, 거기에 실체가 없는 것 같다. 특히 시대 상황과 연결된 부분들이 그렇다. 단적인 예로 미래의 분신은 어떤가. 미래는 처음에 발레를 하다가 미루 때문에 무릎을 다쳐서 못 하게 되고, 이후 '발레만큼 사랑한 남자'를 만나 열정적으로 몰입하게 된다. 그런데 우연히 그 남자가 '운동권'이었고, 하필 그는 미래를 만나러 오던 날에 사라져서 다시는 돌아오지 않는다. 그러니까 미래는 청춘의 맹목적인 열정으로, 사랑하는 그 남자 때문에 분신을 선택하게 되는 것이다. 미래에게는 자신을 '불사를' 대상이 다른 무엇이어도 상관없었을 거라는 생각이 든다. 결과적으로 민주화운동이나 사회 문제 같은 것들이 낭만적인 사랑과 청춘의 분위기를 위해 소비된 게 아닌가 싶다. 그냥 무대장치나 소도구처럼 말이다.

장성규 나 역시 그런 맥락에서 이 작품의 시대적 배경이 왜 80년대로 설정됐는지 다소 의아스럽다. 『외딴방』은 부족한 대로, 당시의 노동운동과 자신의 글쓰기가 서로 배치되긴 하지만 그 두 가지를 치열하게 상호침투하게 만들려는 의지를 보여준다고 느꼈다. 그런데 이 작품에서는 왜 굳이 80년대를 배경으로 설정하고 80년대적인 향수를 자극하려 했는지 잘 이해가 안 간다.

김남혁 『어나벨』에 등장하는 학생운동이 단지 소재적인 차원으로 활용됐다는 느낌이 든다면, 아마도 명서가 소설 안에서 입체적으로 부각되지 못해서 그럴 것이다.

박진 맞다. 첫 번째 가두시위 장면은 정윤이 명서에게 처음으로 업혀서 친밀감을 형성하기 위해 필요했고, 미래의 분신도 미루에게 뭔가 절망적인 상처의 그늘을 드리우기 위해 동원됐고……. 80년대적 상황을 이렇게 얄팍하게 이용한다면, 그런 문제들에 대해 전혀 언급하지 않는 것보다 훨씬 더 무책임하고 비윤리적인 것은 아닐까? 그런데도 이 소설이 이런 소재들을 소설 속으로 끌어온 것 자체가 대단히 의미 있는 일인 듯이 간주되는 것은 참 씁쓸하다.

장성규 동의한다. 그런데 소재적 장치의 한계가 명확한데도 불구하고, 왜 굳이 그 장치를 썼는지 따져봐야 하지 않을까?

박진 아까 말했듯 향수는 그리워하는 대상의 부재를 전제로 한다. 이 소설은 80년대의 민주화운동 역시 지나간 한 시절의 추억으로 회상하고 있다. 사회를 변혁하려는 용기나 투쟁은 추억으로만 남아서, 낭만적 사랑이나 청춘의 방황과 어우러진 그리움의 풍경으로나 등장하는 건데……. 이건 정치적으로도 상당히 문제가 많다고 본다.

장성규 청춘이 뭔지는 잘 모르겠지만……. (웃음) 왠지 청춘이라면 두 가지가 있어야 하는 것 같다. 사랑에 대한 열정이 있어야 하고, 혁명에 대한 지향이 있어야 하고. 나는 이 소설에서 무척 난감했던 것이 회고라는 문제였다. 만약 80년대의 그 체험이 작중 인물들에게 중요한 원체험이 되었다면, 작품의 현재 시점에서 그것을 회고할 때 단순하게 '옛날에 그랬지'가 아니라, 현재의 그들의 삶과 관련된 해명이 있어야 하는 것 아닌가? 그런데 정윤의 경우에는 그런 단서 자체가 아예 텍스트에 기입되지 않았고, 사진작가가 된 명서의 경우에도 딱히 원체험을 살리는 팽팽한 긴장감이나 삶에 대한 의지 같은 것들이 드러나지는 않는다. 그리고 보면, 이 작품의 80년대적 회고가 2000년대 초반에 한창 유행했던 체 게바라 열풍과도 비슷한 것 같다. 개인적으로는 이런 설정이 상당히 불편한데, 뭐랄까 80년대라는 표상이 고정화되고 박제된다는 느낌 때문이다. 그런데 왜 작가는 이런 불편함을 가져왔을까? 나는 『외딴방』에서 보여준 부족한 대로의 긴장감이 『어나벨』에서는 완전히 소재의 차원으로 전락하면서, 중요한 문제들을 상업적인 측면으로 끌고 간 것은 아닌가 싶다.

박진 같은 생각이다. 그렇게 해서 이 소설은 충분히 낭만적이고 충분히 비극적이고, 게다가 시대 현실에 대해서까지 말하는 훌륭한 문학 작품으로 포장된다. 독자의 입장에서는 청춘의 고뇌나 낭만적인 사랑과 더불어 80년대 시대 상황까지 말해주는, 굉장히 진지한 소설을 읽게 된 것이고. 그래서 이 작품이 독자들에게는 그냥 좀 재미있는 연애소설을 읽는 것보다 훨씬 큰 만족감을 줄 수 있다. 그걸 의도한 것인지는 모르겠지만, 결과적으로 그런 효과를 내는 것은 사실이다.

장성규 좋다. 이제 다른 주제로 넘어가보자. 작품과 관련해서 '한국형 청춘소설'이라는 말도 나왔던 것 같다. 아직 본격적으로 논의되지는 않았지만 단평 형식이나 마케팅 측면에서 이런 타이틀이 나왔는데, 이 작품을 한국형 청춘소설의 가능성으로 볼 수 있을까?

김남혁 청춘소설이라는 표현은 작가 후기에도 쓰인 표현이다. 박진 씨도 지적했듯이 신경숙 소설에는 잃어버린 것에 대한 향수가 있다. 청춘이라든지, 문학이라든지. 그런 것들을 드러내는 방식이 나는 특별히 불편하지는 않았다. 청춘의 사랑에 대한 열망을 그려내면서도 그게 불가능해지는 지점, 사랑의 열망과 사랑의 그늘을 같이 그리려 했다는 점에서 높이 평가하고 싶다.

박진 청춘에 대한 향수는 단지 지나간 젊은 시절을 그리워한다는 의미만은 아니다. 그건 2000년대의 현실과 결부된 문제인데, 사실 이 시대에 청춘이 어디 있는가? 다들 취업준비생이고 잠재적인 실업자인데. 지금은 던지고 불태울 청춘이 없지 않은가? 최근 들어 지난 시대를 배경으로 하는 회고형 청춘소설이나 성장소설이 한 흐름을 만들고 있는데, 이 역시 지금 우리 시대에 부재하는 청춘을 향수로써 재생산하고 소비하는 현상이라 할 수 있겠다. 그런데 이건 지금 여기의 젊은이들이 겪는 문제들을 회피하는 방식이 될 수도 있다. 나는 『어나벨』을 포함해서 그런 유형의 소설들이 한국형 청춘소설일 수는 없다고 생각한다. 지금 청춘소설을 쓰겠다면 가난하고 별 볼일 없는, 빛나지 않는 청춘들 속에서 그 어떤 치열함과 에너지를 길어 올려야만 할 것이다.

장성규 물론 그게 쉬운 일은 아니겠지만…….

박진 아직까지 그런 소설들이 많이 눈에 띄지는 않는다. 김주희의 『피터 팬 죽이기』(2004)는 88만원 세대 젊은이들의 성장소설이라 할 수 있는데, 넋두리와 냉소와 한탄에 머물러 있어 소설적 에너지

는 약한 편이다. 이전 좌담에서 다룬 적이 있는 김기홍의『피리 부는 사나이』(2009)는 이들의 암담함을 모호하고 개연성이 떨어지는 모험담으로 처리하고 있어서 다소 아쉬움이 남는다. 이번 오늘의 작가상 수상작인 김혜나의『제리』(2010)는 좀 더 주목할 만한 소설인 것 같다. 그 초라한 젊음의 절망과 고통을 생생하게 전해주는 소설이라서 무척 인상적이었다. 아름답고 낭만적인 청춘의 회상이 아니라, 이런 청춘답지도 않은 청춘들의 이야기에서 한국형 청춘소설의 또 다른 가능성을 찾아야 하지 않을까.

장성규 동의한다. 이런 여러 가지 한계에도 불구하고, 어쨌든 신경숙이 한국문학에서 대중적인 반향으로 따지면 가장 큰 비중을 차지하는 작가인 건 분명해 보인다. 물론 비판도 많이 나오고 있지만 신경숙 소설은 신드롬이라고 할 만큼 대중들의 폭발적인 반응을 얻고 있는데, 이런 현상의 원인이나 맥락 같은 것들을 검토할 필요가 있을 것 같다.

김남혁 나는 신경숙 소설이 낭만적인 향수를 자극하기는 하지만, 이에 대해 작가 스스로 거리를 두려고 하는 의지가 있다고 본다. 이 소설은 지적으로 팽팽하게 하지는 않으면서도, 어떻게 보면 우리가 잃어버린 소중한 것들, 낭만적이라고 하면서 내버렸던 것들을 되돌아보게 해준다는 점에서 대중적인 호응을 얻지 않았나 생각한다.

박진 앞에서도 말했지만, 나는 신경숙 소설이 정서적으로 위로와 감동을 주고, 적당히 안락하면서도 진지한 얘기를 하는 듯한 소설이라고 생각한다. 그런데 내가 보기엔 그건 너무 안전한 선택이고, 또 지금 없는 것을 자꾸만 이야기하면서 현재의 문제를 덮어버린다는 느낌이 든다. 정작 중요한 문제들을 회피하면서 안락한 만족감을 준다면, 그건 우리가 생각하는 좋은 문학에서 너무나도 멀지 않은가? 그런데도 이 소설이 엄청나게 읽히고 있다는 이유로 좋은 문학작품의 모델처럼 된다면, 신경숙 신드롬은 결과적으로 우리 문학에 해가 된다고도 말할 수 있다. 그냥 이 한 권이 문제가 아니라, 이런 소설이 훌륭한 문학의 전범처럼 간주된다면 문제는 심각하다.

김남혁 신경숙 소설이 문학이란 이런 것 운운하면서 문학을 일반화시키는 건 아니지 않나?

박진 이렇게 많은 독자들이 이 소설에 열광할 때 그런 효과가 나오지 않을까? 실제로 꽤 많은 사람들이 『엄마를 부탁해』를 그해 최고의 문학작품이라고 생각하고 있다. 그리고 평론가들까지 그렇게들 얘기하지 않나? 신경숙의 경우처럼 대중과 소통할 수 있는 소설이 이 시대의 문학을 살린다고.

김남혁 대중들이 양적으로 많이 읽는다고 해서 그것이 곧 문학적 소통은 아닐 것이다.

장성규 두 분 의견이 팽팽히 맞서고 있다. 이 자리에서 간단히 결론을 내릴 수 있는 문제는 아닌 것 같다. 다만 신경숙은 분명 굉장한 대중적 반향을 얻고 있는 작가인데, 그런 만큼 더 큰 책임감을 가질 필요가 있지 않을까 하는 생각을 해본다. 신경숙은 체험이 가지고 있는 보편적인 성격을 잘 보여주는 작가인데, 문제는 신경숙 소설이 그 체험을 스테레오타입으로 만드는 경향이 있다는 점이다. 물론 누구에게나 어머니에 대한 기억이 있고, 80년대를 경험한 사람이라면 다들 공유할 수 있는 그런 시대적 분위기가 있겠지만, 신경숙 소설에서는 그 기억들이 어딘가 박제되어 있는 듯한 인상이 강하다. 신경숙 소설은 독자와 소통할 때 정형화되어 있는 과거를 호출하면서 위안과 안도감을 주는 것 같다. 어쩌면 작가가 읽는 사람들에게 스테레오타입을 벗어나 그 이상으로 나가지 않을 것이라는, 일종의 안전판을 제공한다고도 볼 수 있겠다. 이렇듯 신경숙 소설에 대한 문학 내적인 비판만큼 중요한 것은, 문학 외적인 요소들에 대한 다각적인 분석일 것이다. 신드롬에는 그럴 만한 이유가 있는 것 아니겠는가? 이 점에 대해서도 오늘 여러 가지 이야기를 나누었지만, 못 다한 이야기들은 토론방을 통해 계속 이어가기로 하자. 오랜 시간 열띤 토론을 벌여줘서 고맙다.

9

청소년문학이 던진 '청소년'과 '문학'에 대한 질문들

『완득이』 김려령
『위저드 베이커리』 구병모
『싱커』 배미주

장소: 대학로 '코끼리공장'
시간: 2010년 7월 22일 오후 4시~6시 반
참여: 박진, 김남혁, 소영현

박진 이번 '비평테이블'에서는 최근 독자들의 큰 관심을 끌고 있는 청소년문학에 대해 이야기해보는 시간을 마련했다. 그래서 오늘은, 이 분야에 관심을 갖고 여러 편 글을 써온 문학평론가 소영현 씨를 특별히 초대했다. 와줘서 너무 고맙다.

소영현 청소년문학 전문가는 아니지만……. (웃음) 만나서 반갑다.

박진 그런 겸손의 말을. (웃음) 더구나 소영현 씨는 개인적으로도 '절친'이라서 꼭 함께 좌담을 해보고 싶기도 했다.

김남혁 나도 소영현 씨와 이 주제로 좌담을 하게 돼서 무척 기쁘다. 오늘 좌담은 분위기가 더 화기애애할 것 같다.

박진 김남혁 씨가 원래 누나들을 좋아해서……. (웃음) 사실 청소년문학은 새로 출현한, 좀 낯선 영역이다. 예전에는 청소년 권장도서 같은 게 있었다면, 지금은 청소년문학이 독립된 영역이나 장르처럼 여겨지고 있다. '청소년문학'이라고는 하지만 실은 '청소년소설'을 가리키는 말로 쓰이고 있기도 한데, 청소년문학이란 영역이 생겨나고 이렇게 관심을 모으고 있는 현상을 어떤 배경이나 맥락에서 이해하면 좋을까?

김남혁 내 경우에는 가끔 주변 사람들로부터 청소년이 볼 만한 책을 추천해달라는 부탁을 받곤 한다. 그럴 때마다 청소년에게 책을 권하는 게 상당히 어려운 문제라는 걸 깨닫게 된다. 문학사적으로 검증받은 동서양의 고전은 우리 상황과 너무 멀리 떨어진 보편적인 문제들만 건드리는 것 같고, 또 청소년들이 학교에서 그간 배워온 문학과 얼마나 차이가 날지 의문이 들어서 머뭇거리게 된다. 괜히 고전을 소개해줬다가 문학에 대한 거부감만 더 생길지도 모르고……. 그렇다고 이기호나 천명관 같은 가독성 있고 유머러스한 당대 작가들의 작품을 권하는 것도 좀 망설여진다. 이들의 소설도 청소년들의 실제 삶과는 어느 정도 거리가 있어 보이기 때문이다. 이런 경험에 빗대어 생각해보면, 아마도 청소년문학은 청소년이라는 이질적인 독자의 요구를 그동안 문학이라고 불려온 고전이나 성인문학(?)이 채워주지 못했기 때문에 생겨났을 것이다. 청소년 독자층이 지닌 요구를 더 잘 충족시켜주는 문학이 필요하다는 인식에서, 청소년문학이라는 새로운 영역이 출현하게 된 것 같다.

소영현 김남혁 씨 얘기를 들으니, 나는 어땠나 하는 생각이 드는데……. 사실 나는 청소년문학이 그런 내적인 요구에 의해 생겨난

것만은 아니라고 생각한다. 청소년문학은 기본적으로 출판 시장의 요구가 만들어낸 측면이 강하고, 오히려 거기에 맞춰서 작가나 평론가들이 움직이고 있는 게 아닌가 싶다. 아동/청소년 문학 성장의 분기점을 이룬 2004~5년의 시기를 두고 말하자면, 문학 시장은 침체되고 아동문학 시장이 안정적 확장기에 접어드는 상황에서 아동문학 독자가 세분화되는 과정으로 청소년문학의 출현을 이해해야 할 것이다. 이러한 변화 속에서 1318식 구획에 기초한 청소년문학이라는 개념이 출판계를 중심으로 적극적으로 기획되고, 청소년문학상이 생겨나고, 청소년문학이라는 이름의 문학이 등장하기 시작한 것이다. 아동청소년 문학계의 고전이라 할 만한 작품들이 대거 번역, 소개되기 시작한 것도 이즈음이다. 사실, 우리가 떠올리는 청소년문학의 상(象)도 오늘 이야기하려고 하는 소설들을 포함해서 '무슨무슨 문학상' 수상작들이 만들어낸 것에 가깝지 않나?

박진 두 분 얘기가 다 공감이 가는데, 김남혁 씨 의견은 청소년문학이 어떤 역할을 해줘야 하는가라는 문제와 닿아 있는 것 같다. 청소년문학이 정말로 청소년의 요구를 반영하는 방향으로 나아가야 할 텐데, 실제로는 소영현 씨 지적처럼 출판 시장의 요구와 밀접하게 관련돼 있는 게 사실이다. 청소년을 타깃으로 하는 문화상품이 등장해 각광을 받고 있는 현상이라고도 할 수 있고. 다들 알고 있듯이, 한동안 출판사들이 아동문학으로 '먹고살았지' 않나? 아동문학이나 청소년문학 붐은 우리나라 부모들의 뜨거운 교육열에 힘입어서 논술 교육용 책이 팔려나가는 현상과 분리될 수 없을 것이다. 그렇지만 청소년문학은 이미 이런 점을 지적하고 그냥 넘어갈 수 없을 정도로 강력한 영향력을 지닌 문화현상이자 문학현상이 되었으니, 청소년문학이 어떤 방향으로 나아가야 하는지에 대해서도 오늘 더 깊이 생각해보기로 하자.

김남혁 나도 소영현 씨 의견처럼 청소년문학이 겉으로는 청소년이라는 새로운 독차층의 요구를 수용한다고 하면서 실은 청소년이라는 새로운 소비자층을 발굴해낸 측면이 있다고 생각한다. 그렇지만 이 두 가지 계기가 분리돼 있진 않은 것 같고, 상호작용을 하면서 청소년문학이라는 새로운 영역을 만들어냈다고 보아야 할 것 같다.

소영현 또 한 가지 생각해봐야 할 것은 예전에 비해 지금은 성인이 아닌 존재로서의 '청소년'의 연령대가 상당히 넓어졌다는 점이다. '청년'의 실체가 사라지고 학령기를 거쳐 사회의 일원이 되는 패턴화된 성장 과정에 변화가 생긴 것인데, 취업난이 심각해지면서 아직

성인이 아닌, 원해도 될 수 없는, 그런 존재들이 늘어나고 있다. 이렇게 청년(청소년)의 사회화 과정이 길어지고 있는 현실 상황이 청소년에 대한 관심을 불러일으킨 면도 있다고 본다.

박진 그런 상황은 사회학적으로도 분석이 필요한, 중요한 문제일 것이다. 사실 예전에는 십대 후반이면 다 '청년'이었고 청춘소설의 주인공이었지 않나? 그런데 이제는 이들이 청소년이라는 이름으로, 청소년문학이라는 울타리 안에 따로 묶이고 있다. 이 울타리는 십대들이 더 약해지고 어려지고 사회적으로 무력해진 상황을 반영하는 동시에, 청소년을 학교와 가족의 테두리 안에서 보호받아야 할 시기로 간주하는 시선과도 관련이 깊을 것이다. 이렇게 보면 청소년문학이란 게 한편으로는 청소년을 마케팅의 대상으로 삼으면서, 다른 한편으로는 계몽의 대상, 보호와 관리의 대상으로 여기는 태도를 반영하는 건 아닐까 하는 생각도 든다.

소영현 이건 여담이지만, 아동문학과 청소년문학의 대표적인 소비자는 386세대 부모라는 얘기가 있다. '386세대'라는 말 자체가 허구에 가까운 것이니, 농담이라고 해야겠지만. 386세대의 자녀들이 아동이었던 시절에 아동문학이 굉장히 활성화되었다면, 이제 그 아이들이 십대가 되면서 청소년문학이 인기를 끌고 있다는 거다. 그래서 이 문제가 아동이나 청소년에 대한 관심보다는 오히려 교육열에 불타오르는 그들 부모 세대의 움직임과 연동돼 있는 게 아니냐고 얘기하기도 한다.

박진 무척 재밌는 얘기다. 386세대의 교육열과 문학에 대한 갈망 같은 것들이 청소년문학에 대한 수요를 창출하고 있다는 건데…….

소영현 따지자면 그렇다. 어쨌든 자녀를 더 잘 컨트롤하고자 하는 그 세대 부모들의 교육적인 욕망이 청소년문학에 대한 소비로 나타나고 있다는 분석도 가능하다.

김남혁 나 역시 청소년문학의 소비자가 정말 청소년들일까 하는 의문이 들었다. 그렇다면 이렇게 계몽적인 이야기들이 주류를 이루지는 않았을 텐데. 청소년문학 안에는 청소년 자신들의 요구보다는 교육적 효과를 원하는 부모들의 욕망이 담겨 있는 것 같다. 그래서 지금 청소년문학이 『완득이』 같은 교훈적인 성장소설류에 한정돼 있는 건 아닐까 한다.

박진 성장소설이란 사실 참 폭넓은 개념이다. 회고형 성장소설도 많고, 성장에 실패하거나 성장을 거부하는 이야기도 많다. 그런데 우리나라 청소년문학은 김남혁 씨 지적대로 유독 희망적인 성장 가능성에 주목하는, 계몽적인 성장담의 틀에 갇혀 있는 편이다. 성장소설과 청소년문학의 관계는 어떻게 보아야 할까?

소영현 청소년문학이 성장소설과 어떤 지점에서 변별적인가라는 질문에는 대답하기가 쉽지 않다. '청소년'을 어떻게 정의할 것인가와 연결된 문제이기도 하고, 성장소설이 아닌 방식의 청소년문학이 과연 존재할 수 있는가에 대해서도 쉽게 답하기 어렵기 때문이다. 사실, 청소년문학에 대한 논의에서는 성장소설과의 차별성을 강조하려는 경향이 두드러진다. 그런데 나는 이 문제를 좀 다른 각도에서 볼 필요가 있다고 생각한다. 청소년문학과 성장소설의 관계를 둘러싼 논의는 기존의 문학 범주 외곽에 놓여 있던 청소년문학이 '문학' 안으로 들어오는 과정에서 이루어진 논의로 보아야 할 듯하다. 문학 범주 안에서 아동문학이 따로 영역을 할당받았었다면, 청소년문학은 이제 위상 정립을 해나가는 과정인 것이고, 이 과정에서 성장소설의 영역을 청소년문학이 점유해 들어가는 과정이 아닌가 한다. 따지고 보면, 성장소설이라는 다소 '애매한' 범주가 재고되고 있는 것은 청소년문학 관련 논의가 시작되면서부터가 아닌가?

박진 내 생각에도 청소년문학이 성장소설과 확연히 구별되는 또 다른 영역이라기보다는 성장소설의 한 구체적이고 특수한 형태가 아닐까, 아동문학이 범주를 넓혀가는 과정에서 기존의 성장소설과 만나고 겹치게 되는 영역이 아닐까 싶다. 성장소설과의 관계에서도 잘 드러나지만, 청소년문학이란 개념은 상당히 모호한 것이 사실이다. 청소년문학이 청소년을 위한 것이냐, 청소년들의 이야기를 다룬 것이냐, 아니면 청소년이 창작하는 문학이냐에 대해서도 의견들이 분분하다.

김남혁 청소년문학은 정말 애매한 말이다. 장르라는 건 문학작품 그 자체를 두고 설정되는 개념이니까, 청소년문학이 장르는 아닐 것이다. 청소년문학은 문학작품보다는 수용자나 창작자를 중심에 두고 설정된 개념 같다. 오늘 다룰 창비 청소년문학상 수상작들이 내세운 청소년문학이라는 이름은 수용자를 고려한 개념이다. 쉽게 말해서 청소년이 읽어볼 만한 문학, 또는 읽어봤으면 하는 문학이다. 그런데 과연 청소년이 읽기에 적당하고, 청소년이 읽어봐야 하는 작품을 어

느 누가 판단할 수 있을까. 청소년문학이라는 명칭은 이렇게 모호하고 심지어 무용할 정도인데, 작품에 대한 구속력은 상당하다. 청소년문학이라는 설정이 작품의 특이성을 억압할 정도다. 창비 청소년문학상 수상작들만 봐도 판타지니 SF니 하는 여러 하위장르들이 활용되고 있지만 대체로 계몽적인 성장소설로 수렴되고 있다. 이런 현상은 청소년이 읽기에 적당하다고 생각하는 책에 대한 어른들의 고정관념에서 비롯된 것이 아닐까 한다.

소영현 외국의 경우에도 청소년문학이란 게 따로 있지는 않은데, 넓은 의미에서 아동청소년 문학에는 청소년이 독자가 되는 문학, 청소년의 이야기를 다룬 문학, 청소년이 창작하는 문학, 이 세 가지 의미가 다 들어 있다. 그 중 한두 개를 충족시키는 경우도 이 안에 포함시키는 경우가 많고. 아무튼 외국의 사례를 봐도 합의된 개념이 존재하는 건 아니라고 할 수 있다.

박진 새로운 문화현상이나 용어의 경우, 명확한 개념 규정이 먼저 이루어지기보다는 실제로 나타나는 현상들과 진행 중인 움직임들 속에서 사후적으로 그 의미를 정리해갈 필요가 있을 것이다. 지금 나타나는 현상을 놓고 보면 청소년문학은 청소년 독자층을 위한 소설이면서 내용적으로 청소년의 이야기를 다루거나 청소년이 주인공으로 등장하는 경우가 대부분이다. 소재와 등장인물 면에서도 청소년이 중심이 되는 건데, 여기에도 장단점이 있지 않을까? 청소년이 직접 경험하는 문제들을 구체적으로 다룬다는 점에서는 나름의 의미가 있겠지만, 청소년이 읽을 만한 소설을 상당히 좁은 범위로 제한하는 느낌이 들기도 한다. 안 그래도 요즘 학생들은 책 읽을 시간이 별로 없는데, 청소년문학이 읽을 만한 책을 대표하게 되면 가족이나 학교 얘기 말고 다른 소설은 이전보다 더 안 읽게 되는 건 아닐지……. 또 청소년도 재미있게 읽을 수 있는 소설이라는 식으로 가볍고 쉬운 읽을거리들이 양산되면서, 청소년층의 독서 수준을 오히려 떨어뜨리는 측면도 있는 것 같고.

소영현 물론 그런 측면도 있을 것이다. 하지만 독서에 친숙한 청소년들은 계속해서 다른 책들도 읽을 테고, 좀 더 긍정적으로 보자면 청소년문학이라는 범주가 그간 책에 관심이 없었던 청소년들을 독서층으로 끌어들일 수 있지 않을까 싶기도 하다. 아무튼 현재까지는 청소년문학만의 고유성이 무엇이고, 그런 것이 과연 있는가에 대해 회의적인 견해가 더 많은 편이다. 이런 문제들은 청소년문학이 처한 딜레마와 연관되어 있다고 해야 하는데, 내가 볼 때 결국 청소년문학의 딜레마는 '청소년'과 '문학' 사이의 간극에서 생겨난 것이다. 청소년문학에 대한 입장 차이 역시 청소년과 문학에 대한 입장, 그 관계에 대한 입장에서 발생한다. 특히 이런 입장 차이는 문학 관련 종사자들과 아동문학 종사자들, 특히 교육 현장에 있는 교사들과의 인식 차이에서 생겨난다고 할 수 있다. '청소년용' 문학이냐, 청소년 '문학'이냐, 이렇게 방점이 어디에 찍히느냐에 따라 서로 다른 정의가 나오게 된다. '청소년용' 문학이 되어야 한다는 논리, 그럼에도 먼저 '문학'이 되어야 한다는 논리가 서로 충돌하고 있는 것인데……. 대개는 교육적 효과와 미학적 완성도의 '적절한 조화'가 바람직한 방향이라는 정도의 애매한 타협으로 논의가 마무리되는 경우가 많다.

박진 중요한 얘기가 나온 거 같다. 아쉽지만, 실제로 문학 전공자와 교육 전문가 사이에는 쉽게 합의될 수 없는 근본적인 입장 차이가 있는 것 같다. 이 논란에는, 좀 껄끄러운 얘기긴 하지만, 교육 전문가와 문학 전공자 사이의 '영역 싸움'(?) 같은 것도 개입해 있다. (웃음) 그래서 누가 청소년문학 전문가냐 하는 소모적인 논쟁이 되고 마는 경우도 많다.

소영현 사실이다. 그래서 어쩌면 청소년문학이 뭔지에 대한 합의에 도달하는 것보다 더 중요한 건 이런 끊임없는 논의들을 통해서 우리가 무엇을 얻을 수 있을까, 어떤 고민을 할 수 있고 어떤 새로운 문제제기에 도달할 수 있을까 하는 측면일지 모른다. 청소년문학을 정의하는 작업이 불러온 부수효과라고 할 수 있을 텐데, 청소년문학에

대한 논의가 결국 문학이 무엇인가에 대한 논의로 이어지는 것이고, 현재의 문학 혹은 문학 범주에 대한 문제제기까지 포함한 논의가 될 수 있으며, 또 되어야 하지 않을까 싶다. 오늘 우리가 이런 얘기들을 나눌 수 있다면 큰 수확이지 않을까 한다. 또 서로 다른 관점의 논의에서 자기 입장이나 정체성, 자기가 서 있는 지반 같은 것을 인식하는 것도 중요하다고 본다. 우리는 문학하는 사람들로서 이 문제에 관심을 갖고 있는 건데, 이런 입장을 스스로 명확히 함으로써 더 생산적인 논의들을 끌어낼 수 있지 않을까?

박진 동감이다. 그런 입장의 차이들을 인정하면서도 청소년문학을 둘러싼 여러 논점들 속에서 우리 사회의 청소년에 대해, 그리고 지금의 문학에 대해 더 깊이 생각해보는 계기가 됐으면 좋겠다. 이제 창비 청소년문학상 수상작 세 편에 대해 좀 더 구체적인 얘기를 나

뉘보자. 창비 청소년문학상은 청소년문학이라는 영역과 그 이미지를 만들어가고 청소년문학을 문화적인 키워드로 부각시키는 데 상당히 기여한 측면이 있다. 여기에는 특히 제1회 수상작인 『완득이』(창비, 2008)가 한 역할이 크다. 두 분은 세 권의 수상작 전반에 대해 어떤 인상을 받았고 어떤 평가를 내리고 있는지 궁금하다.

김남혁 일단 이런 시도는 환영한다. 책에 대한 청소년들의 이질적인 요구를 수용하고, 또 청소년들만의 독특한 문화를 창안하는 데 긍정적일 수 있기 때문이다. 그런데 앞에서도 지적했지만, 세 작품이 다 계몽적인 성장소설이라는 점에서 다양성이 부족해 보인다. 『완득이』, 『위저드 베이커리』(창비, 2009), 『싱커』(창비, 2010)는 겉으로 보기에는 다른 색깔의 소설들이지만, 모두 청소년들을 주인공으로 내세워서 그들이 주체적으로 자신의 삶을 꾸리게 된다는 식의 공통된 구조를 보여준다.

소영현 세 권이 기본적으로는 비슷하다는 데 동의한다. 그리고 박진 씨가 아까 말한 것처럼 독자의 수준을 배려한 탓인지 몰라도, 갈등들이 너무 쉽게 처리돼 있고 고민하게 만드는 지점이 없이 너무 편하게 읽힌다는 점이 아쉽다. 그렇긴 해도 다른 청소년문학 작품들에 비해서는 장점이 많은 소설들이라고 생각한다. 지금 나와 있는 청소년문학들을 보면 문장이 안 되거나 서사가 너무 미약한 경우들이 많다. 더구나 '비행불량청소년 백서'라고나 할까, 폭주족이나 임신이나 가출 같은 청소년 문제들을 현상으로만 나열한 보고서 같은 소설들이 굉장히 많이 나와 있다. 그런 소설들에 비하면 이 세 권에는 일반적인 문학에서 사라지고 있다고 하는 '이야기'가 들어 있다는 것이 큰 미덕이라고 할 수 있다. 청소년뿐 아니라 일반 독자들까지 끌어들인 힘은 잘 짜인 이야기에서 나오는 게 아닐까 싶다.

김남혁 그렇긴 한데 나는 너무나 '웰메이드' 소설 같다는 게 오히려 거슬린다. 스토리를 구성하고 사건이나 인물을 만들어내는 능력은 있는데, 그게 너무 관습적인 서사라는 생각이 든다.

소영현 이야기가 무척 관습적이긴 하다. 캐릭터도 전형적이고.

김남혁 예를 들면 『완득이』를 읽으면서는 만화 〈달려라 하니〉가 생각났다. (웃음) 완득이가 하니, 이동주 선생이 홍두깨 선생 같다는 느낌이 들었다.

소영현 나는 〈슬램덩크〉가 생각났는데. (웃음) 완득이가 강백호의 캐릭터 그대로여서 그림이 그려졌다.

박진 그래도 1, 2, 3회 청소년문학상이 뭔가 구색을 잘 맞춰서, 다양성을 추구하려는 시도를 보여주기는 한다. 『완득이』는 밝고 건강하고 모범적인 성장담이라면 『위저드 베이커리』는 판타지이면서 '어둠의 포스'가 담겨 있는 소설이고, 『싱커』는 SF적인 모험 이야기다. 이중에서는 특히 어떤 소설이 주목할 만하다고 생각하는지?

소영현 청소년문학과 관련해서 '의의'가 있는 작품이라면 『완득이』를 들고 싶다. 이 소설은 서사적 새로움이나 미학적 완성도 때문이 아니라, 만화적 감수성 때문에 주목할 필요가 있다고 생각한다. 청소년들에게 하위문화(대중문화)는 정체성을 형성하는 데 가장 주요한 자산이 아닐 수 없다. 그런 면에서 『완득이』의 만화적 감수성에는 상징적인 의미가 있다고 본다.

김남혁 개인적인 느낌으로도 『완득이』가 제일 재미있었고 내 취향에도 잘 맞았다. 특히 이동주 선생이 입체적으로 그려져 있는 점이 좋았다. 이동주 선생이 완득이를 돕는 방식과 완득이가 이동주 선생을 바라보는 방식은 선과 악의 손쉬운 대립구도를 의심하게 한다. 이동주와 완득이의 관계는 이동주의 선행이 위선이 되지 않게 하고, 이동주의 위악이 악행이 되지 않게 한다. 『완득이』는 유머를 놓치지 않으면서도 삶을 진지하고 폭넓게 이해하려는 시도를 담고 있는 소설이라고 생각한다.

박진 나는 『완득이』가 특별히 좋았던 건 아니지만, 김남혁 씨 말대로 이동주 선생이라는 인물 때문에 이 소설이 어른들한테도 재미있게 읽히면서 교훈을 주는 면이 있을 것 같다. 어른들과 완득이가 서로를 이해하고 관계를 풀어가는 방식이 잘 그려져 있고, 다문화 가정이나 장애인 가족, 결손가정, 빈곤과 '불량청소년' 문제에 접근하는 시각에도 편견이나 연민이 없다는 게 장점이다. 그런데 나는 이런 점들이 너무 전형적이고 교과서적이라는 느낌이 들어서 사실 이 소설에 별로 매력을 느끼진 못했다. 계몽성이 매우 강한 소설인데 '그러면 안 된다', '싸움질하지 말고 공부 열심히 해라', 이런 식으로 말하지 않고 '네가 하고 싶은 것(킥복싱)을 해도 괜찮다'는 식으로 계몽성을 감추고 있어서, 청소년들에게 거부감을 주지 않는 것 같다.

소영현 박진 씨 얘기와 비슷한 맥락에서, 내가 볼 때 이 소설은 이전의 리얼리즘 문학론에 나타났던 의의와 한계를 고스란히 연상하게 만드는 측면이 있다. 『완득이』가 보여주는 전형성의 획득, 정치적으로 올바른 관점, 문제적 지점에 대한 포착 같은 게 물론 중요하긴 하겠지만, 소설의 이데올로기적 지향성이 두드러지게 강조될 때 나타나는 문제점들(문학의 범위를 협소하게 만드는 한계 같은 것)을 이 소설도 그대로 안고 있는 것처럼 느껴진다. 그래서 『완득이』는 내용이나 미학의 차원에서 보면 말 그대로 건전한 성장소설 그 이상도 이하도 아니라는 생각이 든다. 이 소설이 의미 있다면, 역시 아까 말한 만화적 혹은 하위문화적 감수성 때문이 아닐까 한다.

김남혁 『완득이』는 정말 표지도 그렇고 중간 중간 첨가된 삽화도 그렇고 만화책 같은 느낌을 준다. 청소년들에게 문학책이라면 으레 진지하고 지루하고 정신적인 무언가를 다룬다고 여겨질 수 있을 텐데, 이 책의 표지와 삽화는 문학을 둘러싼 무거운 환상들을 거둬내고 있다. 이런 점이 독자들의 접근성을 높였을 것 같다. 또 완득이의 아버지는 난쟁이이고 어머니는 외국인 노동자인데, 실제로 이런 가정이 있다면 완득이네 집처럼 건강하고 밝게만 보일 수는 없을 것이다. 『완득이』는 독자들이 보기 싫어하는 불편한 이미지들을 걷어내고, 익숙한 서사와 인물을 통해 안정감 있는 이야기를 풀어나간다. 이런 면들 때문에 이 소설은 독자들에게 큰 호응을 얻을 수 있었던 것 같다.

박진 『완득이』가 제1회 청소년문학상 수상작으로서 청소년문학의 한 모델을 제시하는 모범적인 작품인 건 분명해 보인다. 이에 비하면 『위저드 베이커리』는 그리 전형적인 청소년문학은 아니다. 판타지가 등장한다는 점 때문이 아니라, 마법과 시간여행이란 모티프가 제공할 수 있는 '소망충족의 판타지'를 뒤집는 점이 인상적이다. 세 작품 중에서는 교훈성이 비교적 약한 소설이기도 하고. 두 분에게 이 소설은 어땠는지?

김남혁 마법이 서사적 흥미를 유도하고, 마법에 대한 성찰이 서사의 빠른 진행에 무게 추를 달아준다. 이 소설은 현실의 고통을 마법으로 해결한다고 하더라도, 마법은 현실의 고통을 벗어나게 한 방법적 선택이기 때문에, 자신의 선택에 대해 책임을 져야 한다는 점을 강조한다. 이런 서사 전개 방식과 주제가 『위저드 베이커리』의 미덕이라고 생각된다. 근데 이 소설에서 아쉬웠던 점은 결말 부분이다. 마법을 사용한 경우(Y의 경우)와 그렇지 않은 경우(N의 경우)에 놓인 주인공이 상당히 비슷해 보이기 때문이다. 'Y의 경우'에 나는 아버지에게 자신의 의견을 떳떳이 주장하고, 마법을 사용해서 현실의 고통을 피해간 자신이 무언가를 놓치고 살아가는 것 같다는 생각을 한다. 한편 'N의 경우'에 나는 환상을 거부하고 현실을 주체적으로 살아가는 용기를 획득한다. 두 경우에 놓인 인물이 다 어떤 성장을 하게 되는데, 'Y의 경우'와 'N의 경우'가 좀 더 분명히 대비됐다면 좋았을 것 같다.

박진 두 경우에 별 차이가 없다는 게 오히려 이 소설의 개성이자 장점일 텐데? 김남혁 씨는 두 경우에 다 주인공이 성장을 했다는 점을 강조했는데, 내가 보기엔 둘 다 힘들고 별 볼일 없는 상황이라는 게 더 중요할 듯하다. 마법을 쓰든 그렇지 않든 장밋빛 미래 같은 건 펼쳐지지 않고, 양쪽 다 자기가 감당해야 할 몫이 있다는 것이 이 소설의 메시지라면 메시지일 것이다. 'Yes'냐 'No'냐, 어느 쪽이냐가 중요한 게 아니라 'Yes'와 'No' 중에서 하나를 선택할 수 있다는 게 우선 중요할 것 같다. 전에는 선택의 여지도 없이 그냥 주어진 대로 살아야 했고 이런 삶을 왜 견뎌야 하는지 그 의미조차 몰랐다면, 이제는 자기 앞에 어떤 선택의 가능성이 있음을 알게 된다. 그러고 나서 어떤 선택을 하든지 간에 크게 달라지는 건 없지만 자기 선택에 책임을 지고 그래도 견뎌나갈 수 있게 된다는 점에서, 주인공이 조금은 성숙해지는 게 아닐까?

김남혁 그런가? 나는 마법을 쓸 수 있는 상황에서도 쓰기를 포기하고 현실의 문제를 자기 힘으로 헤쳐나가라는 이야기로 이 소설을 읽었다.

박진 그럼 너무 심하게 교훈적이 되지 않나? (웃음)

김남혁 (웃음) 왜 그렇게 잘못 읽었지?

소영현 (웃음) 아니, 그런 건 아니지만, 나도 박진 씨 의견에 동의하는데……. 이 소설은 사실 그렇게 흡인력 있는 작품은 아니고 균형 감각도 떨어지는 편이다. 전체적인 분위기가 과도하게 무겁고 폭력적이며, 그래서 어떤 면에서 경직된 이분법의 논리를 벗어나지 못하고 있다. 어른의 세계와 청소년의 세계가 권력의 위계 구도 속에서 폭력을 행사하는 쪽과 일방적으로 그 폭력에 희생되어야 하는 쪽으로 그려지고 있기 때문이다. 그렇지만 두 가지 정도 미덕을 찾을 수 있겠는데, 그 하나가 바로 지금 얘기한 결론 부분이다. 어떤 선택을 해도 결국은 별다르지 않다는 게 어떻게 보면 굉장히 비관적인 세계관이다. 마법을 써도 네 인생은 달라지지 않고 어차피 청소년기라는 건 그렇게 우울한 거다, 라고 말하고 있으니까. 거의 '죽지 말고 살아 나가자'는 게 이 소설의 메시지인 셈이다. 그러나 선명하게 대조되지 않는 결말 때문에 이렇게, 크게 보면 계몽적이지만 그 전형성을 탈피할 수 있다는 것이 이 소설의 미덕이라고 생각한다.

박진 그럼 다른 한 가지는?

소영현 또 하나의 미덕은, 보통 청소년문학이 청소년을 세대 개념으로 묶으면서 청소년이 마치 '하나'인 것처럼 취급하는 데 비해 이 소설은 그 안에 계급의 문제를 끌어들이고 있다는 점이다. 물론 갈등이 고조되는 동안에만 집중적으로 드러나서 좀 아쉽기도 한데……. 어쩔 수 없는 극한 상황에 이르기 전까지 주인공은 집을 뛰쳐나가지 않고 끔찍한 부모와 가족을 견딘다. 이런 행동은 그 아이의 성격 때문이라기보다 교양 있는 중산층 집안의 아이로서 안온한 자기 생활을 포기할 수 없다는 점과 관련된다. 이건 일종의 체념이면서 타협이라고 할 수 있는데, 그런 가족과 살고 있는 모든 청소년이 이런 식으로 반응하는 것은 아니다. 그 아이는 자신의 계급적 정체성에 대해 분명하게 인식하고 있는 것이다. 이렇게 자기 계급적 정체성을 가진 중산층 청소년의 모습을 그리고 있다는 건, 미약하긴 하지만 청소년을 세분화해서 조명하고 있는 걸로 볼 수 있고, 이 점이 이 소설에서 주목할 만한 지점이라고 생각한다.

박진 좋은 지적이다. 사실 이 소설은 소영현 씨 말대로 서투르고 거친 면이 많고『완득이』에 비하면 절대로 잘 쓴 소설이 아닌데, 그래도 나는『완득이』보다 솔직히 이 소설에 더 끌리는 편이다. 근데 여기서 짚고 넘어가지 않을 수 없는 것이, 그럼에도 불구하고 이 소설을 청소년에게 추천하기는 좀 꺼려진다는 점이다.

김남혁 왜 그런가?

박진 이 소설은 재혼가정 문제와 가정 내 성폭력 문제라는 아주 현실적인 문제 상황을 다루고 있는데, 소재 자체 때문이 아니라 그걸 다루는 방식이 너무 냉담하거나 무책임한 것 같다. 이런 식으로 이 문제를 다루면, 상처를 가진 청소년은 물론이고 그렇지 않은 청소년들도 부정적인 영향을 받지 않을까 하는 걱정이 생긴다.『완득이』와는 정반대의 문제인 건데…….『완득이』가 너무 건강하고 상처를 상처 같지도 않게 그려서 고민할 지점을 그냥 무마해버린다면,『위저드 베이커리』는 상처를 지나치게 냉소적으로 대하는 게 아닐까, 상처를 덧내거나 편견을 가지게 하지 않을까 하는 점이 마음에 걸린다. 이게 바로 교육 전문가들이 집중하는 문제일 텐데, 교사 분들 생각은 아마 나보다 훨씬 더 완고할 것이다. 이런 게 청소년문학에서 피해가기 어려운 문제인 것 같다.

소영현 정말 어려운 얘기다. 『완득이』에 대해서도 이 소설에 등장하는 여과되지 않은 '욕'에 우려를 표명하는 '어른' 독자들도 있는데, 이런 건 좀 지나치게 청소년을 보호와 규제의 대상으로 다루는 태도에서 생겨난 것이다. 내 생각에 창작의 측면에서는 어떤 청소년문학도 나올 수 있고, 그래야 한다고 생각한다. 한 작품을 청소년에게 권할 것인가, 권하지 않을 것인가 하는 문제는 또 다른 층위에 있는 것 같다. 이 문제와 관련해서 구체적인 가이드라인 같은 게 만들어져야 하지 않을까 한다.

박진 중요한 지적이면서도 그게 과연 가능할까 하는 우려도 든다. 지금도 초등학교 5학년용, 6학년용 하는 획일적인 분류나 교과서용으로 부적합한 문학작품들, 예를 들면 주인공이 자살해도 안 되고 엄마가 죽어도 안 되고, 너무 폭력적이어도 안 되고 분위기가 어두워도 안 되고 하는 기계적인 기준들이 존재하는 상황인데, 청소년문학에도 그런 식의 가이드라인이 생기면 안 될 테니까. 교육적 효과라는 말을 너무 좁은 의미로 생각하지 말고 문학이 미치는 영향력이라는 측면에서 더 깊게 생각할 필요가 있겠다. 가이드라인이란 말은 어감이 좀 그렇고, 청소년문학 비평이 더 활발해져야 한다고 말하는 건 어떻까? 섬세한 감수성과 문학적인 안목으로 청소년문학을 비평할 수 있는 사람들이 많아져야 한다는…….

소영현 그렇다. 지금도 청소년문학 평론가들이 새로 등장하고 있는데, 그분들이 하는 비평이 아직까지는 내용 요약이나 소재 분석 정도에 머무르고 있는 실정이다. 더 전문적이고 수준 높은 청소년문학 평론가들이 나와줘야 하는 상황이다. 필요하다면 문학평론가들이 청소년문학에 더 관심을 갖고 비평적으로 개입하는 일도 의미가 있겠다. 김남혁 씨가 한번 해보는 건 어떤가? (모두 웃음)

박진 좋다. 이제 『싱커』로 넘어가자. 김남혁 씨는 이 소설을 어떻게 읽었나?

김남혁 내가 독자로서 등장인물들과 잘 '싱커(동조)'하지 못해서 그랬는지, 나는 이 소설이 가장 지루했다. 『싱커』에서 거슬리는 지점은 선과 악, 싱커와 바이어옥토퍼스, 아이들과 노인, 아군과 적군의 대비가 너무 선명하다는 데 있다. 그래서 인물들의 성격 또한 단선적으로 나타난다. 선한 자들은 계속해서 선하고, 악한 자들은 계속해서 악하게 그려진다. 문명과 자연의 대립도 작위적으로 느껴진다. 오염되지 않은 자연의 '희디흰 세계'와 바이오옥토퍼스가 세상의 온갖 쓰레기와 바이러스를 청소하고 구축한 시안의 세계가 과연 어떻게 다른 것인가? 두 세계 모두 자신들의 이상과 어긋나는 것들을 배제하고 구축되는 세계라는 점에서 다를 게 없지 않은가?

박진 깊이 있는 소설은 물론 아니고, 장르소설로 봐도 무척 전형적이고 뻔한 측면이 있다. 상당히 계몽적인 소설이기도 하고. 그래도 나는 그 교훈들에 흥미로운 면이 있는 것 같다. 모든 것이 다 갖춰진 노회한 세계에 사는 '늦둥이'들이 세상을 바꿔보겠다는 꿈을 꾸고 그 꿈을 행동으로 옮기는 모습은 기존의 가치 체계를 그대로 물려주고 고스란히 받아들이게 하는 방식의 교육과는 전혀 다르다. 이들의 정치적인 가능성에 대한 기대도 강하게 나타나고. 이 소설은 또 공권력의 문제, 환경과 생태 문제, 폭력의 문제, 사이버 세계의 윤리 문제 등 꽤 폭넓은 주제들을 다루고 있다. 이 소설을 계기로 청소년들이 부모나 학교에서 부딪히는 문제들 말고도 이런 폭넓은 사회 문제들에 대해 생각해볼 수 있다면, 괜찮은 청소년문학이라고 할 수 있지 않을까?

소영현 기본적으로 다 동의할 수 있는 얘기들이고, 이 정도면 꽤 잘 쓴 소설이라는 생각도 든다. 그런데 김남혁 씨 얘기와도 통하는 문제지만, 나 역시 원시적인 순수 자연에 대한 낭만적 동경이 읽는 내내 좀 불편했다. 지금 청소년들에게 원시성에 대한 그런 동경이 과연 있을지, 청소년들이 이 소설의 그런 면에 공감을 할 수 있을지 생각해보면, 별로 그럴 것 같지 않다. 그러니까 이 소설에서 찾아낼 수 있는 의미들은 아마도, 이런 소설을 청소년에게 읽히고 싶은 어른들의 관점을 반영하는 것이 아닐까?

박진 그럴 수 있겠다. 청소년들이 이 소설을 정말 재미있게 읽을 건지 생각해보면 나도 좀 회의적이다.

소영현 내가 작품성과는 전혀 다른 층위에서 『완득이』에 주목한다고 말했던 것도 그런 맥락이다. 『싱커』는 게임이라는 소재조차도 너무 문학적인 방식으로 다루고 있다. 그에 비해『완득이』는 청소년들의 문화적인 감각을 잘 보여준다. 그래서 많은 청소년들이 이 소설에 반응할 수 있었던 것이기도 하고.『완득이』의 감수성은 뉴미디어 시대의 새로운 문화 주체, 즉 문화의 소비자일 뿐 아니라 생산자이기도 한 프로슈머로서의 십대의 가능성을 흡수했다는 점에서, 새로운 장을 열었다고 할 수 있다.

김남혁 수상작 세 편을 간단히 정리해보면, 앞으로 등장할 창비 청소년문학상 작품들은 더 구체적이고 다양해질 필요가 있다. 특히 청소년들의 삶에 더 가까이 다가가고 그들을 더 잘 이해하려는 노력이 필요하겠다. 이 세 편의 소설은 모두 청소년들이 사용하는 은어를 적절히 구사하고 있는데, 그런데도 그들이 정말 실감 있게 그려지기보다는 그들에게 어떤 교훈을 주겠다는 거리감 같은 게 느껴진다. 장르적 기법을 사용하지 않은『완득이』가 현실적으로 보이긴 해도, 실제 청소년들의 삶은 이렇게 밝기만 한 게 아니라 더 답답하고 어둡지 않을까? 이들이 무엇 때문에 답답해하는지, 이들의 내면에 좀 더 가까이 다가가야 할 것이다.

박진 그런 면에서는『완득이』의 작가 김려령이 쓴『우아한 거짓말』(창비, 2009)이 청소년들의 삶에 더 밀착돼 있는 것 같다. 이건 따돌림 문제를 다룬 소설인데, 가해자나 피해자가 따로 있는 게 아니라 친한 친구들 사이에서 벌어지는 미묘한 따돌림과 심리적 갈등을 정말 잘 포착한 느낌이다. 문학성이나 밀도는 좀 떨어지지만, 김남혁씨가 지적한 맥락에서 의미 있는 청소년문학이라고 생각한다. 소영현 씨도 추천해주고 싶은 다른 청소년소설이 있는지?

소영현 이경혜 작가의 『어느 날 내가 죽었습니다』(바람의 아이들, 2004)라는 소설이 있는데, 자살한 친구의 일기장을 읽으면서 애가 어떤 생각을 했는지 더듬어가는 이야기다. 특히 연애감정이 아닌 이성 친구, 진짜 '그냥 친구' 사이를 그려낸 게 흥미롭다. 자기들은 각자 서로 좋아하는 애가 따로 있고 그런 얘기까지 서로 다 나누는 사이인데, 어른들은 집에 놀러 가면 '방문 열어놓고 놀아라' 그러면서 왔다 갔다 하시고……. (웃음) 이런 게 정말 우리도 예전에 느꼈던 청소년들 자신의 감수성인 것 같다. 김해원 씨의 『열일곱 살의 털』(사계절, 2008)도 괜찮은 청소년소설이다. 이 소설은 두발자유에 대한 건데, 모범적인 헤어스타일을 가진 모범생 아이가 머리 잘리는 장면을 보게 되면서 난생처음 반항을 하게 되는 이야기다. 전형적인 성장소설의 틀 속에서도, 그 반발심이나 심리 변화가 무척 설득력이 있게 묘사돼 있다.

박진 김남혁 씨는 또 어떤 소설이 좋았나?

김남혁 청소년문학으로 분류되지 않을 수도 있지만, 김사과의 『미나』(창비, 2008)가 좋다. 이런 소설을 청소년한테 읽히면 안 된다고 하는 의견도 있겠지만, 『미나』는 친구들의 우정에 얽혀 있는 권력 관계, 계급의 문제 같은 것을 무척 사실적으로 그려냈다고 생각한다.

박진 내 생각에 『미나』는 리얼리티 때문이라기보다는, 복잡한 심리적 이유로 친구를 죽이게 되는 하나의 사건을 통해 우리 사회의 구조적인 문제를 드러내 보인다는 점에서 더 큰 의미를 지니는 소설인 것 같다. 이렇게 청소년들이 겪는 갈등을 통해서 우리 사회의 모순을 조명할 수 있다는 건 청소년문학이 지닐 수 있는 중요한 가능성이 아닐는지?

소영현 좋은 지적이다. 아까도 비행청소년들을 다룬 청소년문학에 대해 잠깐 말했었지만, 그들의 일탈은 결과일 뿐이고 그 결과를 낳은 것은 자본주의의 문제이거나 우리 사회의 문제일 수 있다. 청소년문학은 이 문제를 충격적인 소재로만 다루는 게 아니라 사회 구조적인 차원에서 바라볼 수 있어야 할 것이다. 청소년을 매개 고리로 해서 사회문제에 대해 이야기할 가능성, 이것이 청소년문학의 저변이 확대되고 더 보편적인 문학으로 나아갈 수 있는 길은 아닐까 한다. 또 그렇게 해야만 집, 학교, 아니면 제도 바깥의 버려진 아이들이라는 세 가지의 뻔한 공간을 넘어선, 더 다양한 청소년문학이 가능해질지 모른다. 이건 『미나』 같은 소설을 어떻게 처리할 것인가 하는 질문과도 만날 수 있는 문제다. 청소년문학을 하시는 분들은 『미나』는 절대로 청소년문학이 아니라고 주장하는데, 청소년을 통해서 이렇게 사회문제를 다룰 수 있다면 청소년문학이냐 아니냐 하는 구분은 사실 별 의미가 없을 것 같다.

박진 아주 중요한 얘기를 해줬다. 청소년문학이 성장소설이냐 아니냐 하는 문제도 마찬가지가 아닐까? 성장소설에는 바람직한 성장을 이루는 얘기만이 아니라 성장에 실패하는 이야기들, 그리고 아예 성장을 거부하는 이야기들 같은 이질적인 흐름들이 포함돼 있다. 이런 성장소설들은 진정한 성장의 의미는 과연 무엇인가, 한 사회에 성공적으로 통합되는 것이 정말 바람직한 성장을 뜻하는가, 이 사회는 그럴 만한 가치가 있는 세계인가, 아니라면 그 이유는 무엇인가 하는 여러 가지 질문들을 던져준다. 청소년문학도 틀에 박힌 성공담뿐 아니라 성장이란 문제를 이렇게 사회적 차원에서 조명하는 소설로 나아갈 수 있다면, 더 이상 성장소설과 구분하는 문제에 집착할 필요도 없고 청소년만의 소설로 남을 필요도 없을 것이다.

소영현 맞다. 우리가 가지고 있는 성장의 상이라는 게 정말 획일적인데, 한 가지 덧붙이고 싶은 것은 중산층에서 자라온 아이에게 성장의 의미와 완득이같이 자란 아이에게 성장의 의미는 절대로 같은 것이 아니라는 점이다. 또 성인 남자가 된다는 것과 성인 여자가 된다는 것도 전혀 다른 문제일 것이다. 이렇게 성장이란 개념 속에는 굉장히 복합적이고 이질적인 맥락들이 들어 있는데, 그동안 우리는 그걸 전혀 고려하지 않은 채 정신적인 성장 하나만 강조하면서 성장소설에 대해 이야기해왔다. 그런데 청소년문학이 지금 성장소설을 점유해 들어오면서, 이 여러 가지 성장의 의미들에 대해 다시 생각해보게 하고 성장소설의 영역을 세분화하고 있다. 문학하는 사람들로서 우리가 이런 점에 좀 더 주목할 필요가 있지 않을까 한다.

김남혁 좌담 초반에 청소년문학을 바라보는 서로 다른 관점들을 통해서 어떤 고민을 끌어내고 어떤 문제제기를 할 수 있는지가 중요하다는 말이 나왔는데, 오늘 정말 그런 고민과 문제제기들이 이루어진 것 같다. 오늘 좌담을 하면서 배운 점이 참 많다.

소영현 나도 함께 이야기 나누는 시간이 무척 즐거웠다. 그동안 글에서 다 표현하지 못했던 생각들이 정리되고 깊어질 수 있었던 것 같다.

박진 같은 느낌이다. 세 명이 각자 준비하고 생각해왔던 것들 이상의 고민들로 함께 나아갈 수 있다는 것, 이런 게 혼자서는 경험할 수 없는 좌담의 매력일 것이다. 함께해준 두 분께 진심으로 감사한다. 오늘 이야기 나눈 것처럼, '문학' 쪽의 관점에서 우리는 청소년문학이란 키워드를 통해 변화하는 문학의 지형과 우리 사회의 문제들을 다시 돌아볼 수 있다. 또 '청소년'문학의 층위에서는 좁은 의미의 교훈성을 넘어서는 다양한 소설들이 창작되고 더 좋은 작품들이 청소년에게 읽힐 수 있도록, 유연하고도 깊이 있는 비평 작업들이 이루어질 필요가 있다. 청소년 독자들로 하여금 자기 자신에 대해서뿐 아니라 우리 사회의 문제들에 대해서도 한 번쯤 성찰할 수 있게 해주는, 그런 청소년문학 작품들도 많이 나왔으면 한다. 청소년문학에 대한 우리의 관심이 청소년을 문화상품의 타깃이나 교육의 대상으로 여기는 시각을 벗어나서 청소년(들)이란 실제로 누구인지, 우리 사회는 이들을 어떻게 바라보고 규정해왔는지 생각해보는, 진지한 고민들로 이어질 수 있길 바란다.

●소영현
문학평론가, 문학웹진 〈뿔〉 기획위원, 『작가세계』 편집위원. 저서로 『문학청년의 탄생』, 『부랑청년 전성시대』, 평론집 『분열하는 감각들』 등이 있다. 현재 연세대 국학연구원 HK 연구교수로 있다.

10

포스트 IMF 시대
젊은 작가들이 보여주는 사회적 상상력

『컨설턴트』 임성순

『당신 옆을 스쳐간 그 소녀의 이름은』 최진영

『열외인종 잔혹사』 주원규

『풀이 눕는다』 김사과

장소: 대학로 '코끼리공장'
시간: 2010년 8월 19일 오후 4시~6시
참여: 박진, 김남혁, 장성규

장성규 이번 달에는 조금은 무거운 주제를 가지고 이야기를 나눠보려고 한다. 오늘 우리는 사회적 상상력이 두드러지는 최근 작품들을 같이 살펴볼 것이다. 물론 사회적 상상력이라는 용어 자체는 매우 광범위한 말인데, 그럼에도 이 주제를 택한 것은 최근 젊은 작가들에 대한 그야말로 광범위한 '편견' 때문이다. 요즘 젊은 작가들이 사회적 문제에 무관심하고 형식적인 층위의 실험에만 함몰되었다는 평이 지배적인 것 같다. 그런데 과연 그럴까? 만약 그렇지 않다면 과거의 리얼리즘 문학과 다른 지점들이 있을 텐데, 이런 부분들을 살펴보는 것도 의미가 있을 것이다. 오늘 다룰 작품은 김사과의 『풀이 눕는다』(문학동네, 2009), 주원규의 『열외인종 잔혹사』(한겨레출판, 2009), 임성순의 『컨설턴트』(은행나무, 2010), 최진영의 『당신 옆을 스처간 그 소녀의 이름은』(한겨레출판, 2010), 이렇게 네 편이다. 먼저 이들 작품에 대한 첫인상을 듣고 싶다.

김남혁 첫인상은 항상 덜 보거나 더 보는 인상일 경우가 많다. 작품의 경우도 그런데, 맨 처음 읽었을 때는 최진영의 작품이 제일 지루하다고 생각했다. 5부에 걸쳐서 '가짜엄마'를 만나는 과정이 반복된다고 느껴졌기 때문이다. 근데 이 작품의 면면을 여러 번 생각하다 보니 네 작품 중 가장 흥미로웠다. 이에 대해서는 차차 이야기하기로 하고, 오늘 다룰 작품들에 대한 전반적인 느낌을 말하자면, 모두 정치적으로 온당한 이야기를 하는데도 독자를 차렷 자세로 경청하게 만들지 않는 미덕이 있었다. '무엇을 쓸 것인가?'와 '어떻게 쓸 것인가?'가 문학을 따라다니는 두 개의 중요한 질문이라면, 이 작품들에서는 첫 번째 질문에 집중하면서도 두 번째 질문을 간과하지 않으려는 열정이 느껴졌다.

박진 이 네 권의 작품은, 느슨하게 말하면 사회적 상상력이고 좁혀 말하면 글로벌한 신자유주의 이데올로기 속에서 더욱 완강해진 계급의 문제와 자본주의 시스템의 문제를 강하게 환기시키는 소설들이다. 사회 변혁의 가능성이 점점 더 희박해 보이고, 출구도 바깥도 없어 보이는 시대에, 그럼에도 이 문제를 회피하지 않고 붙들고 늘어지는 문제의식이 소중하게 느껴졌다. 개별 작품마다 차이는 있지만, 익숙한 리얼리즘의 방식으로 정면대결하기가 어려워진 상황에서도 젊은 감각과 독특한 상상력으로 이 사회의 구조적인 문제들을 포착하고 소설화한 시도들이 큰 의미를 지닌다고 생각한다.

장성규 나는 네 권의 작품에서 공통적으로 '분노'의 파토스가 넘쳐 흐른다고 느꼈다. 일반적으로 현실 문제를 다룬 작품이라면 그 문제에 대한 핍진한 묘사와 객관적 조망, 나아가 나름의 전망 등이 제시되는 것이 보통인데, 이들 작품은 그런 일반적인 문법과는 상당한 거리를 두고 있다. 그런데 현실을 얘기할 때 분노가 나타나는 것은 당연할지 모르지만, 그 분노의 실체가 무엇이고 그것이 어떻게 승화되어야 하는가에 대한 부분이 선명히 잡히지 않았다. 네 작품이 전부 다른 소재를 다루고 있고 형식 역시 모두 다른데, 다들 뭔가 막연한 대상에 대한 적대적인 분노와 그 분노가 어디로 튈지 알 수 없는 모습들을 담고 있는 것이 인상적이었다.

박진 맞다. 그런데 이런 분노의 파토스는 개별 작가들의 개성이나 세계관을 떠나서 우리 사회 전반의 분위기일 것이다. 지금은 다같이 가난해서 살기 힘들던 때와는 또 다른 박탈감과 분노가 팽배해 있고, 어떤 대상이든 걸리기만 하면 거기에 대고 한꺼번에 분노와 적개심을 분출하는 상황이다. 이런 양상은 IMF 이후의 사회경제적 변화와도 관련이 깊을 것이다. 경제적 격차는 점점 더 벌어지고, 아무리 노력해도 바닥에서 위로는 절대로 올라갈 수 없다는 생각이 명확한 대상 없는 사회적 분노로 표출되고 있는 것 같다.

장성규 공감이 가는 얘기다. 이른바 90년대적인 것이 전면화되면서 폐기되었던 계급이나 혁명 등의 문제가 2000년대 젊은 작가들의 작품에서 다시 중요하게 등장한 것도 이런 상황과 긴밀하게 연관돼 있을 것이다.

박진 그렇다. 개인과 내면의 문제에 집중한 90년대 문학부터 한동안 문학비평에서도 계급이란 말을 잘 사용하지 않았다. 80년대 문학에 대한 반작용이기도 하겠지만, 계급이란 것이 개인의 특수성을 획일적으로 일반화하고 경제적 조건에 중첩된 복합적이고 다양한 차이들(문화적 기호나 수준과 같은)을 섬세하게 고려하지 못한다는 한계 때문이었다. 하지만 먹고사는 일이 그 자체로 절박한 문제가 되어버린 포스트 IMF 시대에 계급의 문제는 다시 절실하게 피부에 와 닿게 되었다. 실제로 지금은 계급의 문제가 우리 삶과 의식을 철저히 구속하고 있다. 어디에 사는가, 연봉이 얼마인가 하는 것이 사람을 판단하는 가장 중요한, 거의 결정적인 기준이 됐고, 잘 먹고 잘 사는 게 모두의 '꿈'처럼 되어버렸다. 세속적 성공을 추구하는 것이 더 이상

부끄럽거나 속물적인 게 아니고, 그렇지 않은 사람이 무능하거나 정신 못 차린 사람으로 취급받는 게 당연해졌다. 가진 자들이 똘똘 뭉쳐 자기 계급의 이익을 대표하는 사람을 뽑는 '계급투표' 방식도 강하게 나타나고 있다.

김남혁 세계적으로는 공산주의 붕괴 이후, 우리나라에서는 IMF 이후에 시장 만능주의가 일반화되었다. 지그문트 바우만도 얘기했듯이, 과거에는 생산자 사회였고 그때는 가난한 사람들이 적어도 노동자나 산업예비군으로서의 자리를 확고히 지니고 있었는데, 지금은 이 사회에 적응 못 하면 누구라도 '인간쓰레기'로 전락하는 소비자 사회가 되었다. 그렇기에 사람들은 자신의 존재가 취약하고 불안정하다는 점을 그 어느 때보다 강하게 느끼고 있다. 백수, 취업 준비생, 비정규직 노동자 등이 문학작품에 대거 등장하게 된 배경에는 이렇게 변화된 현실이 작용하고 있을 것이다.

박진 '루저'라는 유행어가 이런 상황을 씁쓸하고도 정확하게 반영하고 있다. 미국식 신자유주의 이데올로기가 접수해버린 이 사회는 말 그대로 거대한 서바이벌 게임장이다. 살아남는 것이 절대명제가 되었고, 살아남으려면 경쟁력을 길러야 한다. 무능해서 낙오된 루저들은 도태되는 것이 당연하고, 이에 대해 다른 누구의 탓도 할 수 없다. 누구라도 언제든지 낙오될 수 있기 때문에 모두가 불안에 떨고 있는 상황에서, 사회적 약자들에 대한 배려나 '함께 살아가야 한다'는 사회적 책임 같은 것은 배부른 얘기가 되고 말았다. 특히 예전에는 계급의 문제가 자본가와 노동자의 대결로 나타났다면, 지금은 노동자 대 노동자, 비정규직 대 비정규직의 구도로 나타나고 있다. 나보다 더 약한 자를 밟아야만 내가 살아남는 상황이니까. 아직 살아남은 자들은 서로 손을 잡고 다른 사람들의 탈락에 안도를 느끼지만, 내일이 되면 다시 자기들끼리 적이 되어 누군가를 밀어내야 하는 것이다.

장성규 공감한다. 어떤 형식으로든지 계급의 문제는 언제나 있었을 것이고, 한국문학에서는 특히 80년대에 이 테마가 전면화된 바 있다. 그런데 2000년대 들어 계급의 문제는 방금 두 분이 말해준 것처럼 확실히 전 시기와 변별되는 지점을 지니고 있다. 과거에는 적과 아(我)가 뚜렷했고 연대를 통한 저항이 있었는데, 지금은 전선 자체가 없는 상황이랄까.

김남혁 2000년대 소설에 누가 등장하는지를 떠올려보면 2000년대 사회가 어떤 특징을 갖고 있는지 얘기할 수 있을 것 같다. 8, 90년대 소설에는 민중이나 시민이라는 혁명 주체가 등장했다. 그런데 2000년대 소설에는 속물, 마니아, 백수가 등장한다. 백수하면 이기호, 마니아하면 김중혁, 속물하면 정이현 등등이 떠오르기도 한다. 백수들은 자포자기해서 골방에 있고, 속물들은 명품으로 온몸을 도배한 채 강남을 활보하고, 마니아들은 자기 관심사 외에는 세상과 단절된 채 유폐되어 있다. 이 세 무리는 사회가 변혁 가능하다는 희망을 갖지 못하고, 사회에 대해 불만이 있어도 사회는 원래 이런 거라고 냉소한다. 이 세 무리가 만들어내는 2000년대 사회는 이른바 출구 없는 감옥이다.

장성규 그런 의미에서 분노와 냉소는 동전의 양면일 것이다.

김남혁 그렇다. 사실 모든 사람이 쓰레기가 될 수 있는 것은 바로 자본주의 체제 때문인데 사람들은 이 원인을 원인으로 보지 않고 해결책으로 보고 있다. 자본주의 체제로부터 생겨난 문제를 사람들은 자본주의를 강화함으로써 풀 수 있다고 생각한다. 더욱 문제인 것은 국가가 자본주의의 문제를 감추기 위해 밖에서 적을 찾고 있다는 사실이다. 시장의 내재적 한계를 은폐하기 위해 국가는 시장 외부에서 계속해서 적을 만들어내고 있다. 사람들은 정치적 주체가 될 수 없는 개인적 상태(백수, 속물, 마니아)에 안주하고, 개인들은 해결책이 될 수 없는 원인을 해결책이라 착각하고, 국가는 더더욱 교활한 방식을 활용하여 개인들의 사회변혁 의지를 망각하게 하는 데에 2000

년대적 상황이 놓여 있다.

박진 좋은 지적이다. 지금은 사회 체제에 문제가 있다고 생각하는 것이 아니라, 내가 밑에 있는 것이 문제라고 생각하는 시대다. 그런데 이 같은 사회 분위기는 소설뿐 아니라 문화 전반에 영향을 미치고 있다. 예를 들면 〈십억〉 같은 영화는 오지에 사람들을 풀어놓고서, 경쟁자들을 다 죽이고 살아남으면 10억을 준다는 설정을 바탕으로 한다. 이런 영화가 나온 것 자체가 징후적이라 하겠는데……. 한편 서바이벌 시스템은 퀴즈 프로 〈1:100〉부터 〈슈퍼스타K〉까지 요즘 가장 각광받는 TV 프로그램의 기본 구도이기도 하고.

장성규 역시 박진 씨의 비평적 감각은 문학을 넘어 문화로 뻗어 있다. (웃음)

박진 여담이지만 조금만 더 얘기하자면, 〈하녀〉와 〈방자전〉 같은 영화들에서도 계급의 문제가 과거와는 다른 방식으로 나타나는 것을 볼 수 있다. 임상수 감독의 〈하녀〉를 원작인 김기영 감독의 〈하녀〉와 비교해보면, 김기영의 '하녀'는 중산층의 여주인을 위협하는 두려운 존재였다. 그런데 임상수의 '하녀'는 어찌해도 여주인의 자리를 빼앗을 수 없는 존재, 철저히 짓밟히는 희생자일 뿐이다. 오히려 살아남기 위해 필사적으로 버둥거리고 하녀들끼리 충성을 경쟁한다. 마지막에 하녀가 분신을 하는데, 그런다고 주인의 삶에 무슨 타격을 줄 수 있겠나. 그저 재수 없는 일이 하나 일어난 거지. 〈방자전〉에서도 방자는 춘향이의 마음을 사로잡을 만큼 매력 있는 남자지만, 가진 자인 이도령과 신분상승 욕구에 가득 찬 춘향에게 맥없이 이용당한다. 이도령을 조롱하고 풍자하던 방자의 활기 있는 에너지는 찾아볼 수 없고, 아무리 잘났어도 계급의 벽에 절망하고 체념할 수밖에 없는 가여운 '하인'만 남아 있다. 〈방자전〉에서는 방자란 인물이 주인공이 되어 훨씬 더 주목을 받는 것 같지만, 계급과 신분의 장벽은 오히려 더 절대적이 된 느낌을 지울 수 없다. 예전 〈맨발의 청춘〉 같은 영화들에서도 남녀 주인공의 신분 차이는 멜로드라마의 기본 구도였지만, 지금의 부자는 드라마 〈꽃보다 남자〉의 경우처럼 아예 접근 불가능한 다른 세계의 인물로 묘사되곤 한다. 넘을 수 없이 고착화된 계급의 간극이 이렇게 대중문화 전반에 나타나고 있다.

김남혁 흥미로운 얘기다. 좌담에선 항상 여담이 더 재미있다. (웃음)

장성규 본론으로 돌아와서……. (웃음) 오늘 다룰 작가들이 차이는 있지만 대부분 90년대 중후반 이후에 대학을 다닌 세대인데, 이 세대들에겐 어떤 이중적인 균열이 있는 것 같다. 전 세대는 IMF 이전 세대였으니까 삶의 조건이 이들보다는 나았고, 민주주의나 해방 같은 대의명분을 사회과학적 사유를 통해 인식하고 실현하려 한 세대였다. 반면 이들은 IMF 이후 대안이 보이지 않는 시대에 대학생활을 했던 세대다. 문제는 이 세대가 가장 강하게 억압받는 세대가 되었는데도, 이들에겐 어떻게 그것을 탈출할 것인가에 대한 정밀한 사회과학적 사유가 부족하거나 전망의 제시가 불가능해 보인다는 점이다.

김남혁 약간 맥락은 다른데, 김사과나 최진영처럼 80년대 이후 출생한 작가들은 이미 무한 경쟁 체제가 갖춰져 있는 시대에 태어났다고 말할 수 있다. 그래서인지 어떻게 해도 이 사회는 변화하지 않고, 나의 계급적 정체성도 바뀔 수 없다는 데 분노하고 있는 것 같다. 그에 비해 임성순과 주원규 같은 70년대생 작가들은 대학에서 사회과학 서적도 보고 데모에 참가했던 경험도 있을 것 같은데, '사실 알고 보니 모든 게 시스템이었구나'라는 허탈함을 지니고 있는 듯하다. 김영하도 그렇게 나온 작가인 것 같고. 거칠게 말해서 80년대생 작가들은 절망하고, 70년대생 작가들은 허탈해하고, 386은 냉소하는 것이 아닐까?

장성규 더불어서 아까 김남혁 씨도 말했지만 이 네 편의 작품뿐 아니라 여러 텍스트들이 루저나 속물 등등을 많이 형상화하는데, 그 방식이 매우 세련돼 보인다. 90년대 중후반 이후 대학가에서 많이 나

온 얘기가 문화정치라는 패러다임인데, 여기에는 정치적으로는 약간 패배적이면서 문화적으로는 래디컬한, 그런 측면도 있다. 이것이 세대적인 특성일 수 있는데, 왜 이들의 작품에서 계속 분노와 무기력함이 나오는가는 깊이 생각해봐야 할 지점인 것 같다. 예컨대 플롯도 문제를 알고 연대하고 실천하고, 비록 실패할지라도 비장하게 패배하는 방식이 아니라, 삽화적인 형식의 플롯을 사용하고 있다. 어쩌면 세대론적으로 이 작가들에게는 세계를 변혁하려 시도했던 경험이 없고, 담론적으로도 하나의 폐쇄적이고 완결된 체계를 거부하는 경향이 강하지 않은가 싶다. 오늘 다룰 작품들이 문제의식은 굉장히 무거운데 기법 면에서는 하위장르적인 특징을 많이 활용하는 것 역시 세대론적 맥락에서 살펴볼 수 있는 문제일 것이다. 이제 구체적인 작품들을 가지고 좀 더 얘기해보면 좋겠다.

박진 우리가 다룰 네 편의 작품에서 시스템이 변하지 않는다는 인식은 공통적으로 나타난다. 『컨설턴트』에는 구조는 조정되지 않는다, 사라지는 건 구조의 구성원들일 뿐이다, '회사'는 전 지구적이어서 물이나 공기처럼 결코 벗어날 수 없다는 인식이 강조돼 있다. 『풀이 눕는다』는 온 세계가 돈에 짓눌려 있고 다들 같은 것을 욕망하고 있으며, 문학이 세상을 바꿀 수 있다는 믿음은 이미 사라져버린 시대의 절망감을 그려 보인다. 『당신 옆을 스쳐간 그 소녀의 이름은』에서도 세상을 움직이는 거대한 틀과 원리는 비슷해서 맞는 사람은 항상 맞고 으스대는 사람은 항상 으스댄다는 좌절감이 짙게 깔려 있다. '혁명'의 패러디라 할 수 있는 『열외인종 잔혹사』는 혁명을 게임업체의 리얼 서바이벌 이벤트로 뒤집어놓은, 흥미로우면서도 씁쓸한 소설이다. 그럼에도 나는 이들 소설에서 미약하나마 어떤 저항의 가능성이 발견된다는 데 주목하고 싶다.

장성규 구체적으로 어떤 소설이 그런가?

박진 『당신 옆을 스쳐간 그 소녀의 이름은』과 『열외인종 잔혹사』에는 분노와 적개심, 세상을 죄다 쓸어버리고 싶다는 충동 등이 지배적이라면, 『컨설턴트』에서는 주입된 욕망의 충족을 포기하는 것(이를테면 예린을 떠나는 것), 그리고 회사의 비밀을 폭로하는 이 글을 남기는 것(문학)이 미약한 저항의 방식으로 나타난다. 특히 『풀이 눕는다』에는 세상이 요구하는 방식의 삶을 욕망하지 않는 것이 대항의 가능성으로 등장한다. 이 소설에서 화려하고 으리으리한 빌딩들은 갖고 싶고 사고 싶다는 욕망, 그 관념 자체의 덩어리인데, "사람들이 더 이상 원하지 않게 되면 저것들은 순식간에 무너져버"(146쪽)릴 것이라는 인식이 눈길을 끈다. 물론 그게 얼마나 어려운 일인지도 잘 나타나 있지만, 이 소설은 다른 것을 욕망하고 다른 꿈을 꾸는 것이 이 견고한 세상을 변하게 만들 수 있다는 믿음을 포기하지 않는다.

김남혁 『풀이 눕는다』에 대한 박진 씨의 독해에 동의한다. 이 소설에서 김사과는 제도와 단절한 채 자신이 원하는 일을 끝까지 실천하는 것으로 사회를 바꿀 수 있다고 믿는 것 같다. 마치 히피들의 삶처럼, 제도에 기생하는 대신 무위도식하면서 자신들의 허기를 강렬한 사랑을 통해 해결하는 태도를 작가는 제도와 단절할 수 있는 하나의 방법으로 제시하는 것 같다. 위선과 교양으로 뒤범벅된 예술가 집단에서 이들의 히피적인 태도는 얼마나 제도를 불편하게 하는가. 그런데 이 작품은 이들의 반항적인 행동에 대해 반성적 거리를 확보하지 않는다는 게 문제다.

장성규 어떤 면에서 그렇게 볼 수 있는지?

김남혁 나는 화자가 현란한 네온사인으로 둘러싸인 LA의 거짓된 세계보다 누더기를 걸친 LA의 거지가 더 아름답다고 말하는 장면에서 빈민의 폭동을 지지하는 동정적 자유주의자의 모습을 보게 된다. 이들이 로데오 거리에서 쇼핑하는 장면을 생각해보자. 자신들의 초라한 모습이 거지처럼 보이지 않겠냐고 풀이 화자에게 묻자, 화자의 대답은 '거지가 어때서?'가 아니라 "우리가 어때서!"(128쪽)다. LA의 거지를 그렇게도 칭송하던 사람들이 자신들이 거지가 되는 것은 거부하는 장면 아닌가? 또 이 소설의 인물들은 옥탑방에서 비루하게 살면서도 돈을 하찮게 여긴다. 정말로 돈 때문에 고통받는 사람이라면 이처럼 돈을 아무렇지도 않게 대할 수 있을지 의문이다. 자본에 대해 고민하지 않고 자본으로부터 벗어날 수 있다는 생각은 이들이 지닌 낭만적인 성향을 보여주기에 일차적으로 문제가 있다. 하지만 혁명 속에 내재한 모순을 철저히 사유하지 않은 채 '혁명 없는 혁명'을 낙관하는 자유주의자 같은 이들의 행동이 예술가 집단들의 위선적인 행동과 별로 다를 게 없다는 데 더 큰 문제가 있다.

박진 물론 주인공이 어려서 치기 어린 느낌이 들기도 하고, 매 장면이 일관성 있게 짜여 있지 않다 보니 그렇게 보일 수도 있을 것 같다.

실제로 이들에게 낭만적 성향이 나타난다는 점을 부인하기도 어렵고. 그래도 나는 그런 약점들보다는 이 소설의 의의에 좀 더 주목할 필요가 있다고 본다. 풀은 온 세계가 돈에 짓눌려 있지만 그것을 넘어서는 가치에 대한 기대를 대변하는 인물이다. 그는 모두가 원하고 누구도 거절할 수 없는 거대한 빌딩들에 살고 싶어 하지 않는 사람이다. 그래서 화자 '나'는 풀을 사랑한다. 세상은 무슨 수를 써서라도 풀이 저것들을 사랑하게 만들려고 할 것이다, 말을 듣지 않으면 풀은 파괴당할 것이다, "너는 절대로 못 이겨", "그러니까, 풀, 너는 절대로 지면 안 돼"(147쪽)라는 '나'의 말이 너무도 절박하게 마음에 와 닿는다. 풀이 노동하지 않길 바라고, 모두가 두려워하는 불확실성 속으로 삶을 완전히 밀어넣고자 하는 것도 세상에 집어삼켜지지 않기 위한 필사적인 저항의 한 방식이다.

김남혁 이 소설이 세상은 변하지 않을 테니 우리도 어쩔 수 없다는 식의 체념에 머무르지 않는 것은 사실이다.

박진 중간에 마리화나를 하는 예술가 그룹(김권의 친구들)이 나오는데, 그중 한 명인 다른 여자 소설가와의 대비가 그 점을 더 분명하게 보여준다. 그녀는 체제는 견고하다, 우리는 체제 내 존재다, 그래서 "그 벗어날 수 없음에 대해 쓴다"(227쪽)고 말한다. 하지만 '나'는 거기에 만족하지 않고, 어떻게 해야 벗어날 수 있는지에 대해 쓰려고 발버둥 친다. 물론 완전히 빈곤 속으로 떨어지고 풀과 헤어지게 된 다음에는 나도 그 여자와 비슷한 말을 하게 되고, 풀 역시 고시원 생활을 하면서는 '돈 벌어야 돼'라는 말을 되뇐다. 이렇듯 체제에 저항

하기가 얼마나 어려운지도 분명히 인식하고 있지만, 그래도 어떻게든 벗어나려고 안간힘을 쓰는 모습이 무척이나 인상적이었다. 불안정하고 위태롭지만 강렬한 에너지가 느껴지는 소설이다.

김남혁 나 역시 박진 씨가 말한 측면 때문에 이 작품을 손쉽게 비판하기는 힘들다고 본다. 하지만 그런 미덕들을 인정한다 하더라도 이 소설이 피해자와 가해자를 이분법적으로 나눈 것은 아닌가 하는 생각이 든다. 풀과 화자는 무조건 이견의 여지없이 피해자로 등장하고 있어서 독자로 하여금 이들에 대해 반성적 거리를 갖지 못하게 만드는 측면이 있다.

장성규 개인적으로는 김사과의 『미나』를 재밌게 읽었다. 이 작품에는 새로운 형태의 계급구조가 만들어지는 과정이 잘 표현된 것 같았다. 『미나』의 '현실'에서는 문화자본에 의한 구별짓기와 계급 생성이 이루어진다. 이런 측면이 과거 계급 문제를 다룬 텍스트들이 간과한 문제를 잘 짚은 것처럼 보였다. 『풀이 눕는다』에서 좀 아쉬웠던 것은, 『미나』에서 보여준 체제에 대한 날카로운 인식 대신에 분노의 파토스가 전면화되는 건 아닌가 하는 점이다.

박진 세상에 대한 절망감이 더 심화된 건 분명하다.

장성규 그런데 그 원인이 모호하다는 것이 마음에 걸린다.

박진 그 원인은 분석 이전에 모두가 공유하는 차원의 기본 전제일 테고……. 더욱이 지금은 누구도 명확한 대안이나 전망을 제시할 수 없는 시대가 아닌가? 결국 이 소설은, '나'는 정신병원에 다니고 풀은 자살하고 마는, 겉보기엔 전혀 비전 없는 결말을 보여준다. 하지만 "매일매일 풀을 생각하며 조금씩 그곳으로 가고 있다"(294쪽)는 '나'의 말은 아무리 힘들어도, 미친 사람 취급당하고 루저로 낙인 찍혀도 다른 삶을 꿈꾸는 일을 포기하지 않으려는 의지로 읽힌다. 결말도 이렇게 다른 해석의 여지를 남겨주고 있어서, 이 소설은 여러 가지로 미묘하게 끌리는 작품이었다.

장성규 『풀이 눕는다』는 기법적인 측면에서도 흥미로운 점이 많은 것 같다. 이 부분에 대한 얘기도 듣고 싶은데?

김남혁 김사과의 작품에서는 사건에 의한 전개보다는 인물 간의 대화가 매우 중요하게 등장한다. 『풀이 눕는다』에서 낭만적 성향의 인물들이 다소 어울리지 않게 대단히 사실적인 대화를 나누는 점이 흥미로웠는데, 그 같은 서술 방식의 배경에는 인간이 타인과 끈끈하게 연결될 것이라는 환상을 거부하는 작가의 세계관이 존재한다고 본다. 이 같은 세계관은 절망적인 것이기도 하지만, 새로운 가능성이기도 하다. 이런 대사들은 복수의 인물들이 하나로 동화될 수 있다는 판타지를 거부하게 만드는 역할을 한다.

박진 인물 관계뿐 아니라, 스토리 자체도 하나로 매끄럽게 통합되기보다는 장면의 순간성을 부각시킨다. 이는 과장되게 쏟아져나오는 대화들이 경험적인 리얼리티를 초과하거나 일그러뜨리면서 무수한 균열을 만들어내는 현상과 관련이 있다. 파열된 각각의 장면들과 언어들의 틈새로 강렬한 에너지를 분출하는 것이 김사과 소설의 매력이다.

장성규 나는 그런 특징을 극적 구성이라고 부르고 싶다. 플롯을 해체하면서 대신 장면을 전면에 부각시키는 극적 구성이 작품 전체를 관통한다. 일반적인 개연성 있는 플롯이란 인과율과 관련되는데, 인과율로 해명되지 않는 현실을 다룰 때 플롯이 해체되는 건 자연스러운 결과일 것이다. 지금은 오히려 극적 구성을 통해 순간적으로 억압된 것을 강렬하게 분출하는 방식이 적합한 시대인 듯하다. 그런 점에서 김사과의 기법적 특성은 단지 형식적인 면에 국한되지 않고 나름의 현실 인식과 직결된다고 생각한다.

김남혁 내게 이 작품은 지금까지 김사과의 소설들을 읽으며 가졌던 기대를 충족시켜주진 못한 것 같다. 나는 최진영의 『당신 옆을 스쳐 간 그 소녀의 이름은』에 좀 더 주목했다. 나머지 세 작품이 혁명의 좌절로 끝난다면, 최진영은 혁명이 끝난 자리에서 시작한다. 세상을 바꾸겠다며 집을 나서는 인물들의 실천이 단순히 사회에 반항하려는 정서의 표출이었는지, 아니면 진정한 혁명이었는지를 구분하려면 혁명 그다음 날 아침을 살펴보면 된다. 사건보다 후사건적 실천이 훨씬 더 어렵다는 말이다. 다른 세 편의 소설에서 인물들은 집을 나서든 메시아를 기다리든 콩고에 가든, 현실과 단절하는 어떤 사건을 일으키고 이내 죽어버리거나 원래의 자리로 되돌아온다. 반면 최진영의 소설에서 인물은 무력하게 죽거나 현실은 변할 수 없다며 냉소하지 않는다. 계속해서 세상 속으로 개입한다. 이 소설에서 주인공은 때리지도 않고 자신을 동정하며 현실에 안주하게 하는 '가짜엄마'들의 유혹으로부터 '진짜엄마'에 대한 믿음을 지켜낸다. 집을 나서는 게 사건이라면 후사건적 실천은 이런 가짜엄마들의 유혹을 이겨내는 활동이다.

박진 글쎄, 가출을 곧바로 혁명으로 연결시킬 수 있는지는 잘 모르겠다. 최진영의 작품은 성장의 과정에서 계급의 문제가 매우 중요하게 등장하는 소설이다. 진짜엄마를 찾는다는 것이 실은 세상의 낮은 곳, 가난하고 배고프고 고통받는 자의 진짜 얼굴을 찾아다니는 일이고, 그 과정이 주인공의 성장으로 이어진다. 세상을 두루 돌며 사람들을 만나는 건 『젊은 날의 초상』부터 『개밥바라기별』까지 수많은 성장소설에서 볼 수 있는 구성 방식이라서, 좀 상투적이거나 식상하기도 하다. 하지만 그 여정이 가난한 자에 대한 낭만적 미화로 이어지지 않는다는 점은 의미 있어 보인다. '맞고도 가만있는 건 진짜엄마가 아니다'라는 믿음이 점차 '진짜엄마에게도 오직 중요한 건 자신의 생존이다, 진짜엄마는 너무 많아서 알아보지 못했던 거다'라는 깨달음으로 이어지면서, 그들의 미화되지 않은 맨얼굴을 인정하게 된다. 물론 이것이 비관주의를 강화하기도 하지만.

김남혁 자신이 타인들로부터 독립하는 게 성장이 아니고, 진짜엄마와 만나서 서로 행복해지는 게 성장이라고 보는 점이 특히 흥미로웠다. 보통 성장소설은 내가 자율적 주체성을 찾는 데서 끝나는 경향이 있다. 그런데 이 소설은 개인의 자율성이 타자와 관계를 맺을 때 가능하다고 보는 것 같다. 이처럼 개인의 자율성을 최대로 존중하면서도 절대화하지 않으려는 태도가 이 소설의 미덕이다. 그렇지만 결국 진짜엄마는 없는 거고, 나리의 아빠와 대결함으로써 자신이 스스로 진짜엄마가 된다는 결말도 인상적이었다.

박진 나는 나리 아빠와 대결하는 그 결말이 불만스러웠는데. 이 소설에서 분노와 적개심은 전쟁이 나서 다 죽든지 아니면 다 부서져서 모두 가난한 상태에서 새로 시작하면 좋겠다는 상호의 말, 세상이 끝장나면 가장 높은 곳에서 지켜볼 거라는 '나'의 말 등에서 잘 드러난다. 이 분노가 나리 아빠라는 한 개인을 죽이려 하는 방식으로 표출되고 있다고 느꼈다. 그나마도 실패하여 죽고 마는 결말은 과거의 신경향파 소설을 읽는 듯한 인상을 준다. 이 대목에서 좀 다른 상상력을 보여줬다면 좋았을 텐데, 결국 리얼리티의 울타리 안에 머무르면서 이런 결말밖에는 나올 수 없었던 게 아닐까 한다.

장성규 최진영 작품은 참 요즘 소설 같지 않다는 느낌이 들었다. 좋게 말하면 핍진한 묘사와 감동을 주는 문장이 있는 거고……. 예컨대 철거촌에서 어머니의 병원비를 대기 위해 용역깡패가 되는 철거촌 청소년의 이야기 같은 것들이 그렇다. 그러나 다른 한편으로는 답답하다는 느낌이 들었다. 가출과 엄마 찾기가 계속 반복되는 느낌이 강하다. 단순한 반복에 그치지 않으려면 각각의 가출과 엄마 찾기들 사이에 차이가 있어야 하고, 그 속에서 주인공의 성장이 드러나야 하지 않을까? 이런 점이 다소 아쉬웠다.

박진 내가 보기에도 이 소설의 가장 큰 장점은 생생하고 인상적인 인물들이다. 우선 백곰은 자신이 루저이면서도 마치 다른 계급에 속해 있는 것처럼 착각하는 인텔리 백수의 모순적인 이중성을 잘 보여준다. 고시 준비하다 빚지고 극빈자가 된 폐가의 남자는 타락이란 곧 계급적 추락임을 너무 실감나게 드러내고 있다. 그가 과거에 운동권이었다는 사실은 세상을 바꾸려는 꿈이 얼마나 무력한지, 망상과도 같은지를 말해주는 듯해 마음이 착잡하다. 나리, 유미, 상호 같은 가출 청소년의 모습도 무척 생생한데, 지난 시간에 얘기했던 상투적인 불량청소년 백서 수준을 넘어서는 리얼리티와 상징성을 지니고 있다.

장성규 불만스러운 점도 많이 있었지만 최진영은 무엇보다 기본기가 단단한 작가라는 느낌이 들었다. 이 소설보다도 이후의 작품이 더 기대되는 작가였다. 이제 다른 작품으로 넘어가보자. 박진 씨는 『풀이 눕는다』에, 김남혁 씨는 『당신 옆을 스쳐간 그 소녀의 이름은』에 주목했는데, 나는 주원규의 『열외인종 잔혹사』가 제일 재미있었다. 우연히도 세 사람의 의견이 다 달라서 흥미롭다. 김사과는 예술가소설의 형식으로 주류와 타협하지 않겠다는 의지를 보여주고, 최진영은 성장소설의 형식으로 주인공의 성숙 과정을 보여주는데, 두 작품 모두 형식상 자신이 겪는 사건을 통해서만 구조를 인식하는 데 그친다는 느낌이 들었다. 그런데 주원규는 시스템 전반을 인식하려는 메타적인 시선을 지니고 있다. 구조 자체의 문제를 위에서 조망하려는 야심이 보여서 좋았다. 물론『열외인종 잔혹사』는 고전적인 소설 문법에서 보면 논란이 많은 소설일지 모른다. 분명히 개연성도 좀 떨어지고 작위적인 측면이 있다. 그럼에도 불구하고 현대사회의 루저 네 명을 전형적으로 설정하면서 그들의 다층적인 시각을 통해 현실을 재현한다는 점이 야심차게 느껴졌다.

박진『열외인종 잔혹사』는 흥미롭긴 한데 아쉬움이 많았다. 이 소설은 한마디로 말하자면 혁명의 패러디라 하겠는데, 혁명이 게임업체의 리얼 서바이벌 이벤트로 변질된다는 상상력이 이 시대의 징후를 적확하게 포착하고 있다. 장성규 씨 지적대로 이 소설은 장영달(극우 퇴역군인), 윤마리아(외국 다단계 제약회사의 인턴사원), 광록과 김중혁(노숙자), 기무(게임중독 백수) 등을 통해 이 사회의 축도를 그려내는데, 특히 연금생활자인 '극우 보수세력'과 데이비드교의 '종교적 카니발'은 지금 한국 사회의 마이너 버전이라 할 만한 재밌는 설정이다. 어처구니없는 현실에 어처구니없는 황당한 상상력으로 대응하는 방식이 흥미롭다.

장성규 아쉬운 점은 뭔가?

박진 혁명이 전도된 리얼 서바이벌 게임을 "우리의 의지와 무관하게 진행되는 하나의 이벤트"(263쪽)로 묘사하는 방식, 그리고 그 난장판이 아무 흔적조차 남기지 못하고 잊혀져버리는 결말 등에서 비관적이고 허무적인 색채가 강하게 나타난다. 어느 날 갑자기 '양머리'로 변한다는 상상력 또한 고분고분 시키는 대로 말 잘 듣는, 누가 이끌어주지 않으면 아무것도 할 수 없는 존재가 된다는 뜻인데, 이것도 현실에 대한 통렬한 인식인 동시에 패배주의적인 세계관이라 할 수 있다. 사이비목자들에 대한 배신감으로 이들을 사살하는 장면도 분노의 극단적 표출 말고는 별다른 의미를 던져주지 못한다. 누구도 우리 자신을 대신 구원해줄 수 없다는 자각은 어느 정도 의미를 지니겠지만.

김남혁 『열외인종 잔혹사』는 서사 자체도 흥미롭고 문제의식도 분명한 소설이다. 그렇지만 다양한 해석을 이끌어내지는 못하고 있다. 비판 대상이 선명한 만큼 소설이 건드리고 있는 문제는 협소한 게 아닌가 한다. 특히 이 작품은 '열외인종'의 전형을 뽑았는데, 이는 우리가 2000년대 이후 소설에서 너무 많이 본 유형을 반복하는 것 같았다. 물론 『열외인종 잔혹사』에서 1부는 이 시대를 견뎌내고 있는 세대들에 대한 스케치로 읽을 수 있다. 10대 비행청소년, 20대 비정규직 노동자, 40대 노숙자, 60대 퇴역군인 등의 모습은 자본주의 체제에서 어느 한 세대도 빠짐없이 모두 '열외인종'으로 살고 있다는 것을 알려준다. 근데 주원규는 비행청소년, 비정규직 노동자, 노숙자들이 열외인종이 된 것은 사회구조적인 문제라며 그들을 편드는 반면, 퇴역군인이 보수주의를 주장하는 것에 대해서는 시종 조롱한다. 소설 초반부에 서술됐듯이 퇴역군인 장영달 역시 기초생활수급자 아닌가? 장영달이 보수적인 신념을 유지하게 된 원인을 생각하려 하지 않고 무조건 조롱하는 모습이 불편하다.

장성규 그런가? 개인적으로는 『열외인종 잔혹사』의 기법이 재미있었다. 독자가 읽으면서 스스로 슈팅 게임을 하는 느낌이라고 해야 하나? 슈팅 게임처럼 자기 한 사람의 시선으로밖에 세상을 보지 못하는 네 사람이 각기 다른 이유로 남한 자본주의의 가장 상징적인 공간으로 모여드는데, 독자들은 교차하는 네 개의 시선 속에서 스스로 사건의 정체를 찾아가야 한다. 읽는 사람 스스로 사유하게 만드는 능동적 효과를 낳는 것이 매력적이다. 흔히 거시적인 얘기를 하면 상투화되거나 추상화되기 쉬운데 그런 느낌이 없어서 좋았다. 1인칭 슈팅 게임의 시점은 이 작품의 인물들이 일종의 편집증을 보이는 것과도 잘 어울린다. 이들은 하나의 사건을 자신의 프레임으로 재단하고 그것만 보는 사람들이지 않은가? 나는 이 편집증이라는 세계 인식 자체가 일종의 징후로서 상징적 의미를 띤다고 본다.

박진 장성규 씨의 지적처럼 편집증이 아니고서는 사회 전체를 볼 수 없는 것이 우리 현실일지 모르겠다. 거칠고 단순한 점이 있는 대로 이 소설의 의의를 좀 더 말해보자면, 추상적인 자본주의 체제를 이야기하기보다는 한국 사회의 특수한 문제에 초점을 맞추고 있다는 게 눈길을 끈다. 보수 우익인 퇴역군인의 모습이나 과장된 종교 집단의 모습을 통해 한국 사회의 병적인 지점을 잘 포착하고 있다. 한국 사회의 특수한 구조를 단순히 전 지구적 자본주의의 문제로 환원하지 않는 것이 이 소설의 독특한 점이다.

장성규　다소 논의에서 벗어나는 이야기지만, 주원규에게는 기독교가 중요한 테마인 것 같다. 최근 작품인 『무력소년 생존기』(한겨레출판, 2010)에도 천국과 지옥, 거짓 선지자 등의 알레고리가 강하게 나타난다. 내가 잘 모르는 부분인데, 일종의 해방신학이라고 해야 하나? 그쪽에서 얘기하는 소규모 초기교회 공동체? 이런 부분에 대해 주원규가 생각이 많은 거 같다. 그런 코드로 읽어도 흥미로울 것 같다. 이제 임성순의 『컨설턴트』를 보자. 이 소설은 기법적으로 상당히 재미있는 작품이었다. 하위장르의 문법, 추리와 스릴러가 전면화된 소설이고 영화적 기법 역시 많이 차용된 소설인데, 이 점에 대해서는 박진 씨가 해줄 말이 많을 것 같은데?

박진　『컨설턴트』는 『열외인종 잔혹사』에 비하면 한국적 특수성이 약하긴 하지만, 자본주의 세계 질서의 전체적인 그림을 그리려는 시도 자체에서 일단 의미를 찾을 수 있겠다. 이를 위해 장르 문법을 동원한 방식 역시 절묘하다. 누군가를 순식간에 죽음으로 몰고 가는 사회, 그 배후에 살인 컨설턴트의 공모살인이 있다는 상상력이 흥미롭고, 온 세상을 거대한 '회사'의 구조조정에 빗댄 설정이 이 사회의 알레고리로서 설득력을 지닌다. 특히 추리물과 스릴러의 장치를 통해, 내 손에 피를 묻히지 않은 죽음에 대해 우리가 과연 책임이 없는가를 끈질기게 질문한다. 그렇게 해서, 그저 큰돈을 버는 일(이윤의 추구) 자체가 얼마나 많은 사람들을 고통에 빠뜨리는지 환기시키고,

자본주의 사회의 근원적인 폭력성을 짚어낸다. 다소 단순하긴 해도 문제의식과 장르적 기법이 잘 어울려 만들어진 괜찮은 소설이라고 생각한다.

장성규 박진 씨의 말에 어느 정도는 동의한다. 그런데 결론이 너무 일반적이지 않은가? 모두가 가해자라는 인식, 예컨대 내가 마시는 커피가 결국 제3세계 농민에 대한 가해 행위라는 진술 같은 건 너무나 원론적이어서 분명 타당하지만 무척 뻔하게 느껴졌다. 일반적인 결론이 먼저 놓여 있어서인지 회사 외부, 시스템 외부의 가능성들을 아예 봉쇄한다는 느낌도 들었다. 결국 '어쩔 수 없음'이라는 메시지를 통해서 개체의 윤리랄까, 그런 부분을 부차적으로 만드는 듯했다.

박진 이해할 수 있는 지적이다. 하지만 이 소설에서 눈여겨볼 점은 주인공이 체제에 순응하는 자신에 대한 강한 자의식을 지니고 있다는 점이다. 전 지구적이고 결코 벗어날 수 없는 회사에 고용된 입장에서, 그는 자신의 구조조정 행위가 어쩔 수 없는 일이었다고 끊임없이 자기합리화를 하는 동시에 그런 자신을 스스로 비웃고 있다. 그리 대단한 저항은 아니지만, 지금 자신의 행복이 '피비린내 나는 행복'임을 인정하는 것, 이게 미약하지만 의미 있는 성찰이 될 수 있지 않을까?

김남혁 내 생각도 비슷하다. 이 소설의 주인공은 오늘 다루는 네 편의 작품 중에서 유일하게 '열외인종'이 아닌 중간 관리자다. 하지만 관리자 역시도 결국에는 열외인종이라는 걸 말해주는 작품이다. 관리자도 살아남으려면 사랑하는 이들을 죽일 수밖에 없고, 피비린내 나는 행복을 살 수밖에 없다는 걸 보여주는 점이 좋았다.

장성규 네 편의 작품을 살펴보았는데, 전체적으로 보자면 네 작품 모두 결론이 허망하다는 생각이 든다. 뭐랄까, '현실은 이따위인데 할 수 있는 건 없구나'라는 인식이 강하게 나타난다. 물론 이것이 2010년 지금, 우리의 객관적인 현실인 건 사실일 것이다. 세계에 대한 완결된 해석이 불가능하다는 점은 인정하더라도, 현실에 맞서는 용기와 밀도가 부족하게 느껴져서 아쉽다. 흔히 말하는 신자유주의적 세계화에 대한 깊이 있는 정치경제학적 사유가 부족하다는 평가도 가능할 것 같고.

김남혁 나는 이 소설들의 결말 처리 방식에는 큰 불만이 없다. 장성규 씨가 말했듯이 전망 부재를 알리는 이들 소설의 결말은 현재 우리의 현실을 가장 정확하게 보여주는 것일지 모르기 때문이다. 하지만 자본주의 체제를 비판하는 방식이 소설 속에서 비슷비슷하게 반복되거나 막연하게 나타난다면 문제가 있다고 생각한다. 예컨대 피시방, 옥탑방, 고시원, 비정규직 등등, 작가들은 이런 사례에서 많이 벗어나지 못하는 것 같다. 좀 더 이질적이고 다양한 주제로 나아가야 하지 않을까 싶다. 옥탑방, 피시방 등을 반복하는 소설들에서 정치경제학적 사유의 빈곤을 지적할 수 있다면 그것은 단지 전망을 제시하지 않는다는 데 있지 않고 자본제를 비판하기 위해 작품 안으로 들고 오는 구체적인 사례가 반복적이고 협소하다는 데 있을 것이다. 예를 들어, 자본주의 사회와 연결된 의회민주주의 문제를 비판하는 작품은 보지 못한 것 같다. 투표로 자신의 주체성을 획득했다고 믿게 만드는 의회민주주의는 인간을 소외시키는 자본주의와 긴밀하게 연결되어 있는데 말이다.

박진 나 역시 전반적으로는 아쉬움이 남는다. 그렇지만 이 네 편 안에 나타나는 편차에 주목하는 것이 좀 더 생산적인 독해가 아닐까 한다. 낙관적 비전을 무책임하게 제시하지도 않고, 분노와 적개심을 분출하는 것으로 끝나지도 않는, 힘겨운 저항의 작은 가능성들을 섬세하게 읽어낼 필요가 있다.

김남혁 이들 소설에 두드러진 하위장르적 성격에 대해서도 좀 더 고민할 필요가 있을 것 같다. 이제는 하위장르를 활용했다는 사실 자체가 낯설거나 파괴력을 지니지는 못한다. 어떻게 보면 하위장르의 요소들이 단지 불편하고 무거운 주제를 세련되고 가볍게 소비하게 만드는 도구로 사용되는 건 아닐까? 이 네 편의 작품 역시 이런 문제로부터 완전히 자유로울 수는 없다고 본다. 잘못하면 사회적 상상력마저도 금방 상품성의 논리로 환원될 수 있다는 점에 주의해야 할 것이다. 2000년대 문학에는 주제가 무겁더라도 전달 방식은 가볍고 재미있어야 한다는 암묵적인 규칙이 작용하고 있는 게 아닌지 모르겠다. 이런 점을 경계하지 않는다면 자본주의를 비판하는 작품도 역설적으로 문학 시장의 논리에 포획될 수 있다. 사회 변혁뿐 아니라 사회 변혁을 꿈꾸는 방식 자체를 고민하는 문학이 필요하다고 본다.

박진 중요한 지적인데, 나는 장르적 상상력에 잠재된 또 다른 가능성에 좀 더 기대를 걸고 싶다. 도무지 비전이 없어 보이고 리얼리즘적인 총체적 인식이 어려워진 상황에서, 장르적이고 환상적인 기법을 통해 정치적 가능성을 찾는 방식이 지금은 더욱 필요할지 모르겠다. 일종의 사고 실험으로서 말이다. 장르적, 환상적 기법들이 더욱 필요해졌다는 것은 현실이 너무 압도적이기 때문이기도 하고 리얼리티가 더 이상 예전 같은 힘을 지니지 못한다는 이유 때문이기도 하다. 참고로, 전쟁의 폭력을 찍은 다큐멘터리 사진보다 전쟁 영화의 CG들이 지금은 훨씬 더 리얼하고 잔혹하다. 이런 시대에 고전적인 리얼리티가 우리에게 얼마나 와 닿을 수 있을까? 리얼리티를 적극적으로 변형하는 실험적인 시도들이 오히려 현실의 폭력성을 더 극명하게 그려낼 수도 있다. 문학도 마찬가지다. 상품화 문제를 간과할 수는 없지만 지금은 리얼리티 역시 상품화되고 있다는 점, 리얼리티 쇼나 휴먼 다큐 방식으로 리얼리티 그 자체가 매력적인 상품으로 소비되고 있다는 점도 기억했으면 좋겠다.

장성규 역시 장르냐 아니냐, 환상이냐 리얼리티냐가 중요한 게 아니라 그것을 어떻게 활용할 것인지가 문제일 것이다. 어느덧 좌담을 마무리할 시간이다. 오늘 '비평테이블'은 젊은 작가들의 사회적 상상력에 대해 이야기를 나누었다. 젊은 작가에 대해 얘기할 때는 항상 발랄함이라는 수식어가 붙는 경향이 있고, 그러면서 주로 기법적인 새로움에 주목하는 경향이 강하다. 그런데 오늘 다룬 작가들뿐 아니라 다른 작가들의 소설도, 발랄함과 새로움을 통해 궁극적으로 이 사회의 변화된 현실에 대해 말하고자 하는 치열한 노력들을 보여주는 경우가 많다. 윤이형의 소설에는 1996년이라는 특수한 정치적 상황이 분명 배경에 깔려 있고, 황정은 소설에도 사회적 마이너리티에 대한 깊이 있는 애정이 나타난다. 윤고은 같은 경우도 가상의 이데올로기가 인간을 규율하는 상황에 대해 상당한 인식을 보여준다. 이런 젊은 작가들에 대한 새로운 관점의 평가가 필요하다고 본다. 오늘 좌담이 이런 문제제기로도 이어질 수 있었으면 한다. 다음 '비평테이블'에서는 김영하의 작품을 가지고 다시 독자 분들을 찾아뵙도록 하겠다.

11

김영하 소설에서 우리가 기대하는 것

『무슨 일이 일어났는지는 아무도』 김영하

장소: 대학로 '코끼리공장'
시간: 2010년 10월 6일 오후 5시~7시
참여: 박진, 장성규, 조효원

박진 화창한 가을날이다. 이런 날엔 야외에서 좌담을 해도 좋았을 텐데, 아쉽게도 다들 바빠서 저녁 시간에야 만났다. 오늘은 '6년 만에 나온 김영하의 신작'이라 화제가 된 『무슨 일이 일어났는지는 아무도』(문학동네, 2010, 이하 『아무도』)를 중심으로 김영하 소설들을 다뤄보려고 한다. 김영하는 대중적으로 상당히 인기가 많고 이 시대 문화 아이콘 같은 느낌을 주는 작가이니, 김영하 소설을 통해 문학과 독서 환경을 둘러싼 지금의 문화적 상황도 함께 돌아볼 수 있으면 좋겠다. 그리고 오늘은 또 특별히 '비평테이블'의 '젊은 피', 조효원 씨가 함께했다. (웃음) 와줘서 고맙다.

조효원 (웃음) 불러줘서 고맙다.

장성규 반갑다.

박진 조효원 씨는 현재 활발히 활동하고 있는 문학평론가들 중에서 가장 젊은 층에 속하는데, 오늘 좌담에서 김영하 소설을 보는 젊은 독자들의 감수성을 잘 대변해줄 걸로 기대가 된다. 김영하의 『아무도』는 단편집치고는 상당히 좋은 반응을 얻고 있다. 이 책이 대중들에게 이처럼 어필하는 이유는 무엇일까?

장성규 일단, 김영하가 지닌 특징일 텐데, 대중문화적 코드를 굉장히 잘 활용했다는 생각이 든다. 개인적으로는 영화 시놉시스 같다는 인상이 강하게 들었는데, 설정도 기발하고 배경으로 사용된 장치들도 굉장히 세련돼 보인다. 어떻게 보면 CF를 보는 느낌도 든다.

조효원 칭찬인지…….

박진 욕인지? (웃음)

조효원 (웃음) 아, 헷갈린다.

장성규 아니, 그냥 비평이다. (웃음) 어쨌든 간에 지금의 트렌드를 적절히 반영했다는 게 가장 큰 이유인 것 같다. 그리고 두 번째는, 이게 좀 더 흥미로운데, 요즘 스토리텔링 열풍이지 않나? 거기에 딱 들어맞는 소설이란 생각이 든다. 고전적인 소설 개념으로는 잘 파악이 안 되고, '이야기독물'(읽을거리)이라고 부르는 게 더 어울리지 않을끼 싶다. 전에 좌담에서 다룬 베르베르 소설과 비슷하다는 느낌도 들었는데, 이야기 자체에 대한 강조랄까? 재미있고 흥미로운, 신기한 이야기들이 대중들의 코드에 잘 맞았던 거 같다. 그런데 중요한 건, 흔히 말하는 장르소설가나 대중소설 작가가 이런 책을 썼다면 이만큼 어필하지 않았을 텐데, '본격문학'의 정점을 찍었던 김영하라는 작가의 소설이기 때문에 더 큰 호응을 얻기도 했을 것이다.

박진 재미있는 지적이다. 나도 이 책을 읽으면서 베르베르의『파라다이스』를 떠올렸다. 우리 좌담할 때, 다들 베르베르 소설이 훌륭하다고 말하지는 않았지만 이렇게 이야기 그 자체의 재미에 충실한 소설이 우리에겐 너무 없었다는 얘기를 했었는데, 김영하의『아무도』 정도라면 그런 유의 소설이라고 말할 수도 있겠다. 조효원 씨 생각은 어떤가?

조효원 나는 이 책이 이례적으로 인기를 끄는 이유가 '짧음' 때문이 아닐까 생각한다. 물론 이 책 자체가 얇기도 하지만, 김영하가 어떤 동물적인 감각으로 '무르익은 2000년대'의 시간 감각을 그대로 포착했다는 느낌이 든다. 시간 감각이라는 건 나 나름의 화두이기도 한데……. 똑같이 2000년대를 살아도 시간 감각이 80년대에 머물러 있는 사람도 있고, 2010년에 벌써 2020년까지 나아간 사람도 있을 수 있다. 그런데 김영하는 딱 2010년의 시간 감각이 어떤 건지를 소설로 육화해서 보여줄 줄 아는 재능을 가진 작가인 것 같다. '짧음'이란 시간이 압축됐다는 말과도 통한다. 그런데 그게 그냥 '압축'이 아니라, 사실은 그만큼 지루하고 의미 없는 시간들이 늘어났기 때문에 인생이 짧아진 거라고도 할 수 있다. 김영하는 우리 삶의 시간이 이런 식으로 흘러가고 있다는 걸 '고발'하지 않고, 그 시간 감각을 본능적으로 포착해서 '타격'을 가했다는 느낌이다. 그것이 독서의 속도감과도 곧장 연결돼서, 이렇게 가독성 있게 잘 읽히는 게 아닐까 한다.

박진 조효원 씨는 시간 감각이라는 측면에서 김영하의 대중적 호소력을 설명해줬다. 두 분이 지적한 포인트는 달라도 전반적인 인상은 비슷하다. 가볍고 신기한 이야기들, 골치 아프게 파고들지 않고 감각적으로 소재를 다루는 솜씨, 스피디한 전개 등등이 모두 이 소설의 대중성과 가독성을 높이는 요소로 작용하고 있다. 이와 연결되는 문제이겠지만, 각도를 좀 달리해서 이렇게 질문해보자. 이번 소설집의 가장 두드러진 특징을 꼽는다면, 뭐라고 해야 좋을까?

장성규 한마디로 하자면, 기존 소설 장르의 양식적 특성에 대한 전면적인 부정이 아닐까? 수록된 모든 작품들이 특정한 주제의식을 담아내거나, 혹은 형식적 완결성을 지향하고 있지 않다. 이야기의 흥미성을 극대화하는 것에 철저히 초점이 맞춰져 있다. 앞서 말했듯이 김영하는 부정할 수 없는 90년대 '본격소설'의 한 정점인데, 그런 김영하가 소설의 일반적인 '룰' 자체를 부정하고 있다는 점이 가장 눈에 띈다.

조효원 이번 작품만 놓고 말하면, 정말 많이 가벼워졌다는 게 제일 큰 특징 같다. 여행으로 치면, 옷가지나 음식들을 잔뜩 실은 밴을 타고 여행하는 게 아니라 달랑 배낭 하나 메고 자전거로 여행하는 느낌과 흡사히다. 아마도 그 부분은 김영하가 굉장히 많이 노력한 결과인 것 같다. 이건 한편으로는 독자들에게 잘 읽힐 수 있는 무기이자 장점이지만, 다른 한편으로는 아까 말한 시간 감각이 지닌 위험성을 노출하는 측면도 있다고 본다. 십 년 전의 김영하라면, 자꾸 독자들을 멈칫하게 하고 갸우뚱하게 만드는 지점들이 있었을 텐데, 이

번에는 그런 게 거의 없었다. 멈추지 않고 읽게 만든다는 게, 좋게 보면 능력인데 나쁘게 보면 너무 가벼운 게 아닌가, 그냥 읽어치우게 만드는 소설이 돼버린 건 아닌가 하는 생각이 든다.

박진 비슷한 생각이다. 신기하고 기발해서 재밌는 이야기들인데, 그 모든 이야기들이 '사건'이 되지 않고 그저 황당한 '해프닝'에 머무르는 느낌이다. 제목도 무슨 일이 일어났는지는 아무도 '모른다'는 얘긴데, 물론 이 제목은 작가가 직접 정한 게 아니라 트위터 독자 투표로 정한 거라고는 하지만, 어쨌든 그 '모른다'는 사실을 너무 당연한 전제로 받아들이고 있다는 느낌을 준다. 물론 이것이 우리를 둘러싼 세계를 인과적, 논리적, 총체적으로 인식하기 어려워진 시대 상황을 반영하는 징후일 수는 있다. 예전 김영하 소설에도 이런 측면이 나타났었고. 그래도 그때는 아무리 이해하려고 해도 진실을 알 수 없다는 데 대한 자의식이나 냉소 같은 게 드러나 있었다. 그런데 이제는 무슨 일이 일어났는지 굳이 알아야 할 필요가 없다는 식으로, 정작 중요한 걸 덮어버리고 있는 건 아닌가 하는 의심이 든다. 이건 질문을 던지는 일 자체를 너무 쉽게 포기하는 태도일 수도 있다.

조효원 공감이 가는 얘기다. 분명히 소설이 진행되고 무슨 일이 계속 일어나긴 하는데, 그게 과연 문학에서 말하는 '사건'이라 부를 만한 것인지 의문이다. '정말 사건이 일어난 거야?'라는 의구심이 들게 만드는 소설이다. 이게 장성규 씨가 말했던 'CF 같다'는 표현과도 연결되는 특징인 거 같다.

장성규 내가 말실수를 한 거 같은데……. (모두 웃음)

조효원 아니, 너무 인상적이고 적합한 표현이다. 근데 김영하는 그걸 욕이라고 생각하지 않을 수도 있다.

박진 정말, 그럴 수 있을 것 같다. (웃음) 우리 얘기들이 다 서로 맞물려 있는데, 진실이 뭔지 알 수 없는 상황을 통해 찜찜하게 하고 고민하게 만들던 지점들이 이 책에선 다 사라지고 그냥 매끄럽게 이야기 자체를 즐기면서 질문은 더 이상 던지지 않는 태도. 그런 게 조효원 씨의 '너무 가볍다', 장성규 씨의 'CF 같다', 그리고 좀 전에 한 '해프닝 같다'는 말들과 통하는 특징이다. 또 '사건이 되지 못한다'는 표현도 '기존의 소설 양식을 벗어난다'는 장성규 씨 지적과 이어지는 얘기일 것이다.

조효원 엽편소설이라고 하나? 이 책에는 그런 식의 아주 짧은 이야기들도 들어 있다. 물론 독일에 '노벨레'라는 전통이 있긴 하지만, 사실 「바다 이야기」 1, 2 같은 건……. (웃음) 김영하니까 이런 것도 할 수 있다고 높이 사줄 수도 있겠지만, 달리 보면 '쿤데라를 스승으로 삼는다고 공공연히 얘기했던 김영하가 이런 걸 쓰다니!' 하는 생각이 들기도 한다. 양가적인 면이 있는 것 같다.

박진 좀 더 솔직하게, 이런 특징들에 대해 평가를 내려보자. 그래서 이번 소설집은 두 분에게 어땠나?

조효원 피해갈 수 있는 방법이 있는데…… '김영하답다'고 생각했다. (웃음)

박진 조효원 씨가 처음이라 좀 조심스러워한다. (웃음) 그럼 장성규 씨의 평가는?

장성규 솔직히 나는 실망스러웠다. 과거에 김영하가 대중문화적 코드를 가져왔을 땐 소비자본주의에 대한 나름의 날카로운 인식이 작동했고, 이 문제를 다루는 세대론적 감각이 돋보였다. 예컨대 「전태일과 쇼걸」(『호출』, 1997) 같은 작품이 그런데, 같은 영화관에서 〈아름다운 청년 전태일〉과 〈쇼걸〉이 동시 상영되는 소비문화 시대에 대한 김영하의 자의식이 무척 인상적인 소설이었다. 그것이 김영하의 대중문화 수용을 단지 소재적 차원에 국한시키지 않는 힘이었을 것이다. 반면에 이 책에서는 대중문화적 감수성이 단지 소재적 차원이나 기법적 차원에만 한정돼 있어서 CF처럼 소비된다는 느낌이 굉장히 강하게 든다. 물론 기존의 소설 문법과 다른 것이 시도된 데 대해서 부정적으로 평가할 이유는 전혀 없지만, 이렇게 소비되는 이야기라면 대중적 독서코드에 대한 영합이라고밖에 볼 수 없을 것 같다.

이를테면 이야기 중심의 소설이라도 베르베르 특유의 지적인 재미라든가, 에코처럼 하위장르를 통해 철학적 사유를 풀어내는 힘이라든가, 그런 게 전부 소거된 채로 이야기의 가벼움만 남아 있어서, 그런 점이 많이 아쉽다.

조효원 그걸 또 좋게 말하면……. (웃음) 김영하의 변론은 아마 이런 게 아니겠나? '그렇게 흘러가는 게 변화지, 어떻게 항상 같을 수가 있겠나?' 하는 것. 작가의 말에도 '지금의 나보다 더 살아 있는 것은 지금껏 내가 쓴 것들일 것이다'라는 말이 나오는데, 이렇게 완고한 자기동일성을 벗어나고 싶어 하는 태도가 정말로 '김영하스러운' 거라고 말이다. 그런데 이것도 달리 말하면, 가장 넓은 의미에서의 일관성을 부정하는 태도일 수 있다. 작가가 변하지 말아야 할 이유는 없지만 그럼에도 우리가 한 작가에게 기대하는 바가 있게 마련인데, 이런 면에서는 이번 소설집이 그 기대를 채워주지 못한 것 같다. 이전의 김영하 소설에는 소설만이 할 수 있는 것에 대한 고민이 있었고, 그걸 통해 우리를 불편하게 만드는 점들이 있었다. 이에 비해 이번 소설집은 이렇게 멈추지 않고 읽힌다는 게, 아주 나쁘게 말하면 김영하 자신에 대한 변절일 수도 있다고 본다.

박진 조심스럽고 애매하게 말하는 듯하지만, 잘 들으면 또 그렇지도 않다. (웃음) 이번에도 두 분이 '예전에 김영하 소설에서 보았던 것이 지금은 사라졌다'는 비슷한 지적을 해줬는데, 그게 뭐냐에 대해서는 좀 다르게 짚어내고 있는 것 같다. 내가 김영하의 이전 소설들에서 주목했던 것은 기존의 권위적인 문학, 배타적인 리얼리즘 편향의 문학에 대한 도발적인 반항 같은 거였다. 90년대에 김영하가 아주 '껄렁한' 이야기들을 들려줄 때 그게 에너지를 지닐 수 있었던 것은, 이걸 통해 '나는 다른 걸 하겠다'는 자의식이 팽팽히 살아 있었기 때문일 것이다. 그래서 90년대 김영하 소설은 쇼킹한 면이 있었고 상당히 불편하기도 했다. 그런데 지금은 시대가 변해서, 그런 소설들이 이제는 꽤 많아지지 않았나?

장성규 흐름상 대세가 됐다고 할 수 있겠다.

박진 그러다 보니 그걸 통해 뭔가를 찌른다거나 부딪친다거나 할, 그 대상이 없어진 느낌이다. 이번 소설집이 불편하지 않고 편안하거나 쾌적하게 느껴지는 이유도 이와 무관하지 않을 것이다. 사실 나는 원래 김영하가 소비자본주의든 뭐든, 현실 자체를 직접 고민한 사람이라고는 생각하지 않는다. 김영하의 감각이 집중됐던 것은 오히려 문학에 대한 메타적인 관심일 텐데, 자기 글쓰기까지 포함해서 기존의 문학을 가지고 놀고 교란하는 에너지가 이전 소설들에서는 굉장히 강렬했다. 하지만 과거에 자신이 반항하며 해왔던 것이 이제는 대세가 된 상황에서, 그런 에너지가 나오기는 힘들어진 게 아닐까? 그래서, 조효원 씨 표현을 이어받아 말하면, 자기가 해왔던 것과 모양이 비슷해도 이제는 그게 '변절'이 될 수가 있을 것 같다. 변절하지 않고 그 에너지를 유지하기 위해서는 이전의 모습을 바꾸어야 하는 때인데, 그러는 대신에 그대로 흐름을 타고 더 멀리 나가려 한다는 느낌이다.

조효원 김영하가 현실 자체를 노린 작가가 아니었다는 말에 동의한다. 기존 문학의 구차하고 '징징거리던' 정조를 깨고 등장한 소설가라는 점도 이해가 간다. 그런데 사실 나는 김영하 소설을 읽었을 때, 그렇게 쇼킹하진 않았다. 장성규 씨가 세대론 얘기도 했지만, 내가 처음 김영하 소설을 읽었을 때가 대학 초년생으로 막 소설을 읽기 시작하던 때였는데, 그때 내 느낌은 '이럴 수가!' 하는 놀라움은 아니었다. 그보다는 '아, 그렇지!' 하고 상당히 자연스럽게 받아들였다.

박진 조효원 씨가 몇 학번인지?

조효원 00학번이다.

장성규 2000년대 학번이네. (웃음)

박진 (웃음) 할 말이 생각났는데, 우선 효원 씨 얘기를 더 들어보자.

조효원 아, 그래서 내 느낌은, 김영하 소설이 기존 문학에 반항하는 측면도 있었겠지만 더 적절한 표현은 '반항'보다는 '무시'가 아닐까 한다. 김영하가 문학을 하는 근본 태도는 내가 보기엔 세상을 '티 안 나게' 경멸하는 것이고, 그 방법을 스스로 연마하는 작가라는 생각도 든다. 티가 나게 경멸을 하면 매장되거나 안티를 달고 살거나 하겠지만, 김영하는 정말 영리한 작가라서 그걸 티 안 나게 교묘히 해낼 줄 아는 것 같다. 박진 씨 얘기를 내 식으로 바꿔 말하면, 그 경멸의 에너지가 이번 책에서는 매우 약해졌다고 할 수 있겠다. 경멸이나 냉소가 아니라, 무슨 도사님처럼 무관심해졌다고 할까? 내가 느낀 '지나친' 가벼움은 그런 면과 통한다.

박진 어감 차이가 좀 있긴 한데, 비장하게 싸우겠다는 태도는 물론 아니고⋯⋯. 장난하면서 뒤집는 식의 '반항'과 내려다보면서 비웃는 식의 '경멸', 이 두 가지 태도가 김영하의 이전 소설들에 함께 나타난다고도 볼 수 있겠다. 조효원 씨 얘기를 듣다가 생각난 건데, 나는 김영하를 386으로 분류하거나 세대론으로 묶는 데는 별로 공감이 안 간다. 세대론이라는 것 자체가 허구적이거나 획일적인 측면이 있기도 하고. 특히 김영하의 경우에는, 마치 뱀파이어처럼 나이를 안 먹는다는 느낌? 그런 게 있다. 원래는 자기 세대, 자기 또래 팬들과 함께 나이 들어가는 게 보통이지 않나? 대중가수들도 마찬가지고, 그래서 서태지 세대, H.O.T 세대라는 말이 있기도 한데⋯⋯. 김영하는 따지자면 나보다 '윗세대'지만, 내가 20대에 김영하를 읽었을 때 정확히 내 세대 감각이라고 느꼈던 것 같다. 00학번인 조효원 씨도 그랬고, 아마 지금의 대학생들이 『아무도』를 읽을 때도 같은 느낌을 갖지 않을까?

장성규 그럴 수도 있겠다.

박진 그런 면에서, 김영하는 자기 문제의식을 지속적으로 밀고 나간다기보다는 시대에 맞게 계속 변해가는 감각으로 글을 쓰는 작가라고 할 수 있다. 사실 그건 단점이 아니고, 흉내 내려고 해도 잘 안 되는 거라서 아마 부러워하는 사람도 많을 것이다. 그렇지만 이 책을 놓고 봤을 때, 이렇듯 더 이상 에너지가 나오지 않는 이유에 대해서는 더 많이 생각을 해봐야 할 것 같다. 작가 김영하에 대해서도 그렇고, 이 시대의 문화적 상황 전반에 대해서도 그렇고.

조효원 이건 짐작이지만, 김영하가 『네가 잃어버린 것을 기억하라』(2009)는 산문집을 낸 게 작년 무렵이다. 한예종 교수로 있고, 라디오 진행자를 하고, 그러면서 바쁘게 살았던 시기가 지난 다음이다. 작가와 작품을 곧바로 결부시키는 건 문제이겠지만, 작가 김영하가 한국인의 일상을 제대로 체험하고 돌아온 것이 알게 모르게 영향을 미쳤던 것 같다. 자기가 직접 일상을 경험해보고 나니, 세상을 경멸하고 찌르던 그 감각이 느슨해지고 무뎌진 건 아닐지? 그 산문집에 보면 '나는 내가 굉장히 평범하다고 생각했는데, 세상에 나와보니 그게 다른 사람들에게는 너무 특이한 거더라'는 식의 얘기가 나오던데, 어쩌면 역실적으로 일상의 눅눅함이 김영하를 어느 정도 평범에 가까워지게 만들었는지 모르겠다.

박진 생활인으로서의 개인적 체험이 작가 김영하의 '튀는' 컬러를 무난하게 변색시켰다?

조효원 그리고 또 이런 면도 있지 않을까? 김영하 소설은 지금 전 세계로 번역되어 읽히고 있는데, 세계무대에서도 잘 통하는 이야기를 쓰겠다는 의식이 이렇게 매끄러운 이야기를 낳은 이유로 작용한 게 아닌가 싶다.

장성규 나는 김영하 개인의 문제보다는 박진 씨가 던진 또 다른 측면의 문제에 더 관심이 가는데……. 이건 여담이지만, 김영하가 처음 출판한 책『무협학생운동』(1992)이 개인적으로 굉장히 기억에 남는다. 학부 때 우연히 읽게 되었는데, 그때는 이 책이 '금서'였다. 학생운동을 희화화한다고 해서.

박진 학생운동 하는 쪽에서 금서였단 얘기?

장성규 그렇다. 암암리에 그랬던 건데, 금서라서 더 재미있게 읽기도 했다. 남자 주인공은 NL이고 여자 주인공은 PD 계열의 친군데, 이 얘기를 무협 양식으로 풀어낸 소설이다. 권법을 익혀서 광주학살부터 이어지는 학살에 대항한다는……. (웃음) 이렇게 무협지라는 B급 장르와 학생운동의 진지한 변혁 의지를 결합시킨 것, 달리 말하면 형식적인 면과 주제적인 면의 불일치나 모순 같은 게 김영하 소설의 문학적 출발점이자 내적인 힘이었을 것이다. '학생운동'과 '무협지'가 만날 수 있었던 시대가 바로 김영하 소설의 에너지가 뿜어나올 수 있었던 시대였던 셈이다. 문제는 이젠 그런 시대가 아니라는 것이다. 일단 학생운동이 없으니까……. 이건 어쩌면 80년대적 원체험을 문학적 출발점으로 지닌 작가들의 세대론적 문제일 수도 있을 듯하다.

박진 무척 흥미로운 얘기다. 근데 다시 세대론 문제가 나왔다. (웃음)

장성규 나는 김영하 초기작들이 전반적으로 이런 세대론적 감각에 바탕을 둔다고 본다. 아까도 말했던 것처럼 「전태일과 쇼걸」에서 〈아름다운 청년 전태일〉과 〈쇼걸〉이 동시상영 되는 상황에 대한 강렬한 인식 같은 게 386적인 세대 감각이 아닐까 싶다.

박진 그건 굳이 말하자면 70년대생의 세대 감각인데? 386은 '전태일'과 '쇼걸'을 함께 말하지 않을 거 같고…….

조효원 맞다. 386은 '쇼걸'이 있음을 알고도 애써 부인하려 들지 않을까?

장성규 그런가?

조효원 우리가 지금 386을 너무 단순하게 일반화하고 있나? (웃음)

장성규 (웃음) 아무튼 김영하의 경우에는 정치적인 감각은 386이면

서 문화적인 감각은 90년대다운 면이 있는 것 같고, 정치적인 진지함과 문화적인 발랄함의 충돌이 90년대 문학에서는 가능했다고 본다. 「삼국지라는 이름의 천국」(『호출』)에서도 김영하는 혁명의 좌절과 386들의 전향에 대해서 특유의 자폐적 냉소로 대응하고 있는데, 이런 무거운 문제를 PC 게임을 통해 가볍게 풀어나가는 모습이 인상적이었다. 그런데 그 특유의 냉소가 구체적인 현실에 대한 부정의 상상력으로 이어지지 못하고 현실을 쉽게 초월해버리게 되면 더 이상 에너지를 뽑어낼 수 없을 것이다. 어떠한 문화적 징후건 간에 현실과의 팽팽한 긴장감이 유지될 때 진정성을 획득하는 법인데, 지금은 과거와는 달리 그 긴장감이 유지되기 어려운 시대인 것 같다.

박진 장성규 씨가 의미심장한 지적을 해주었다. 우리 그 얘기를 가슴에 담고, 김영하의 문화적 감각과 90년대 김영하 소설들이 지닌 의미에 대해 좀 더 이야기를 나눠보자. 김영하는 처음 등단했을 때부터 '신세대'라는 이름표를 달고 다녔고, 지금도 여전히 '최첨단'의 이미지를 지니고 있다. 여기에는 얼리 어댑터(early adaptor)다운 미디어 감각이 큰 역할을 했을 것이다. 김영하는 실제로 PC 통신에서 작품 활동을 시작한 작가이기도 하고, 발 빠르게 영화판에 진출하는가 하면 지금은 명실상부한 멀티콘텐츠 작가가 됐다. 트위터는 물론이고 일인방송 팟캐스트에도 흠뻑 빠져 지낸다고 들었다. 소설에도 그런 면이 잘 나타나는데, 호출기가 처음 등장했던 「호출」(『호출』, 1997)이나 PC 통신 동호회를 소재로 한 「피뢰침」(『엘리베이터에 낀 그 남자는 어떻게 되었나』, 1999, 이후 『엘리베이터』), 인터넷 퀴즈방과 서바이벌 퀴즈 프로그램을 끌어온『퀴즈쇼』(2007) 등은 김영하의 앞서가는 미디어 감각을 잘 보여준다. 그런데 이런 면에 주목해도 김영하의 90년대 소설과 2000년대 소설은 좀 다른 의미를 지닐 것 같다.

장성규 그렇다. 일단 김영하는 소설가라기보다는 일종의 문인-엔터테이너라는 느낌이 강하다. 쉬크하면서도 지적인 문화평론가의 이미지와 미디어에 대한 대중들의 수요가 맞아떨어지면서 김영하라는 문화적 아이콘이 만들어졌다고 본다. 그런데 90년대 김영하 작품에 등장하는 PC 게임, 영화, 삐삐 등의 코드는 당시 개체들을 소비주체로 호명하는 사회구조의 변화를 정확하게 반영하는 징후로서 작동했다. 문화적 감수성이 단지 소재적 층위에서 소비되는 것이 아니라, 그 이면까지 돌아보게 하는 인식으로 나아갔다는 점에서 90년대 김영하 소설은 의미가 깊다.

박진 「호출」은 정말, 삐삐의 등장 자체가 신선한 일이기도 했지만, 그 새로운 소통의 미디어가 실은 얼마나 나르시시즘적인지를 민감하게 포착해냈다는 점에서, 미디어에 대한 반성적 성찰까지 포함하는 소설이었다.

장성규 그런데 2000년대 들어서면서 김영하 소설에서 이러한 문화적 전위성이 상당히 약화됐다.『오빠가 돌아왔다』(2004)에 수록된 작품들은 우스꽝스러운 세태묘사 이상의 의미를 지니기 어렵고,『검은꽃』(2003)에서 시도된 '대문자 역사'의 해체라는 문제의식은 결국 역사적 허무주의에 귀속되는 양상을 보인다.『퀴즈쇼』역시 '잡퀴방'이 지니는 문화적 특성을 소재적으로만 차용하고 있다는 느낌이 든다. 그나마 『빛의 제국』(2006)에서 흥미로운 문화적 코드들을 찾아볼 수 있는데, 예컨대 『중국의 붉은 별』을 읽으며 페티시즘을 떠올리는 장면이나, 남파간첩이 귀환 명령을 받고 MP3를 가져갈까 말까 고민하는 장면 등등이 그렇다. 하지만 이러한 문화 코드들도 사회적 징후를 포착하는 데까지 나아가지는 못하고 있다.

박진 공감이 간다. 기존 문학에 대한 도전의 측면에서도, 90년대 김영하 소설의 의미는 매우 각별하다. 『호출』이나 『엘리베이터』 같은 김영하의 90년대 소설집은 그 자체로 무척이나 파격적이었고, 지금 돌아보면 2000년대적인 특징들을 상당 부분 포함하고 있다. 거칠게 말해서 2000년대 소설이 90년대 김영하 소설의 후계자라 할 수도 있겠는데, 김영하 소설이 없었다면 2000년대 소설이 나올 수 없었을 것이라고 말해도 좋을 정도다. 『호출』에 실린 「도마뱀」 「내 사랑 십자드라이버」 「총」 「거울에 대한 명상」 등과 『엘리베이터』에 들어 있는 「사진관 살인사건」 「흡혈귀」 「피뢰침」 「비상구」 「고압선」 등이 다 그렇다. 이기호나 정이현 등의 탈내향적 1인칭 화자('내면'이 없는 1인칭 화자), 박민규의 판타지적 상상력, 김중혁의 사물들에 대한 마니아적 애호와 페티시적 특성들이 여기 이미 다 들어 있다. 특히 「흡혈귀」는 한국 상업영화에서도 뱀파이어가 등장하기 훨씬 전에 나온, '본격문학' 최초의 뱀파이어 이야기다. (웃음) 추리-스릴러 문법의 전면적인 도입 역시 지금이야 너무 익숙하지만, 90년대로서는 무척 이례적인 것이었다.

장성규 신경숙이나 윤대녕으로 대표되는 내면 고백의 촉촉한 소설들 속에서, 그런 흐름을 거스르고 엎어놓았던 김영하의 소설들은 정말 상당히 문제적이었다.

박진 맞다. 신경숙, 윤대녕 같은 소설들이 어떤 면에서는 나르시시즘적이었고 그 안에 잠겨 있는 경향을 드러냈다면, 김영하의 『나는 나를 파괴할 권리가 있다』(1996) 같은 소설은 그 나르시시즘을 위에서 내려다보고 있다는 느낌이 든다. 이 소설을 가지고 90년대 문학의 키워드를 나르시시즘으로 보는 평문들도 있었던 것 같은데, 김영하의 소설은 90년대가 그런 문화적 코드를 지니고 있다는 것을 간파한 자의 자의식이랄까, 메타적 시선 같은 걸 지니고 있어서 '90년대적인 것'을 넘어서 있다고도 말할 수 있다. 「호출」의 빠른 미디어 감각이 미디어에 열광하는 자의 시선이 아니라 그 이면을 꿰뚫어보는 시선을 지닐 수 있었던 것도 이런 거리 감각이나 메타적 관점 때문에 가능한 게 아닐까 싶고.

장성규 전적으로 공감한다. 그런데 2000년대 김영하 소설에선 그런 점들이 별로 보이지 않는다. 『오빠가 돌아왔다』 이후로 김영하 특유의 냉소적 에너지가 약화된 것도 그런 면과 관련이 있을 것이다.

조효원 나는 사실 90년대 김영하와 2000년대 김영하의 차이는 잘 모르겠다. 아까 말한 대로 직업을 바꾸기 전, 2005년 무렵의 김영하와 그 이후의 김영하가 다르다는 느낌이 훨씬 강하다. 그 이전의 김영하는 어떤 인터뷰에서 직접 말했듯이, '리얼리즘이 리얼하지 않다는 사실'을 발견하고 그 인식을 소설로 풀어내는 작업을 했다고 생각한다. 문학은 물론 허구지만 다들 그것이 현실을 따라가는 허구라고 생각했다면, 김영하는 활자로 이루어진 세계를 두고 '이게 바로 현실이다'라고 말하는 작가라는 점에서 주목할 만했다고 본다. 그런데 그 이후의 김영하는 생활인으로서의 삶을 경험하고 돌아오면서 오히려 부정적인 의미에서 현실에 밀착하게 된 듯하다.

박진 그럼 조효원 씨는『아무도』부터 김영하 소설이 달라졌고, 그 이전 소설들에는 별 차이가 없다고 느끼는 건가?

조효원 그렇다.

박진 아, 그렇구나. 이번 소설집이 유난히 좀 그렇긴 한데……. (웃음) 그럼 김영하 소설 중에서 제일 좋아하는 작품은 뭔가?

조효원 나는「당신의 나무」(『엘리베이터』)다.

박진 정말? 그거 제일 김영하답지 않은 소설인데? 심각하게 무게 잡고 분위기 잡고 그래서 나는 사실 별로인데.

조효원 나는 오히려 '이 작가가 이런 것도 할 수 있구나' 하는 느낌이 좋았다.「당신의 나무」는 특히 시간 감각에 대한 또 다른 고민을 보여준다는 점이 인상적이었다. 한편에는 한 여자가 자기를 집요하게 쫓아오는 관계의 급작성과 숨 막히는 시간의 속도가 있는가 하면, 다른 한편에는 아주 느린 9백년의 시간이 있다. 그 두 가지 시간 감각을 대비시키면서 시간의 양태가 변하는 것을 보여주는 소설이다. 『아무도』에는 순간성만 있고 이 시대의 시간 감각이 그대로 체화된 점이 아쉬웠다면, 이 소설은 짧아서 길고 길어서 짧은 시간의 역설과 신비를 담고 있다.

박진 시간의 문제가 역시 조효원 씨에게 무척 중요한 테마인가 보다.

조효원 박진 씨는 어떤 소설이 좋은가?

박진 나는 아까 말한 이유에서 처음 두 단편집『호출』과『엘리베이터』에 실린 단편들이 좋다. 장성규 씨는?

장성규 『호출』. 두 소설집 중에서도 이게 더 충격적이었다. 신경숙, 윤대녕 같은 소설들 속에서 '이런 것도 소설인가?' 싶고 상당히 놀라웠다.

조효원 아, 충격적인 걸 좋아하는구나. (웃음)

박진 이렇게 취향이 갈리네. (웃음)

조효원 나한테는 사실 두 소설집이 전혀 충격적이지 않아서…….

박진 조효원 씨가 김영하의 90년대 소설집을 읽은 게 언젠가? 00학번이니까 대학 들어가기 전에 나온 책인데.

조효원 『오빠가 돌아왔다』가 나왔을 때 김영하를 처음 읽었고, 이전 소설집은 그 후에 읽었다.

박진 그럼 윤대녕이나 신경숙 소설도 책이 막 나왔던 90년대에 동시적으로 읽고 반응한 건 아니겠다.

조효원 그렇다. 나중에 몇 권 읽었는데, 전혀 정서적으로 공감하지 못했다.

박진 90년내석인 것이 조효원 씨한테는 이미 문학사적 과거였구나! 세대 차이가 여기서 이렇게 나타난다. (웃음)

조효원 김영하 소설이 내게 쇼킹하지 않았던 이유가 그런 데 있는지도 모르겠다. 나는 그 이전과의 단절이나 변화를 경험한 게 아니라 그냥 그 속에 있었으니까.

박진 그렇겠다. 이해가 간다. 어쨌든 김영하 소설이 90년대 문학의 지형을 변화시킨 지점, 나는 거기에 김영하 소설의 의의가 있다고 생각한다. 김영하 소설의 문화적인 의의가 가장 빛났던 시기에 김영하 소설의 문학적 의의도 있는 거라고. 아까 장성규 씨가 잠깐 언급했지만,『검은꽃』이나『빛의 제국』같은 2000년대 소설에서도 사실 그런대로 문화적 의미를 찾아볼 수는 있다.『검은꽃』이전에 김훈의 『칼의 노래』가 나와서 역사소설 붐을 선도하긴 했지만, 이렇게 역사를 '텍스트'로 보고 '구멍'으로 보는 포스트모던한 역사관이 등장한 건 이 소설이 처음이었다.『빛의 제국』도 북으로 귀환할 것인가 남쪽에 남을 것인가 하는 비장한 선택을 썰렁하고 초라하게 희화화하고 있다는 게 그런대로 흥미로운 소설이다. 이 소설을 최인훈의『광장』과 비교하면서 분단과 이데올로기 문제를 다룬 묵직한 소설이라 말하기도 하던데, 실은 그런 소설들을 가볍게 비틀고 패러디한 소설로 보는 게 더 어울릴 것이다. 2000년대에 나온 장편들에도 이렇게 김영하다운 면이 있기는 한데, 그게 양식적인 면으로만 남아 있고 예전의 그 에너지는 점차 약화되고 있는 것 같다.

장성규 『빛의 제국』에서 정말 아쉬운 점은 이런 거다.『나는 나를 파괴할 권리가 있다』에서는 화가들의 그림 같은 문화적 요소들이 서사적으로 긴밀하게 활용되고 그 의미에 대해 다시 생각해보게 하는 지점들이 들어 있었다. 그런데『빛의 제국』에서 마그리트의 그림은 단지 마지막 장면의 묘사를 위해서만 사용됐을 뿐 다른 의미를 찾기 어렵다.『퀴즈쇼』는 더 심하다. 나도 한때 '퀴즈방'에서 놀아본 경험

이 있긴 하지만……. (웃음) 나는 이 소설이 굉장히 황당하다고 생각했다. 예전의 김영하라면 이런 소재를 가져와서 인터넷 문화가 지닌 새로움이나 여기에서 발생하는 사회적 구조 등에 대해 뭔가 이야기를 했을 텐데, 이 소설은 무슨 얘기를 하려는 건지 도무지 알 수가 없다. 하위문화 같은 걸 계속 차용하고는 있는데, 의미부여가 안 된다.

박진 『퀴즈쇼』에서는 인터넷 퀴즈방이라는 소재를 취하고, 거기에 고시원이라는 공간을 합쳐서 자살하는 옆방 여자 얘기도 끌어오고, 그리다가 중산에 또 완전히 딴 데로 빠져서……. (웃음) 가상현실인지 사이비 집단의 사기극인지 목숨을 건 리얼 서바이벌 게임인지 알 수 없는 이상한 상황을 연출한다. 이 정도로 이질적인 걸 뒤섞어놨다는 게 흥미롭긴 하지만, 나 역시 뭔가 노리는 게 없어 보여 허탈하고 황당했다. 그냥 신기한 이야기가 되면서, 그렇게 『아무도』를 향해

가고 있는 느낌이다.

조효원 세상을 향해 냉소와 거짓말로 대응하는 힘이 약해졌다고 볼 수 있겠다. 이미 판이 바뀌었으니까. 이전에는 김영하 소설을 읽으면서 '문학이 할 수 있는 게 이런 거지' 하고 공감하는 측면이 있었는데, 『아무도』에 와서는 전혀 그렇지 않았다. 내 감각이 변했는지도 모르겠지만, 확실히 김영하도 예전과는 달라졌다.

장성규 김영하는 90년대 중후반에 혜성처럼 등장하면서 뭐랄까, 거대담론의 몰락과 그 안에서 이루어지는 개체의 정치학이나 문화정치라는 패러다임에 굉장히 잘 부합하는 작가였던 것 같다. 그런데 2000년대에 들어오면서 문화정치라는 패러다임 자체가 상당히 약화됐다는 생각이 든다. 신자유주의의 전면 공세 속에서 하위문화의 전복성이 상품으로 포획되는 시기이기 때문일 텐데, 이런 상황으로부터 과연 김영하가 자유로울 수 있을까? 그게 90년대와 2000년대 김영하 소설의 차이가 아닐까 한다.

박진 혹시 김영하와 비교할 만한 90년대의 다른 작가가 있는지?

장성규 우선 백민석이 떠오른다. 그의 작품들이 보여준 하드코어적 하위문화와 이를 통해 주류질서를 전복하려는 상상력은 김영하 초기 소설의 문제의식과 일정 부분 공통되는 지점이 있다고 본다. 유하 역시 대중문화적 코드를 통해 현실에 대한 강렬한 부정의식을 보여준다는 점에서 유사한 경우로 볼 수 있겠다. 그런데 흥미로운 것은 이들이 모두 더 이상 문학 활동을 하지 못하고 있다는 점이다. 백민석은 작품 활동을 접은 지 오래고, 유하는 영화 쪽에 더 관심을 갖지 않나? 바꾸어 말하면 문학적 틀 안에서 이루어지는 하위문화의 전복적 기획이 이제는 유효하지 않다는 점을 방증하는 것이기도 하다.

박진 마음에 와 닿는 말이다. 그렇지만 우리가 지난달에 다뤘던 주원규나 임성순 같은 작가들은 하위문화와 대중문화적인 것을 가져와서 자본주의 시스템이라든가 계급의 문제 같은 걸 건드리고 있지 않나? 하위문화 그 자체가 전복적이진 않지만 그걸 통해 무언가를 말하려고 끙끙거리는 시도들이 이렇게 이루어지고 있는데, 김영하의 최근 소설에선 그런 걸 찾아보기가 어려웠다.

장성규 하위문화를 가져올 때 어떤 자의식이나 문제의식을 지니고 있는지가 중요할 것 같다. 문화적 징후들을 현실 속에서 날카롭게 인식하고, 이를 새로운 문법으로 형상화하려는 의식적인 노력이 더욱더 절실하다. 개인적으로는 윤이형의 게이머-소설 같은 실험이 중요하다고 본다. 이런 실험이 좀 더 확장되지 않는다면, 하위문화의 전복성이 상실된 이야기독물만이 남을 것이다. 김영하의 이번 책이 주는 가장 큰 아쉬움이 여기에 있다.

조효원 김영하와 비슷하게 자기 색깔을 카멜레온처럼 바꿀 수 있는 작가가 박민규일 텐데, 그래도 박민규 소설은 지금 상당히 분투하고 있다고 본다. 김영하가 지쳐가는 건지도 모르고. 그럼에도, 김영하 소설의 존재 자체는 우리 시대 한국문학의 수성(守成)을 위해서 매우 중요한 의미를 지닌다고 생각한다. 다시 말해 김영하가 무너지면 한국문학은 치명적인 위기를 맞을 수 있다고 본다.

박진 잘 알겠다. 오늘 김영하 소설을 통해 둘러본 이 시대의 문화적 풍경은 세련되고 화려하지만 위태롭고 공허해 보이는 게 사실이다. 스토리텔링과 구별되는 문학의 정체성을 말하기 어려워진 시대, 문학에서 재미 그 이상을 추구하는 것이 촌스러워 보이는 시대, 작가가 엔터테이너나 대중 스타가 된 시대 등등. 물론 이런 시대를 거스름으로써 작가의 길을 걷는 좋은 소설가들도 있다. 개인적으로는 배수아 같은 작가가 그렇다고 생각하고, 좀 다르지만 김연수 역시 스토리 자체가 아닌 언어와 글쓰기에 대한 자의식을 강하게 보여준다는 점에서 그런 작가라고 할 수 있겠다. 그렇다고 반드시 시대 분위기를 거슬러가야만 하는 건 아닐지 모른다. 이 시대의 문화적 상황 안에서 그 감각들과 함께 가면서도 어떤 팽팽한 긴장감과 들끓는 에너지를 품는 일이 불가능하지는 않을 것이다. 좀 전에 언급된 여러 작가들에게서 그 가능성을 찾아볼 수 있다. 김영하도 예전에 그랬듯이 지금도 계속, 그런 에너지를 지닌 작가가 되어주었으면 하는 바람을 쉽게 접을 수 없다. 김영하의 다음 소설에서는 시대의 흐름을 타고 유유히 흘러가는 것 이상의, 또 다른 변화된 모습을 발견할 수 있길 기대해본다.

●조효원

문학평론가, 2008년 〈세계일보〉와 『문학동네』를 통해 등단했다. 현재 서울대 독문과 박사과정에 재학 중이다. 조르조 아감벤의 『유아기와 역사』를 번역했고 야콥 타우베스의 『바울의 정치신학』을 번역하는 중이다. 남들이 알려주지 않은 공부의 길을 뚫고 나가려 애쓰고 있다.

12

'내면성의 문학'
어떻게 변화했는가?

『A』하성란
『바람이 분다, 가라』한 강
조경란『복어』조경란

장소: 대학로 '코끼리공장'
시간: 2010년 11월 22일 오후 4시~7시
참여: 박진, 김남혁, 장성규

김남혁 만나서 반갑다. 오늘 우리는 여성작가들의 신작 장편을 놓고 이야기를 나눌 것이다. 하성란의 『A』(자음과모음, 2010), 한강의 『바람이 분다, 가라』(문학과지성사, 2010), 조경란의 『복어』(문학동네, 2010) 이렇게 세 편이다. 이들 세 작가는 비슷한 연배이고, 또 비슷한 시기에 등단해서 90년대 이른바 '내면성의 문학'이란 흐름 안에 놓여 있는 작가들이기도 하다. 먼저 이들 세 작가의 이전 소설들 중에 개인적으로 흥미롭게 생각했던 작품이 무엇인지 알고 싶다.

장성규 세 작가 중에 개인적으로 하성란 씨의 작품을 좋아한다. 하성란 소설 중에서 먼저 「곰팡이 꽃」(『옆집여자』, 1999)이 떠오른다. 매우 디테일한 묘사가 인상적이었다. 나아가 쓰레기봉투 하나에 대한 묘사를 통해 현대사회의 라이프스타일에 대한 비판적 인식까지 보여주는 문체의 힘에 압도되었던 기억이 강하게 남아 있다.

박진 나 역시 하성란의 이전 단편들이 좋다. 「곰팡이 꽃」 말고도 「옆집여자」 「악몽」 「즐거운 소풍」(이상 『옆집여자』), 그리고 「푸른 수염의 첫 번째 아내」 「파리」 「기쁘다 구주 오셨네」 「고요한 밤」(이상 『푸른 수염의 첫 번째 아내』, 2002) 등이 기억에 남는다. 평범하고 일상적인 삶 속에 숨어 있는 폭력성과 괴물 같은 악마성을 고요하고도 섬뜩하게 드러내는 소설들이다. 특히 『푸른 수염의 첫 번째 아내』는 독자들에게 꼭 권해주고 싶은 단편집이다. 편혜영의 두 번째 단편집 『사육장 쪽으로』 이상으로 일상의 악몽을 생생히 그려낸 소설들이다.

김남혁 우리 모두 하성란 소설의 애독자인가 보다. 보통 '현미경적 묘사'라고 표현되곤 하는 하성란 소설의 기법적 특성을 장성규 씨가 언급해주었다. 하성란은 이런 방식의 묘사를 통해 사태에 대해

꽤 집요하게 접근한다. 그런데 이런 접근 방식은 기억을 통해 과거의 사실에 접근할 때도 비슷하게 작동된다. 이를테면 「강의 백일몽」(『웨하스』, 2006)이나 「알파의 시간」(『2009 현대문학상 수상소설집』) 같은 소설들은 과거를 끈질기게 기억하는데도 불구하고 완전히 복구할 수 없는 기억 불가능한 지점들을 보여주는 소설이다. 그렇지만 하성란의 소설은 그 기억 불가능한 지점들 때문에 진실은 없다는 식의 차가운 냉소에 빠지는 대신, 자기동일성으로 구축된 진실을 반성하게 하고 나아가 타자를 더 많이 이해하게 하는 계기를 마련해준다. 하성란의 이전 소설들에 대해서는 이 정도로 하고, 못다 한 이야기들은 조금 있다가 신작 『A』와 함께 말해보자. 조경란과 한강의 이전 소설들은 어떤가?

장성규 조경란의 경우에는 데뷔작인 『식빵 굽는 시간』(1996)이 기억난다. 아마 당시 함께 신인상을 수상했던 김영하의 『나는 나를 파괴할 권리가 있다』와 대비되어 더욱 그런 것 같다. 간결하면서 여운이 남는 작품이라고 기억한다. 다양한 빵들의 이미지와 결부된 각 장의 구성도 깔끔했었다. 한강 소설로는 『검은 사슴』(1998)이 떠오른다. 뭐랄까, 공감은 잘 되지 않았지만 예술의 구도적 성격이랄까, 이런 것을 착실하게 파고드는 작가라는 느낌이 강했다. 모두 다른 개성을 지니고 있지만, 특히 문체의 힘이 인상적이었다는 기억이 공통적이다. 그렇지만 이런 문제제기도 가능할 것 같다. 하성란을 포함해서 이들 세 작가는 90년대 문학의 새로운 장을 열었던 작가들임에는 분명한데, 조경란 소설과 한강 소설은 문제의식이 조금 반복되는 것은 아닌가 하는 생각이 든다.

박진 비슷한 생각이다. 조경란 소설은 『식빵 굽는 시간』과 『불란서 안경원』(1997)에서부터 강조됐던 가족, 소통, 죽음 같은 키워드들을 반복해온 경향이 있고, 한강 소설은 『내 여자의 열매』(2000)에 도드라져 보이는 식물성과 여성성의 세계를 고집해온 듯한 인상을 준다.

김남혁 그런 한계는 흔히 '내면성의 시대'라 불리는 90년대 문학 전반의 문제와도 통할 것이다.

박진 그렇다. 정치, 사회, 역사 같은 큰 틀에 주목하느라 주의를 기울이지 못했던 실존적 문제들에 눈을 돌리고 거대담론으로 포착할 수 없었던 내면의 미세한 결들에 집중하는 90년대 문학은 당시로서는 신선하기도 했고 우리 문학의 지형을 변화시키는 의미 있는 움직임을 보여줬다고 생각한다. 그러나 점차 비슷비슷한 이야기를 반복하는 상투성에 빠져들기도 했고, 또 개인의 내면에 미치는 사회적 문제의 긴밀한 작용을 간과하고 문학적 관심의 영역을 한편으로 치우치게 만드는 한계를 드러내기도 했다. 이후 2000년대 문학은 개인과 사회, 주체와 타자의 관계를 다른 방식으로 고민하고 형상화하는 방향으로 나아가고 있고, 또 그래야 할 것이다. 그런 의미에서라면 90년대적 맥락에서 특수한 의미를 지녔던 '내면성의 문학'이라는 좀 이상한 수식어는 더 이상 필요하지 않을지도 모른다. 좋은 문학은 어떤 식으로든 인간의 실존과 내면의 문제를 건드린다는 점에서도 그렇고, 자족적이고 폐쇄적인 내면성의 세계란 어디에도 없다는 뜻에서도 그렇고.

김남혁 장성규 씨와 박진 씨의 말에 오늘 우리가 모인 이유가 담겨 있는 것 같다. 이번 좌담은 90년대를 대표했던 여성작가들의 작품세계가 2000년대 이르러 어떻게 변화되었는지 살펴보는 데 일차적인 목적이 있다. 하지만 더 중요한 목적은 이들 작가들의 작품을 통해서 2000년대 문학이 개인과 사회, 주체와 타자의 관계를 어떻게 그리는지 알아보는 데 있다. 그렇다면 먼저 한국문학이나 이들 작가들의 작품을 2000년대에 처음 만난 독자들을 위해 90년대 문학의 한 특징을 설명하는 말인 '내면성의 문학'이 무엇이고, 어떤 가능성과 한계를 지녔는지 좀 더 설명할 필요가 있을 것 같다. 세 작가와 관련해서 간단한 설명을 부탁한다.

장성규 글쎄, 내면성이라는 말 자체가 광범위해서……. 한편으론 이 작가들이 내면성의 문학이라는 틀로 모두 수렴될 수 있는지도 의문이다. 일반적으로 90년대에, 과거 80년대 리얼리즘 문학의 급속한 퇴조 속에서 개체의 내면 고백이나 존재에 대한 탐색 등이 주된 화두로 등장했고, 이를 내면성의 문학이라고 지칭하는 것 같다. 조경란은 데뷔작부터 오늘 다룰 『복어』까지 지속적으로 '태생'의 문제를 집요하게 파고든다. 이 과정에서 초점은 '나'란 누구인가에 대한 작가의 고백으로 모아진다. 한강의 작품들은 내면의 심연에 놓인 '기억'의 문제를 그녀 나름의 예술관과 연계시켜 형상화하는 경향이 있다. 이들은 문학과 예술의 근본적인 주제 중 하나인 '존재'에 대한 탐구를 보여준다는 점에서 나름의 의미를 지닐 수 있을 것이다. 그러나 개인적으로는 이러한 작업이 다소 일반론적인 데 머물러 있는 것은 아닌가 싶다. 존재의 유한성과 구도로서의 예술이라는 메시지는 지나치게 뻔한 얘기가 될 수도 있지 않을까? 조금 극단적으로 표현하자면, 이미 1920년대에 김동인이 보여준 인식에서 벗어난 지점이 무엇인지 잘 모르겠다는 평가도 가능할 것이다. 하성란의 경우는 이와는 조금 구별되는 것 같고, 그래서 하성란의 작품을 내면성의 문학으로 평가하는 것 자체가 다소 어렵다고 생각한다.

박진 세 작가 가운데 90년대적인 내면성의 문학이란 말에 가장 잘 들어맞는 작가는 조경란일 것이다. 세상으로부터 차단된 채 상처받지 않기 위해 몸을 웅크리고 하염없이 자기 안을 응시하는 여리고 깊은 눈길 같은 것. 안경점의 통유리 안에서 자기만의 세계를 지키려 하는 「불란서 안경원」(『불란서 안경원』)의 '나', 다른 사람을 위해 짜던 스웨터를 풀어 자기 옷을 뜨개질하는 「나의 자줏빛 소파」(『나의 자줏빛 소파』, 2000)의 '나'가 90년대 문학의 징후로서의 내면성을 단적으로 보여준다. 그런데 장성규 씨도 언급했듯이, 특히 하성란 소설은 내면성이라는 규정에 잘 어울리지 않는다고 생각한다.

김남혁 하성란의 소설에도 유폐된 개인이 세상과 단절된 채 살아가는 것이 종종 등장하지 않는가?

장성규 하성란 소설에서 핵심은 단지 유폐된 개인의 삶을 보여주는 데 있지 않고 그러한 개인을 보여주는 방식에 있다. 극사실주의적 묘사라고도 언급되는 그녀의 묘사는 단순히 대상을 치밀하게 그리는 것에 그치지 않고 대상의 묘사를 통해 그 이면의 다양한 진실에 대해 고민하게 만든다. 이러한 묘사를 통해 하성란 소설은 한강이나 조경란 소설과 다르게 현실에 대한 나름의 사유를 표현한다고 본다. 그런 면에서 하성란은 내면성이라는 프레임에 한정되지 않는 작가라고 생각한다.

박진 덧붙이자면, 하성란 소설이 "현실에 대한 나름의 사유"를 표현한다고 할 때, 그 같은 문제의식을 곧바로 리얼리즘적이라고 한정할 수는 없다. 하성란의 극사실(hyper-real)적 묘사는 리얼리즘의 강화가 아니다. 미술사에서도 그렇듯이 극사실주의와 초현실주의는 통하는 점이 있는데, 하성란 소설의 과장된 극사실적 묘사에는 자연스러운 리얼리티 감각을 교란하고 파열시키는 지점이 있다. 사실적이라는 게 무엇인지 질문을 던지고 재현의 리얼리티를 회의하는 지점들이 인상적으로 나타난다. 하성란의 『웨하스』에 담긴 환각적인 분위기의 소설들(「극지호텔」「강의 백일몽」 등)은 이 점을 더 분명하게 보여준다.

김남혁 좋은 문학은 어쩌면 '무슨무슨 문학'이라는 식으로 문학의 의미를 포장하는 수사를 넘어서는 것들인지 모르겠다. 박진 씨와 장성규 씨의 말대로 이들 소설이 내면성의 문학의 한 특성을 공유하면서도 '내면성'이라는, 그렇게도 광범위한 카테고리를 비좁게 여기는 것 자체가 이들 소설이 새로운 소설로 언급될 가치가 있음을 말해주는 것 같기도 하다. 그럼 본격적으로 이들의 신작에 대해서 말해보자. 어떻게 읽었는가?

박진 한강의 『바람이 분다, 가라』와 하성란의 『A』는 무척 흥미로웠고, 조경란의 『복어』는 좀 식상하고 실망스러웠다. 조경란 소설에서는 존재론적 고독과 죽음에 대한 본능적 친화 같은 게 잘 와 닿지 않았고, 자살 충동에 시달리던 여주인공이 삶으로 돌아서는 대목도 별로 공감이 가지 않았다. 예술적 창조성과 죽음 충동을 신비화하는 측면이 마음에 걸린다. 남녀 주인공의 사랑에 대해서도 지나치게 감상적이거나 운명론적인 관점을 보여주지 않나 생각한다.

장성규 나 역시 하성란의 『A』가 흥미로웠다. 유사종교 사건이라는 흥미로운 소재와 추리적 기법이 겹치면서 읽는 이의 상상력을 자극하는 작품이었다. 소규모 공동체라고 할까, 그런 코뮌적 가능성은 물론 그 불가능성까지 인식하고 있다는 점이 인상적이었다. 한편 박진 씨와 다르게 한강의 『바람의 분다, 가라』는 그녀의 이전 작품인 『검은 사슴』의 반복이라는 느낌이 강하게 들었다. 미술 모티프의 전면화도 그렇고, 궁극적인 예술관에 대한 작가의 사유 역시 십여 년 전과 동일하다. 그래서 조금은 실망스럽기도 했다. 한강은 어떻게 보면 자폐적인 예술가 상을 그리는 데 집중하는 듯하다. 물론 나름의 무게감을 지닌다고 생각하지만, 역시 우리 시대의 현실 속에서 진행되는 고민이라기보다는 공허한 진공 상태에서의 작업이 반복된다는 느낌이 강하게 드는 것이 사실이다. 조경란의 『복어』는 마지막 결말에서 나소 힘이 빠지는 느낌이었다. 뭐랄까, 정작 복어가 지닌 '독'이 너무 쉽게 두 사람의 만남으로 해소된다는 느낌이 들어서 아쉬웠다.

김남혁 재미있는 표현이다. 일단 박진 씨와 장성규 씨는 하성란의 작품은 흥미로웠다는 점에서, 조경란의 작품은 조금 실망스러웠다는 점에서 의견이 일치하고, 한강의 소설에 대해서는 박진 씨와 장성규 씨 의견이 엇갈리는 것 같다. 그렇다면 먼저 한강 소설에 대해서 이야기해보는 게 재미있을 것 같다. 『바람이 분다, 가라』는 서인주의 죽음과 관련된 진실을 찾아내려는 추리소설같이 읽히면서도 다성적 목소리의 화자가 등장하고, 서사의 시간이 비일관적이며, 우주의 탄생이나 미술작품과 관련된 서술이 정교하게 등장한다. 이처럼 추리소설과 어울리지 않아 보이는 장치들이 소설에서 어떤 역할을 하는지 궁금하다.

장성규 한강 소설에서 추리적 요소는 이미 『검은 사슴』에서부터 등장하지 않았나 싶다. 한강에게 추리적 기법은 일반적인 추리소설의 그것과는 구별되는 양상을 띤다. 일반적인 추리가 사건의 '해명'에 초점을 맞춘다면, 한강의 추리는 사건을 미궁으로 끌고 가면서 현실을 상대화하는 기능을 한다. 그녀에게 중요한 것은 사건의 해명이 아니라, 오히려 어떠한 사건도 해명될 수 없다는 특유의 세계 인식을 표현하는 것 같다. 추리가 불가능한 세계라고 할까? 한강 특유의 세계 인식인데, 이것이 결국 구도로서의 예술이라는 예술관으로 이어지는 것 같다.

박진 어떤 사건도 '해명될 수 없다'고 하기보다는……. 전통적인 추리소설은 하나뿐인 진실을 발견하고 드러내는 과정인데, 한강은 이 같은 구조를 차용하면서도 하나의 목소리로 규정할 수 없는 또 다른 진실들을 써나가려 한다. 이를 위해 다성적 목소리의 화자와 시간의 비일관성 같은 서사적 장치들이 필요했을 것이다. 이는 추리소설의 구조와 어울리지 않는다기보다는 추리소설의 구조를 재해석하고 절묘하게 변형한 방식이라 본다. 그리고 미술작품은 스토리상에서 주요한 역할을 함으로써 추리물의 구조를 단단하게 만드는 동시에, 우리 모두가 헤아릴 수 없는 심연을 지닌 또 하나의 우주라는 주제와도 잘 연결된다.

김남혁 갑자기 중요한 말들이 많이 나온 것 같다. 잠깐 정리해보자. 한강의 소설을 장성규 씨는 이렇게 보는 건가? '진실은 없다, 다만 진실을 왜곡하는 권력자들에 맞서서 구도자적으로 예술을 수행하는 사람만이 권력자들이 왜곡하고 은폐한 작지만 소중한 진실들을 찾아낼 가능성이 있다'라고. 나 역시 장성규 씨와 비슷한 의견인데, 예술가와 권력자의 대립은 이 소설에서 정희가 미래에 쓰려는 평전과 강석원이 이미 발표한 평전의 대립으로 볼 수 있고, 한강의 이전 소설에서는 식물성과 육식성의 대립으로도 볼 수 있겠다. 그렇다면 이 소설은 사랑, 죽음, 예술과 관련해서 수많은 질문들을 던지고 있지만, 시작부터 강석원을 비판하고 정희를 옹호하는 소설로 볼 수도 있을 것 같다. 그렇게 독해하면 좀 식상한 소설인 것 같기도 하다. 박진 씨 역시 한강의 추리소설은 단일한 진실을 옹호하지 않는다고 말했는데, 그렇다면 장성규 씨와 같은 의견인가?

박진 좀 다르다. 우선 이 소설에서 다성적인 목소리가 어떤 기능을 하는지 살펴볼 필요가 있다. 주체에 의해서 완전히 통어되는 단성적인 글쓰기는 강석원의 책뿐 아니라 정희의 원고에서도 반복된다는 점이 중요하다. 다시 말해서, 정희 역시 강석원과 마찬가지로 인주를 자기 방식대로 이해할 뿐 그 내면의 진실에 다가가지 못한 인물이라는 점이다. 정희는 강석원이 폭력적으로 왜곡한 인주의 진실을 밝히려고 고군분투하지만, 그녀 역시 자기가 생각한 인주의 모습에 사로잡힌 채 강석원과 다름없는 행동을 했었다는 사실을 뒤늦게 깨닫게 된다. 정희 안에서 비어져 나오는 이질적인 목소리들은 이 소설에서 이탤릭체로 표기돼 있는데, 그 정체불명의 목소리들은 강석원과 정희의 글에서 누락되고 배제된 또 다른 진실들을 드러낸다. 소설 결말부에 이르러 정희가 의식을 잃었을 때 인주의 또 다른 진실(오랫동안 정희를 사랑하고 있었다는)이 희미하게나마 발화될 수 있었던 것도 그런 맥락에서 이해해야 한다.

김남혁 그럼 이탤릭체로 드러나는 이질적인 목소리들 때문에 강석원과 정희 가운데 진실을 은폐하는 자는 강석원이고 진실을 밝혀내는 자가 정희라는 식의 해석이 불가능하게 되고, 결국에는 강석원과 정희의 대립구도 자체가 사라지게 된다는 말인가?

박진 그런 셈이다. 『바람이 분다, 가라』는 강석원과 정희의 대립 구도 안에서 정희의 태도를 옹호하는 소설이 아니다. 그러니까 이 소설은 명백한 진실이 존재해서 누군가 착한 사람이 그것을 발견하고 나쁜 사람이 왜곡한다는 식으로 해석되지 않는다. 만약 그렇다면 이 소설은 숨겨진 진실을 찾아내는 전통적인 추리소설과 조금도 다르지 않을 것이다. 이 소설에서 인주와 관련된 진실은 한마디로 규정될 수 없으며 심지어 정희조차도 온전히 이해할 수 없는 어떤 것이다. 그 진실은 복잡 미묘한 것이고, 정희의 기억과 매끄러운 글쓰기를 넘어서는 지점에서 희미하게 비어져 나온다.

장성규 근데 나는 이탤릭체로 누설되는 것들이 심정적으로 불편하기도 했고, 그게 정말 이질적인 목소리인지 의문이 들기도 한다. 그 이탤릭체는 정희 내면의 목소리 같기도 하지만, 박진 씨의 말대로 정희의 일상적인 목소리를 넘어서기에 충분히 이질적이다. 하지만 그 정체불명의 목소리는 강석원이나 류인섭 소장 같은 사람들의 목소리에 대해서는 도덕적으로 우월한 목소리 같다는 생각이 든다. 그 목소리들은 정체를 알 수 없기에 이질적으로 보이지만 하나같이 도덕적으로 우월하다는 점에서는 동일한 목소리처럼 느껴진다.

박진 그런 생각은 안 들었는데……. 그렇게 희미한 목소리가 권위적일 수 없고, 도덕적 우월성을 점유하기도 어렵지 않을까? 내가 한강 소설의 이질적이고 다성적인 목소리에 과도하게 의미를 부여했을 수도 있다. 하지만 기본적으로 비평은 단일 주체의 발화나 일관된 해석의 논리 안에 온전히 통합되지 않는 또 다른 목소리들을 섬세하게 들어주어야 한다는 게 내 생각이다.

김남혁 꼭 당위적인 차원의 문제만은 아닌 것 같다. 그런 목소리가 장성규 씨의 말대로 도덕적으로 우월한 느낌이 들 수도 있지만, 또 한편 그 목소리를 듣지 않게 되면 한강의 소설은 강석원으로 대변되는 권력에 대항해서 진실을 찾는 약자들을 옹호하는 흔하디흔한 소설로 읽힐 수 있다. 두 견해 모두 상당히 흥미롭다. 그럼 이 소설에서 인주가 그리던 미술작품과 삼촌이 즐겨 말해주던 천체물리학은 어떤 역할을 하는 것인가?

장성규 우선 천체물리학에 대한 논의들은 구체적이기보다는 관념적이라는 느낌이 강하게 들었다. 이 부분이 작품의 추상적 성격을 강화시키는 것 같다. 미술작품의 경우에는 조경란의『복어』에서도 중요한 의미를 지니는 것 같아서 흥미롭다. 잘 모르지만, 미술은 음악에 비해 정적이지 않나? 문학사조사에서 음악이 낭만주의와 관련되고, 미술이 이미지즘과 관련되는 것도 이 때문일 텐테……. 조경란이나 한강 작품에 미술이 큰 배경으로 등장하면서 동적인 실험의 인상보다는 정적인 구도의 인상을 강화시키는 것은 분명하다. 비극적인 요소들 역시 이상하리만큼 예정된 것으로 느껴지고, 뭔가 숙명적이라는 인상을 준다. 그런 부분에 미술의 속성이 부합된 것은 아닐까 싶다.

박진 한강 소설과 조경란 소설에서 미술작품이 놓인 자리를 비교해 보면 어느 정도 차이가 있다.『복어』에서는 바람이 들어갔다 빠져나

갔다 하는 실리콘 작품이 삶과 죽음, 젊음과 늙음 등을 가시화하는 이미지로 등장한다. 하지만 전체적으로는 여주인공이 반드시 조각가여야 할 이유는 없다. 작가여도 좋고, 음악가여도 상관없다. 그냥 죽음에 대한 친화와 예술가적 기질을 연결하는 고전적인 방식이 아닐까 한다. 이에 비해『바람이 분다, 가라』에서는 인주가 남긴 그림들이 서사적으로 매우 중요하게 활용된다. 모든 사건들이 인주의 먹 그림들(삼촌의 그림을 다시 그린 별 그림들)과 얽혀 있고, 이로 인해 정희-삼촌-인주의 복잡한 관계가 먹이 번져가듯 서서히 드러나며, 은하 곳곳에 숨어 있는 검은 구멍들처럼 인물들 각자의 내면에 깃들인 깊은 심연들이 형상화된다.

김남혁 소설에 등장하는 천체물리학은 어떤가? 박진 씨도 관념적이라고 느꼈는가?

박진 그 자체로는 관념적인 면이 있다. 하지만 그것이『바람이 분다, 가라』에서 서사적 필연성을 지닌다는 점이 중요할 것 같다. 소설 안에서 천체물리학은 무한의 개념으로 이어지는데, 인주의 내면세계는 한 가지 논리로 다 설명될 수 없는 무한한 우주와도 같다. 그런데 꼭 인주만 그런 내면을 지닌 게 아니다. 오래전 인주 엄미를 불행으로 몰고 간 고등학생 진수와 또 한 명의 과외선생 류인섭까지도 알고 보면 모두 상처받은 자들이고, 단순히 강자나 가해자로 규정될 수 없는 내면의 고통을 지닌 사람들이다. 사랑과 죄의식 때문에 찢기고 부서진 이들의 내면 또한 무한한 심연을 품고 있으니까. 이렇게 읽으면 천체물리학과 관련된 별 이야기는 굉장히 의미 있고 자연스럽게 소설 안에 녹아들어 있다.

김남혁 단순히 미술작품이 소설에 등장한다는 점에서 한강과 조경란의 작품을 묶을 수 있다면, 독특한 능력을 지닌 화자와 관련해서는 한강의 소설과 하성란의 소설을 묶을 수 있을 것 같다. 한강의 소설에는 하나이면서 여러 개의 목소리를 지닌 화자가 등장한다면, 하성란의『A』에는 1인칭이면서 전지적인 화자가 등장한다. 심지어 이 화자는 눈이 멀었고 기억을 왜곡하는 불치병을 앓고 있는 자이기도 하다. 이런 화자가 소설에서 어떤 역할을 하는 것인가?

장성규 하성란 소설의 경우, 현재 시점에서 신신양회를 재건하려는 주인공의 시선은 1인칭인데, 과거 신신양회의 일들에 대해 정보를 제공해주는 시점은 전지적이다. 주인공이 '어머니'의 다음 세대

여야 '재건'이 가능할 테니, 이러한 설정은 자연스러운 것이다. 다음 세대니까 신신양회 설립 당시의 일들은 1인칭으로는 서술 불가능하고. 결국 '어머니'의 실패를 극복(또는 반복)하려는 새로운 세대의 관점에서 신신양회를 재해석하기 위해 이와 같은 기법적 장치를 사용했다고 본다. 흥미로운 것은 눈이 멀었으며 기억이 불명확한 존재가 화자로 설정된 것인데, 작품 내의 진술처럼 눈이 멀었기에 신신양회 사건을 재해석할 수 있는 여지가 생기고, 기억이 왜곡되기에 유사종교의 집단 자살과는 다른 신신양회 사건('오대양' 사건)의 재구성이 가능할 것이다. 일반적으로 알려진 유사종교 사건을 모티프로 삼으면서 이와는 다른 '사건의 재구성'을 목적으로 한 작가의 의도가 잘 표현된 장치라고 본다.

박진 신신양회 여자들의 집단 자살 사건은 도무지 의미화할 수 없는 실재의 구멍이다. 사이비종교 집단의 광적인 행동이라거나 권력의 희생양이라거나, 그 어떤 단일한 논리로도 말끔하게 이해되고 봉합되지 않는다. '나'는 작화증 환자처럼 이에 대해 끊임없이 이야기를 지어냄으로써, 유일하고 변할 수 없는 진실을 밝히기보다 그런 식으로는 말해질 수 없는 또 다른 진실들을 만들어기려고 한다. 한강 소설과 마찬가지로 이 소설에서도 화자의 독특한 성격은 매우 중요하다고 본다.

김남혁 하성란 소설에 대한 박진 씨의 해석은 한강의 소설에서 다성적인 목소리 때문에 진실은 정희의 것도 강석원의 것도 아니라는 해석과 연속되는 것 같다.

박진 내가 대체로 그런 독법에 이끌리는 편이거나 거기에 예민한 면이 있는 것 같다. (웃음) 하성란의 『A』는 외상적인 사건에 대항하는 실존적 고투이자, 끊임없이 이야기를 지어냄으로써 진실을 창조해가는 글쓰기의 수행성이 강조된 소설이다. 그리고 비극적 운명을 되풀이하지 않기 위해 안간힘 쓰지만 결국 같은 길을 되밟게 되는 인물들의 상황도 무척 인상적이고, 전통적인 가족구조를 뒤엎어버리는 여성들만의 공동체라는 상상력에도 파격적인 데가 있다.

장성규 박진 씨 언급처럼, 하성란 소설에서 가족의 문제 역시 중요한 지점이다. 이 문제와 관련해서도 조경란 소설과 비교해보면 하성란 소설의 새로움이 잘 드러난다. 조경란의 『복어』는 2000년대 가족구조의 변모를 간과한 채 추상적인 층위에서 가족과 기억을 더듬는 느낌이 강하다. 이에 반해 하성란의 소설은 일반적인 가족이 아니라 소규모 여성 공동체의 모습을 그려낸다. 이를 통해 가족이라는 고전적인 키워드는 비로소 작가의 고유한 문제의식으로 표출된다. 나는 『A』에서 'A'를 얼터너티브(alternative)로 읽고 싶다. 전일적인 시장의 독재 속에서 하성란이 그린 신신양회의 기획은 또 다른 형태의 가족 공동체를 상상하게 하고, 더 나아가 소규모 코뮌의 가능성과 대안을 제시한다. 하성란의 소설이 내면성의 문학에서 벗어나는 지점도 여기에 있다. 세계와 좀 더 교감하려는 의지 같은 것들이 느껴지는 소설이다.

김남혁 그런데 앞서 장성규 씨가 말했듯이, 『A』는 대안의 가능성과 불가능성을 모두 보여준다는 게 중요한 것 같다. 어떤 하나의 대안을 확정된 진실로 전달하지 않으려는 하성란 소설의 태도는 한강의 소설과 연결되는 듯하다.

박진 한강과 하성란의 소설에서 진실을 확정하지 않으려는 태도는 글쓰기에 대한 변화된 인식과도 연결된다. 이들 소설에서 글쓰기는 이미 있는 진실을 찾아내어 그것을 언어화하는 행위가 아니다. 한강의 소설은 기존의 글쓰기(단성적인 목소리)가 왜곡하고 억압하는 진실의 문제를 이야기하고, 하성란 소설은 도무지 의미화할 수 없는 외상적 상처를 글로 씀으로써 자기 이야기를 만들어가는 부단한 과정을 보여준다. 과거에 글쓰기는 고백의 행위, 진실을 토로하는 행위였고, 그런 의미에서 '내면성'을 표출하는 방식이었다. 하지만 오늘날 글쓰기는 어떤 의미에서 내면적 주체를 넘어서는 행위이고, 주체가 전적으로 제어할 수 없는 과정이다. 글쓰기는 자기동일적인 주체를 지우면서 또 다른 의미의 주체(탈중심적 주체)를 만들어가는 과정이기도 하다. 이 과정이 주체와 타자의 관계나 주체의 타자성에 대한 새로운 인식으로 이어질 수 있다. 한강과 하성란 소설에서 전통적인 1인칭을 교란하는 화자의 이질성은 내면의 고백과는 구별되는 글쓰기의 새로운 층위로서도 90년대적인 것을 넘어선다고 생각한다.

장성규 그런데 그런 생각은 종국에는 진실이란 존재하지 않는다는 식의 회의주의에 빠질 우려가 있다. 하성란의 소설이 한강의 소설보다 흥미로운 이유는 고정된 대안을 제시하지 않으면서도 어떤 식으로든 새로운 삶에 대한 가능성과 대안을 소설 속에 끌어오려고 하기 때문이다. 하성란 소설은 진실을 확정적으로 단순화하지 않지만, 그러면서도 코뮌의 가능성을 생각하기에 2000년대 소설로서 충분히 좋은 작품이라 생각된다.

박진 장성규 씨 생각을 충분히 이해할 수 있다. 진실은 없다는 식의 회의주의를 경계하면서도 단성적인 목소리에 의해 억압되고 배제되는 또 다른 진실들에 귀 기울이려는 노력이 진정 윤리적인 태도가 아닐까 한다. 하성란의 『A』에서도 내가 좀 더 주목하고 싶은 점은 이런 거다. 이 소설에는 남성적인 지배질서와 사회제도, 권력관계 등에 대한 부정적 인식이 두드러지는데, 그럼에도 이에 대항하려는 여성 인물들 역시 진정으로 그 세계로부터 벗어날 수 있었던 건 아니다. 어쩌면 그들과 결탁관계를 맺고 있었다고도 할 수 있다. 이는 기존의 제도와 질서가 너무도 완강하기 때문이기도 하고, '우리 속의 욕망과 탐욕', '우리 속의 그들' 때문이기도 하다. 이 소설에 이런 또 다른 목소리가 얽혀 있다는 점이 더욱 흥미롭다.

김남혁 한강과 하성란의 소설을 말하는 과정에서 조경란 소설에 대해서도 핵심적인 부분들이 많이 언급된 것 같다. 『복어』는 홀수 장과 짝수 장이 병치되면서 서술되는데, 나는 홀수 장은 조경란의 이전 소설들과 유사하고, 짝수 장이 붙음으로써 이전 소설의 문제의식이 확장되었다고 생각했다. 이전의 조경란 소설은 개인의 가족사적이거나 내면적인 문제를 다뤘다. 「나의 자줏빛 소파」에서 남자의 스웨터를 풀어서 생애 처음으로 자신의 옷을 뜨개질하는 여자의 태도는 자신의 문제를 타인과 연루시키지 않은 채 스스로 해결하려는 강인한 의지로 읽힐 수 있다. 하지만 『복어』에서 짝수 장은 개인의 문

제를 타인과 함께 해결하려는 시도를 보여주는 것 같다. 1인칭 '나'
를 사랑하는 문제에서 타자를 사랑하는 문제로 확장됐다고 말할 수
도 있다.

박진 내 생각은 좀 다르다. 홀수 장의 여자 입장에서 볼 때 짝수 장에
등장하는 남자는 사실 타자라고 하기 어렵다. 여자와 어딘가 닮아
있고, 단번에 마음을 꿰뚫어보는 사람이니까. 그리고 이렇게 상대를
전폭적으로 이해하고 무조건 도와주는 것이 과연 사랑이라 할 수 있
을까? 오히려 『국자 이야기』(2004)와 『풍선을 샀어』(2008) 같은 소
설에 비해 퇴보했다는 인상이 든다.

김남혁 더 구체적으로 어떤 면에서 그런가?

박진 일단 조경란의 90년대 소설에는 『복어』와 유사하게 가족의 문
제와 죽음에 대한 친화가 두드러진다. 가장 가까운 타자(가족)와 단
절감을 경험하면서 절대적 타자(죽음의 이미지)와 교류하는 이야기
들이 많은데, 이것이 타자에 대한 협소한 관점과 죽음에 대한 신비
화로 이어지는 경향이 있다. 그런데 『국자 이야기』와 『풍선을 샀어』
같은 2000년대 소설에 오면 자기 안의 타자성을 매개로 하여 타인
과 소통하고 관계를 맺는 타자 이해의 윤리가 발견된다. 네가 나를
다 이해하지 못하듯이 나 역시 너를 온전히 이해할 수는 없지만, 너
도 나와 마찬가지로 누구에게도 이해받지 못하는 '구멍'을 지닌 존
재라는 깨달음에서, 타자에 대한 진전된 인식과 소통의 새로운 가능
성이 발견된다. 하지만 『복어』에서는 그냥 첫눈에 알아보고 이해할
수 있는 사람들이 낭만적이고 운명적인 방식으로 서로에게 위안을

줄 뿐이다.

김남혁 박진 씨 의견대로면 『복어』는 짝수 장이 붙음으로 해서 기존의 조경란 소설의 문제의식이 더 확장됐다기보다 더 낭만적으로 변했다고 볼 수도 있을 것 같다. 장성규 씨는 어떻게 읽었는가?

장성규 홀수 장의 여자가 갑자기 짝수 장의 남자를 만나게 되고, 남자가 여자의 자살을 막으려 하며, 둘이 사랑에 빠지게 되는 과정이 비평적 분석 이전에 우선 실감이 가지 않았다. 작가가 그런 결론으로 나아간 데는 여러 가지 이유가 있었겠지만, 박진 씨의 말대로 지나치게 위안에 집중한다는 생각이 든다. 한편으로는 인물들을 배치하는 과정에서 메시지를 잘 담아낸다는 느낌보다는 인위적이라는 느낌이 들기도 한다. 예컨대, 복어를 다루는 일본인의 경우 단순히 복어를 손질하는 데서 끝나지 않고 죽음에 대한 어떤 메시지를 전달할 것 같았는데, 실제로는 아무 말 없이 사라져버린다. 실감의 차원에서 와 닿지 않는 장면을 하나 더 말하자면, 짝수 장의 남자가 사귀던 여자와 이유 없이 이별하고 주인공 여자와 갑작스레 교감하게 된다는 설정도 좀 작위적이다. 작품 내에서 인물들이 살아 움직이지 못하고 오로지 작가의 의도 안에서만 배치되는 것 같다.

박진 죽음의 문제는 이번 한강의 소설에서도 중요하게 등장한다. 이렇게 기존 소설에서 많이 다루어진 문제는 그 자체로 어떤 의미를 지니기보다 그것이 어떻게 다루어졌느냐에 따라 의미가 달라질 것이다. 『바람이 분다, 가라』는 죽음을 미화하거나 신비화하지 않고 실존적 고통의 층위(죄의식, 욕망, 가난, 육체적 고통 등)와 연결함으로써 자연스런 공감을 자아내고, 서로 다른 상처를 지닌 존재들을 대하는 윤리적 태도를 이끌어낸다. 하지만『복어』와 같이 죽음 그 자체에 대한 친화와 동경이 드러난 낭만주의적 접근방식은 식상하고 상투적이라고 할 수밖에 없을 것 같다.

김남혁 박진 씨와 장성규 씨의 의견을 토대로 보면 어쩌면 조경란의 소설만이 90년대적인 '내면성의 문학'이라는 범주를 아직까지 잘 지켜내고 있다고 할 수 있을 것 같다. 하지만 뒤집어 생각하면 그 같은 평가는 조경란의 소설이 내면성이라는 범주를 너무 좁게 설정하고 있다는 말일 수 있고, 작가의 문제의식이 변하지 않는 것 같다는 뼈아픈 지적의 말일 수도 있을 것이다. 후기구조주의 철학자들이 알려줬듯이 개인의 내면이라는 것이 지배담론의 효과일 뿐 인간의 고유한 자질이 아니라면, 지배담론의 메커니즘을 사유하지 않은 채 이루어지는 내면성의 옹호는 한낱 작가의 판타지에 불과할지 모른다. 그렇지만 지배담론의 효과 운운하며 개인의 고유한 자질을 포기하는 순간, 우리는 지배 체제 밖으로 나갈 수 있는 가능성과 대안을 꿈꾸지 못할 것이다. 이런 가르침들을 고려하면서 오늘 우리는 내면성의 문학으로 불렸던 소설가들이 새롭게 나아가 지점을 살펴보았다. 긴 시간 좋은 이야기를 들려줘서 고맙다.

13

혼자 읽기 아까운 2010년의 소설

『1인용 식탁』 윤고은
『퀴르발 남작의 성』 최제훈
『백(百)의 그림자』 황정은
『고백의 제왕』 이장욱

장소: 대학로 '빈스 앤 와플'
시간: 2010년 12월 21일 오후 4시~6시
참여: 박진, 김남혁, 장성규

박진 어느덧 오늘이 2010년 마지막 좌담이고, ‘비평테이블’도 마지
막 회다.

김남혁 시간이 정말 빠르다.

박진 그러게 말이다. 1년 넘게 함께해온 ‘비평테이블’을 마무리하는
최종회이니만큼, 오늘은 우리가 독자들에게 꼭 추천하고 싶은 소설
을 골라 이야기 나눠보는 시간을 마련했다. 대형작가들의 베스트셀
러에 비해 큰 주목을 받지는 못했지만 그런 책들 이상으로 의미 있
다고 생각되는 소설들을 골라봤는데, ‘혼자 읽기 아까운 2010년의
소설’이라고 이름 붙이면 어떨까 싶다.

장성규 괜찮다. 마음에 든다.

박진 좋다. 우리가 선택한 책은 윤고은의 『1인용 식탁』(문학과지성사,

2010), 최제훈의 『퀴르발 남작의 성』(문학과지성사, 2010), 황정은의 『백(百)의 그림자』(민음사, 2010), 그리고 이장욱의 『고백의 제왕』(창비, 2010)이다. 먼저 자기가 적극적으로 추천한 책을 간단히 소개하고, 더 많은 독자들이 이 책을 읽었으면 하는 이유가 뭔지 얘기해주면 좋겠다. 윤고은의 『1인용 식탁』은 장성규 씨가 추천한 소설인데?

장성규 개인적으로 고전적인 미메시스 방식보다는 새로운 미학적 실험을 통해 현실에 대해 발언하는 작품들을 좋아한다. 가상현실의 문제를 탐색하는 윤이형이나 극적 구성이라는 형식 실험을 통해 분노의 파토스를 극대화하는 김사과의 작업 등이 그렇다. 윤고은 역시 이런 맥락에서 주목하는 작가다. 윤고은 작품의 핵심은 환상과 현실 사이의 대위법이라 할 수 있겠는데, 이를 통해 윤고은은 현실의 비루함을 실감의 영역으로 재현해낸다. 더욱 흥미로운 것은 이 환상들이 현실과 겹쳐짐으로써 의미를 획득한다는 점이다. 예컨대 등단작인 『무중력 증후군』(2008)에서 주목되는 것은 환상마저도 자본의 메커니즘에 의해 만들어지고 유통된다는 날카로운 인식이다. 이번 소설집에서도 「아이슬란드」 등의 작품을 보면 한편으로는 현실의 비루함을 부각시키는 기제로 환상이 사용되면서, 동시에 이 환상마저도 단단한 현실법칙의 예외일 수는 없다는 인식을 강하게 보여준다.

박진 장성규 씨 말대로 2000년대 젊은 소설의 환상이 '탈현실'의 징후가 아니라 현실에 대한 나름의 발언과 대응의 방식임을 잘 보여준 작가가 윤고은이다.

장성규 그렇다. 2000년대 문학의 중요한 징후 가운데 하나가 환상성의 대두일 텐데, 윤고은이 보여주는 환상과 현실 사이의 긴장감은 환상이 지니는 전복성마저도 포획하는 현실 그 자체에 대한 성찰을 가능하게 한다는 점에서 의미가 크다고 생각한다.

박진 벌써 중요한 얘기가 많이 나왔는데, 윤고은 소설에 대해서는 나중에 더 자세히 이야기해보기로 하자. 김남혁 씨는 최제훈의 『퀴르발 남작의 성』과 이장욱의 『고백의 제왕』을 추천해줬는데, 이 소설들이 왜 좋았나?

김남혁 글쎄, 한마디로 말하기는 참 어려운데⋯⋯. 좋은 작품은 분석의 한계를 알려주는 작품들인 것 같다. 나한테는 최제훈 소설과 이장욱 소설이 그랬는데, 분석하고 나서도 분석되지 않은 채 남아 있는 것들이 많은 작품이라고 생각한다. 최제훈 소설의 경우에는 「퀴르발 남작의 성」「셜록 홈즈의 숨겨진 사건」「괴물을 위한 변명」이 특히 좋다. 이들 작품에는 최제훈의 매력이 십분 발휘되어 있다. 작품에 내장된 문제의식을 거론하기 이전에, 등장인물들의 감칠맛나는 대화와 신선한 위트, 정교하게 조직되는 추리 서사, 고전을 새롭게 읽어내는 작가의 재능 등을 보여주는 작품들이다. 또 이장욱의 소설들에는 존재 동사(be)로 한정할 수 없는 유령이 끊임없이 출몰한다(haunt). 그의 소설에서는 죽었다고 판단되는 타자가 언제든 불편한 진실을 들고 우리 곁으로 찾아든다. 그중에서도 「곡란」「고백의 제왕」「변희봉」, 이 세 편이 가장 마음에 남는데, 독자들도 이 작품들을 먼저 읽고 좌담을 읽어주면 더 좋을 것 같다.

박진 단정적으로 말해주지 않으면서 궁금증을 불러일으키는 추천의 말인데……. (웃음) 어쩌면 비평가로서 최고의 찬사를 보낸 걸지도 모르겠다. 최제훈의 『퀴르발 남작의 성』은 나 역시 무척 재밌게 읽은 책이고, 이장욱의 『고백의 제왕』은 이전 좌담에 참여했던 조효원 씨도 적극 추천해준 소설이었다. 그리고 내가 독자들에게 권하고 싶은 책은 황정은의 『백의 그림자』다. 이 소설은 담담하면서도 가슴 아프고, 그러면서도 또 따뜻한 위로를 준다. 요즘 위로라는 말은 독자들의 요구를 단적으로 대변하는 말인 것 같다. 현실이 너무 지독하고 도무지 변할 것 같아 보이지 않으니까, 이런 현실을 견디기 위해서는 어떤 식으로든 위로가 필요한 게 사실이다. 그런데 위로라고 해도 다 같은 위로는 아닐 것이다. 현실의 고통을 감추면서 아직도 세상은 살 만하다고, 너만 잘하면 괜찮다고 말하는 위로가 있는 반면, 현실이 정말 끔찍하고 견디기 어렵지만 그래도 서로에게 힘을 주고 쓰러지거나 무너지지 않도록 붙잡아주는 위로도 있다. 황정은 소설이 주는 위로는 이 두 번째에 속한다. 누구보다 정직하게 현실의 고통을 응시하지만, 그럼에도 분노나 냉소보다 더 큰 힘을 주는 소설이라서 각별히 소중하게 느껴진다.

장성규 나도 한 권 더 추천하라면 황정은의 소설을 골랐을 것 같다

박진 그렇구나. 좌담을 하는 동안 취향들이 많이 다르고 관점도 각자 다 다르다고 느낀 적이 많았는데, 이 네 권의 소설이 좋았다는 데는 대체로 의견들이 모아지는 것 같다. 그런데 우연이겠지만, 황정은 소설만 장편이고 나머지는 모두 단편집이다. 특별히 단편집을 추천한 이유가 있는지, 단편집을 더 좋아하는 편인지 궁금하다.

장성규 일단 '비평테이블'에서 장편을 주로 다뤘으니까……. (웃음) 말을 바꾸면 장편이 지닌 이야기성이 지금 많은 독자들의 사랑을 받고 있는 거지만, 압축적이면서 날카롭게 현실을 찌르는 단편소설들의 또 다른 매력이 분명히 있다고 생각한다. 장편소설의 진짜 매력은 긴 스토리를 통해 세계와의 대결이랄까, 이런 지점을 폭넓게 보여주는 걸 텐데, 지금은 그런 장편들을 찾아보기가 쉽지 않다. 세계를 완결되게 바라보는 일 자체가 쉽지 않은 상황이고, 하나의 문제설정을 가지고 문제적 개인을 통해 현실을 관통하는 작품이 나오기는 다소 어려워진 것이 2000년대의 현실이기 때문일 것이다. 상황이 이렇다 보니 요즘에는 오히려 소소해 보이는 사건을 통해 현실의 균열과 잉여의 지점을 찌름으로써 단단한 현실의 전복 가능성을 타진하는 단편들이 많이 나오는 것 같고, 이런 단편들이 더 매력적으로 다가온다.

박진 공감이 가는 말이다. 단편소설에는 확실히 술술 읽히는 긴 이야기의 매력은 좀 떨어지지만 장편보다 밀도가 있고, 짧은 분량 안에 세상을 보는 독특한 시선을 감각적으로 담을 수 있다. 좋은 단편집을 읽으면 서로 연관되면서도 다채롭게 변형된 한 작가의 세계를 만날 수 있어서, 장편과는 또 다른 재미를 느끼게 되기도 한다.

김남혁 최제훈 소설집이 정말 그렇다. 단편소설 한 편 한 편의 완성도도 중요하지만 단편들이 묶여서 하나의 소설집을 이룰 때 드러나는 완성도도 중요하다. 이때 소설집에 수록된 단편들은 마치 연작소설처럼 단독성과 연속성을 모두 지니게 된다. 단편 하나하나는 저마다 어느 작품과도 공유될 수 없는 미학적 특성을 지니는데, 흥미롭게도 그 단편들이 소설집이라는 형식으로 한자리에 모여 있을 때 이상한 연속성을 드러내게 된다. 최제훈 소설집에 실린 단편들은 모두 색다른 개성을 지니면서도 이렇게 저렇게 엮여서 다른 묶음으로 탄생될 수 있다. 마치 프랑켄슈타인 박사가 계통이 다른 시체의 조각들을 결합해서 괴물을 탄생시키듯이 말이다. 프랑켄슈타인에 대한 인상적인 작품을 싣고 있는 이 소설집 자체가 괴물 프랑켄슈타인을 형식적으로 실현하고 있는 것 같다.

박진 자연스럽게『퀴르발 남작의 성』부터 살펴보면 좋겠는데, 이 책은 윤고은의『1인용 식탁』과 함께 이야기해볼 수 있을 것 같다. 두 소설집은 유독 젊고 발랄하고 감각적이다. 환상적이고 장르적인 요소들, 유머와 위트, 풍자와 냉소 등이 두드러진다는 점에서도 비슷한 색깔을 지니고 있다. 이 두 작가의 개성을 비교해서 말해보면 어떨까?

장성규 두 작가가 상당히 비슷하면서도 방식은 좀 다른 것 같다. 최제훈이 '위로부터' 지적인 방식을 통해 세련된 환상들을 만들어낸다면, 윤고은은 '아래로부터'의 실감을 통해 소소한 일상에 새로운 의미를 부여하는 발랄함을 보여준다. 달리 말하면, 최제훈이 다양한 텍스트들의 교직과 충돌을 통해 '소설이란 무엇인가'라는 본질적인 문제를 다루는 데 비해, 윤고은은 텍스트 이전의 구체적인 일상의 영역에서 출발해 현실과 환상의 의미를 묻는 것으로 나아간다.

박진 날카로운 지적이다. '위로부터/아래로부터', '텍스트/일상'이란 대비가 두 작가의 차이를 정확하게 설명해준다. 이렇게 보면 두 작가는 컬러가 상당히 비슷하면서도 대조적인 면을 지닌다고 할 수 있겠다.

김남혁 내 느낌도 비슷한데, 두 작가의 특징은 결말의 형식을 통해서도 비교해볼 수 있다. 윤고은 소설은 재기발랄한 상상력으로 후기자본주의 시대라 불리는 지금의 상황을 문제삼고, 그런 이 사회를 '감옥 없는 감옥'으로 묘사한다. 그 속에서 인물들은 아무리 벗어나려고 발버둥 쳐도 처음의 자리로 되돌아오게 된다. 그래서 그녀의 단편들은 대개 처음과 끝의 장면이 순환하는 결말을 보여주고, 이를 통해 감옥 없는 감옥에 갇힌 인물의 상황을 잘 드러낸다. 반면에 최제훈 소설은 텍스트, 담론, 정체성 등과 같은 보편적인 문제를 다루는데, 그에게는 의미가 고정된 텍스트나 담론이나 정체성 같은 것은

없다. 고정된 것들은 시간이 지나거나 배열이 바뀌면서 다시 열린 의미로 확장된다. 그래서 그의 단편들은 대체로 열린 결말의 형식을 띠고 있다.

박진 순환하는 결말과 열린 결말, 이것도 재미있는 생각이다. 두 소설집 중에서 장성규 씨는 역시 윤고은 소설이 더 좋은가?

장성규 윤고은은 앞서 말한 것처럼 현실과 환상의 대위법을 통해 환상의 전복성 자체에 대해 성찰한다는 점에서 독특한 성과를 거두었다고 생각한다. 많은 작가들이 환상적인 기법을 사용하지만, 환상이 만들어지고 유통되는 현실의 메커니즘에 대해 사유하는 경우는 흔치 않다. 윤고은 소설의 의미는 이런 데 있다고 생각하고……. 최제훈은 흥미로운 작품을 쓰고 있다고 생각하지만, '의의'를 묻는다면 솔직히 잘 모르겠다. 그가 보여주는 메타픽션이 이미 김연수와 한유주를 경유한 우리 문학에 어떤 새로운 의미를 더해줄 수 있는지는 논의의 여지가 있다고 생각한다. 개인적으로는 좀 더 세련된 김연수를 보는 느낌도 좀 들었다.

김남혁 그런가? 취향 탓이겠지만, 나는 『퀴르발 남작의 성』이 더 좋다. 열심히 읽고 공부해서 쓰는 소설이라 마음에 드는지도 모르고. (웃음) 특히 소설집 마지막에 수록된 단편 「쉿! 당신이 책장을 덮은 후……」는 정말 재미있었다. 마치 영화 〈토이 스토리〉의 한 장면을 연상케 하는데, 이 작품에서는 소설집에 등장했던 모든 인물들이 퀴르발 남작의 성에 모여 있다. 독자가 책을 열기 전에 등장인물들은 책 속에서 독자와 무관하게 살아서 움직이고, 문제를 해결하거나 한

바탕 난장을 벌이기도 한다.

장성규 그 소설은 정말, 최제훈의 문학적 특성을 가장 극명하게 보여주는 작품이다. 소설집 구성상으로도 재미있는 에필로그라고 생각한다.

김남혁 이 마지막 단편에서 최제훈은 작품이 작가나 독자보다 강력하다는 점을 문제삼고 있는 것 같다. 작품은 일종의 타자로서 주인의 통제를 벗어나는데, 독자 몰래 살아 움직이는 등장인물들의 모습은 이 같은 최제훈의 문제의식을 잘 보여준다. 그에 비하면, 윤고은의 단편들은 한자리에 모아서 읽다 보니 문제의식이 조금 반복되는 것 같았다. 상황을 설정하는 것은 다양하고 흥미로운데, 문제의식은 좀 단순한 게 아닐까 한다.

박진 나도 취향은 『퀴르발 남작의 성』 쪽인데, 지적인 소설이어서는 아니고……. 사실 표제작 「퀴르발 남작의 성」처럼 텍스트를 위에서 내려다보는 시니컬한 시선이 두드러진 소설은 약간 거부감이 들기도 한다. 그보다는 오히려, 소설에 출몰하는 온갖 괴물들에 정서적으로 끌리는 편이고……. (웃음) 추리물과 호러 같은 장르코드들이 뒤섞이면서 전혀 다른 세계를 만들어내는 방식도 흥미롭다. 특히 우리가 만들어낸 허구의 세계가 만든 자의 통제 범위를 벗어나 현실에 개입하는 모습들, 허구가 현실을 변형하고 뒤바꿔버리는 양상들이 눈길을 끈다. 이 책에도 "많은 이들이 똑같은 상상을 하게 되면 그건 더 이상 상상이 아니다"(「마녀의 스테레오타입에 대한 고찰」, 189-190쪽)라는 문장이 나오지만, 실제로 허구 또는 시뮬라크르가 우리 삶에 미치는 막강한 영향력을 절묘하게 보여주는 소설들이 여러 편 들어 있다.

김남혁 「셜록 홈즈의 숨겨진 사건」도 그렇다.

박진 맞다. 「셜록 홈즈의 숨겨진 사건」에서 홈즈가 코난 도일의 자살 사건을 수사한다는 설정은 정말 기발하다. 자신이 허구의 인물임을 알지 못하는 홈즈의 모습도 흥미롭지만, 자기가 창조해낸 인물 홈즈로 인해 자살에 이르게 되는 코난 도일의 모습이 여러 가지 생각할 거리들을 던져준다. 허구와 현실의 경계가 완전히 무너지는 이런 양상이 「그림자 박제」와 「그녀의 매듭」에서는 스스로 만들어낸 또 다른 자아가 '나'를 점령해버리고, 거짓말과 합성사진이 전혀 다른 현실을 만들어내는 상황으로 나타난다. 이런 이야기들은 기존의 텍스트들을 대상으로 하는 소설들보다 더 섬뜩하고 실감 있게 느껴진다. 허구 또는 시뮬라크르의 강렬한 자율성이랄까, 현실을 구축하고 작동시키는 환상의 이데올로기적 실제성에 대해서까지 생각해볼 수 있게 해준다.

장성규 그렇지만 텍스트 다시쓰기에 집중하는 소설들의 경우에는 이미 2000년대에 김연수나 한유주가 보여준 메타픽션으로부터 나아간 지점이 무엇인지 좀 더 부각될 필요가 있을 것 같다. 김연수가 텍스트 이면의 리얼리티들에 주목했고, 한유주가 텍스트를 기술하는 행위 자체의 불가능성에 주목했다면, 최제훈에게는 화려한 기법들에 비해 텍스트를 바라보는 독창적인 관점이 다소 불분명하다는 점이 아쉽다. 더구나 지금은 누구도 단일한 텍스트의 존재를 믿지 않는 시대 아닌가? 이제는 단일한 텍스트가 무엇을 억압했고, 그래서 무엇을 복원해야 하는가라는 질문으로까지 나아가야 하지 않을까? 지금은 기존의 텍스트를 전복함으로써 어떤 이야기를 담을 것인가 하는 문제, 안티테제가 아니라 진테제가 필요한 시대라는 생각이 든다. 최제훈은 이런 문제들에 대해 고민하기보다는 그냥 팔짱끼고 바라보고 있는 것 같은 느낌이다.

김남혁 어느 정도 동의할 수 있는 얘기다. 최제훈의 소설은 모든 진실은 담론의 효과일 뿐이고, 마녀니 괴물이니 하는 타자는 주인의 욕망이 투영된 환상의 구성물이라는 식의 결론으로 수렴된다. 이런 문제의식은 현실의 고정된 의미를 교란하는 정치성을 이끌어내면서도, 결국에는 아무것도 믿을 수 없다며 자포자기하는 반정치에 함몰되기도 한다. 전자의 문제의식은 이번 소설집에 많이 등장하는데, 후자의 부정적인 경향에 대한 인식은 볼 수 없었다. 이런 점을 더 깊이 사유하는 소설이 발표됐으면 좋겠다.

박진 윤고은 소설에 대해서도 좀 더 얘기해보자. 「박현몽 꿈 철학관」이나 「로드킬」 같은 소설이 가장 윤고은다운 소설일 텐데, 재기발랄한 환상을 끝까지 밀어붙이면서 모든 것이 상품이 되는 후기자본주의 소비사회에서 초라하고 비참하게 전락하는 인간의 모습을 선명하게 가시화한다. 이 몇 편의 인상적인 작품만으로도 우리 소설에서 윤고은 소설이 지닌 자리는 분명하다고 해야겠다.

김남혁 윤고은 소설의 소재나 상황 설정은 현실적이지 않기에 독자의 흥미를 이끌어내고, 동시에 비현실적이기만 한 게 아니라서 이 시대 상황을 다시 생각하게 만든다. 혼자 밥 먹는 것을 가르쳐주는 학원(「1인용 식탁」)이나 백화점 화장실에서 글을 쓰는 소설가(「인베이더 그래픽」), 꿈을 대신 꾸어주는 역술인(「박현몽 꿈 철학관」)이나 자판기로만 관리되는 무인 모텔(「로드킬」) 등이 그렇고, 이 소설집에는 실리지 않았지만 음주 통화를 받아주는 서비스업(「해마, 날다」)의 등장도 그렇다. 이런 식으로 현실과 환상의 경계를 허무는 방식은 취향의 문제를 떠나서, 윤고은 소설이 지닌 큰 미덕이라 할 수 있다.

박진 그런데 『1인용 식탁』은 작품들 사이에 편차가 크다는 게 좀 아쉽다. 좀 덜 좋은 작품일수록 억지스럽거나 작위적인 인상이 들기도 한다. 「달콤한 휴가」가 그런 예인데……. 그리고 「인베이더 그래픽」이나 「타임캡슐 1994」처럼 경쾌함이나 유머 코드가 약화되고 초라한 현실에 대한 무력감이 전면에 부각되면 매력과 긴장감이 떨어진다는 것도 약점이다.

김남혁 나 역시 「홍도야 울지 마라」는 소설집 전체 분위기와 어울리지 않는 것 같다는 생각이 들었다. 반면 윤고은의 이번 소설집에서 「로드킬」이 나에게는 가장 흥미로운 작품이었다. 이 소설은 죽어야만 이 시스템에서 벗어날 수 있다는 결론을 제시하는데, 발랄하고 흥미로운 상상력 이면에 씁쓸한 정서를 느끼게 한다.

장성규 나도 이 책에서 「로드킬」이 가장 좋았다. 인간의 욕망이 상품을 생산하는 것이 아니라 역으로 상품이 욕망을 생산한다는 사실에 대한 인식, 화폐를 지니지 못했을 경우 비존재로 전락하게 되는 주체의 허상에 대한 폭로, 그리고 루저들을 종국에는 '야생동물'로 퇴

화시키는 메커니즘에 대한 냉철한 형상화 등등이 무척 의미심장하다. 솔직히 남의 얘기 같지가 않다. (웃음)

박진 가진 돈이 줄어들수록 모텔 천장이 낮아지는 장면 같은 건 정말……. (웃음) 「1인용 식탁」과 「아이슬란드」처럼 꿈이나 환상이 초라한 현실을 벗어나는 탈출구가 될 수 없다는 데 대한 정직한 실감을 보여주는 소설들도 꽤 좋았다.

김남혁 윤고은과 최제훈 소설을 묶어서 정리하자면, 현실과 환상의 경계를 허무는 이 두 작가의 소설은 현실보다 환상이 더 리얼하다는 식의 진부한 결론으로 향하지 않는다. 이런 결론은 환상을 옹호함으로써 기존의 상투화된 리얼리즘에서 벗어나는 것 같지만, 환상과 현실을 둘로 나누는 리얼리즘의 이분법을 고스란히 따르는 한계를 지닌다. 이들의 소설은 환상이 현실보다 리얼하다는 식의 주장을 하지 않고, 도리어 현실(또는 진실)은 환상의 구성물에 지나지 않다는 점을 알려준다. 기존의 리얼리즘을 대체하기 위해 구체적인 현실 대신 환상을 옹호하는 것이 아니라, 환상은 현실과 구분되어 있지 않다는 점에서 진정 리얼하다고 말하고 있다. 이러한 사유가 우리 문학에서 새로운 사유의 장을 열어준다고 생각한다.

박진 김남혁 씨가 두 소설집의 의의를 잘 정리해줬다. 이제 이장욱의 『고백의 제왕』과 황정은의 『백의 그림자』로 넘어가자. 두 작품(집) 역시 재현적인 리얼리티를 넘어서고 있지만, 앞의 소설들과는 분위기가 좀 다르다. 소외된 자, 여리고 약한 자들에 대한 애정이 두드러지고 전반적으로 따뜻한 정서가 흐른다.

김남혁 이들 소설은 현실에서 배제된 자들을 대상으로 삼으면서도 그들을 재현하지 않으려는 긴장을 보여준다. 재현이라는 형식 자체가 이들에 대한 이해보다는 또 다른 방식의 배제를 낳기 때문이다. 가령 황정은의 『백의 그림자』에는 전부 다르게 생긴 '가마'를 '가마'라고 부르면 편리하기는 한데 상당한 폭력이라는 말이 나온다. 비슷한 맥락에서 '슬럼'이라는 단어에 대한 성찰도 담겨 있다. 황정은과 이장욱의 소설은 이런 언어의 재현성에 주목하고, 아무리 약자들의 편에 있다 하더라도 재현이라는 형식 자체에 의해서 약자들의 이질성을 단순화할 우려가 있다는 걸 일깨우는 소설들이다. 그렇기에 재현 불가능한 인물들을 표현하기 위해 그림자나 유령이 중요한 모티프로 차용된다. 존재하지도 부재하지도 않는 어떤 경계에 걸쳐 있는 자들에게 다가가려 하고 그들의 아픔을 이해하고자 하는 소설들이다.

박진 유령처럼 있어도 없는 듯한 희미한 존재들에 대한 애정과, 그들의 미미한 목소리를 되살려내려는 노력, 그리고 그들을 기억하고 붙잡아주려는 욕망 같은 건 무척이나 소중하다. 다만 이장욱의 단편들 중에서 이들의 모습이 유령이나 귀신으로 직접 등장하는 경우는 매너리즘에 빠질 우려도 있어 보인다. 비슷한 시기에 비슷한 형식의 소설들이 쏟아져나오면서 이미 트렌드가 되어버린 경향도 있고……. 그 자체로 의미 있고 절실했다 해도 반복되면 어쩔 수 없이 상투화되게 마련이니까.

장성규 그런데 두 작가가 마이너리티를 다루는 방식에는 좀 차이가 있다. 연민과 교감의 차이라고 할까? 이장욱의 경우에는 '이런 소외된 사람들이 있구나' 하면서 그들을 따뜻한 시선으로 바라본다면, 황정은 소설은 직접 그 삶 속에 들어가서 함께 느끼고 있다는 생각이 든다. 황정은에게는 '그림자'로 표상되는 마이너리티의 삶 그 자체가 중요하다. 『백의 그림자』에서도 핵심은 현실의 비루함 속에서 점차 자신의 정체성을 그림자에게 잠식당하는 인물들의 삶이다. 황정은에게 마이너리티의 문제는 단순한 배경이나 소재의 층위가 아니라, 그녀 자신의 문학적 근거로 작용한다는 느낌이 강하게 든다. 이에 비하면 이장욱의 경우 마이너리티를 둘러싼 현실적 상황은 그다지 중요하지 않은 듯하다. 오히려 초점은 다른 곳에 있는 것 같고.

박진 연민과 교감. 이번에도 장성규 씨가 두 작가의 특징을 선명하게 비교해주었다. 최제훈과 윤고은 소설처럼 이장욱과 황정은 소설 역시 '위로부터/아래로부터'라는 말로 차이를 설명할 수도 있겠다. 이장욱은 상당히 지적인 작가고, 고전적인 미학과 균형감각을 갖추고 있다. 「고백의 제왕」이나 「변희봉」 같은 소설은 정말 한마디도 빼거나 더할 것이 없이 완벽하게 짜여 있는 느낌인데, 신비평 용어로 하면 '잘 빚은 항아리'라고 부를 만하다. 문예창작과 수업 교재로 쓰일 법한, 고등학교 교과서에 실릴 법한, 그런 소설이다. 이게 장점이자 단점일 수 있을 것 같다. 너무 꽉 짜여 있어서 좀 답답하게 느껴지기도 하고 '좋다'는 느낌보다 '잘 썼다'는 느낌이 먼저 드니까. 반면에 황정은의 경우는 잘 썼다 못 썼다를 떠나서 '참 좋다'는 느낌이 확 오는 경우다. 오히려 약간 허술해 보이기도 하고 만들어냈다는 느낌이 전혀 안 드는 소설인데, 정서적으로 끌어당기고 마음을 움직이는 힘이 굉장하다.

김남혁 황정은 소설은 언어의 재현성을 거부하듯이, 빈틈없이 구축되고 직조되는 언어를 거부하는 듯하다. 그래서 황정은 소설은 마치 한 편의 시처럼 언어의 여백을 최대한 존중하려고 한다. 그러면서도 서사가 사라진다거나 언어에 대한 추상적 사유로 나아가지 않고, 지금 당대의 문제를 이끌어내고 있다. 이런 점이 황정은 소설의 독특한 매력이다.

박진 그래도 김남혁 씨는 이장욱 소설을 더 좋아하지 않나?

김남혁 이번에도 취향 탓일지 모르겠는데……. (웃음) 나는 어디선가 많이 본 듯한 소설이나 영화 등이 수시로 등장하는 이장욱 소설의 스타일이 무척 흥미롭다. 「곡란」에서는 여관에서 벌어지는 자살 소동과 인물들의 맥락 없는 대화와 '꿈틀거리는 것' 운운하는 표현 등이 김승옥의 「서울 1964년 겨울」(1965)을 연상시킨다. 또 「안달루씨아의 개」에서 죽음을 암시하는 장면마다 여지없이 기어나오는 개미들은 루이스 부뉴엘의 영화 〈안달루씨아의 개〉(1929)를 떠올리게 한다. 이 외에도 독자들은 자기 나름의 문화적 경험치에 따라 이장욱의 같은 소설에서도 다른 시대 다른 장르의 작품들을 수없이 연상할 수 있을 것이다. 가령 「기차 방귀 카타콤」을 읽은 독자 가운데 주인공이 타인의 마음속으로 들어가는 장면에 주목한 사람은 영화 〈존 말코비치 되기〉(1999)나 〈스트레인저 댄 픽션〉(2006)을 연상할 수도 있을 것이고. 이처럼 기억에서 사라졌던 작품들이 유령이 되어 되돌아오듯 이장욱 소설 안에서 계속 부유한다는 점이 내게는 큰 매력으로 다가온다.

박진 역시 지적인 독법이다. (웃음) 웰메이드라는 측면에서 이장욱 소설에 대해 좀 더 말하면, 이장욱은 작품집을 묶으면서 처음 잡지에 발표했던 소설을 공들여 개작했다. 냉소적이거나 서늘하거나 모호한 지점들을 다 깎아내고, 따뜻하게 마무리하는 방식으로. 「고백의 제왕」이나 「동경소년」이 그런 예들이다. 그래서 소설집에 실린 작품들은 더 선명하고 깔끔하고 완결성이 높아졌는데, 이것이 꼭 좋은 개작이었는지는 잘 모르겠다. 오히려 다른 해석의 가능성을 좁히고 또 다른 매력들을 깎아낸 건 아닌가 하는 생각도 든다.

김남혁 그랬었나? 중요한 지적인 것 같은데?

장성규 덧붙여서 이 두 작가는 발화의 측면에서도 큰 차이를 보여준다. 황정은의 경우에는 발화할 수 없는 존재들의 목소리를 결핍이나 침묵의 형식으로 증언하려는 의지가 강하게 보인다. 이런 의지가 종종 투명한 진술에 반(反)하는 불투명한 웅얼거림으로 표현된다. 한편 이장욱은 진실된 발화라는 개념 자체를 부정하는 경향이 강하다. 「고백의 제왕」에서 단적으로 나타나는 것처럼, 중요한 것은 발화하는 주체의 행위이지 발화의 진실성 여부가 아니다. 이것이 한편으로는 단단한 소설적 발화에 대한 발본적인 문제제기로 나타나기도 하지만, 동시에 다른 한편으로는 일종의 허무주의적 인식론으로 나타나기도 한다. 이장욱은 주체와 타자 간의 소통 가능성 자체에 대해 부정적인 태도를 보여주는 것 같다. 그런데 정작 주체와 타자 간의 소통을 위한 시도가 소설적으로 치열하게 진행된 것 같지는 않다. 황정은이 그야말로 윤리적인 층위에서 비존재들의 발화를 어떻게든 복원시키려 한다면, 이장욱은 그 가능성을 충분히 탐색하지 않는다는 느낌도 든다.

김남혁 그런 면도 있긴 하다. 제도에서 누락된 타자의 비극적인 삶을 그려내는 「곡란」의 경우, 이들의 사회적 소통 가능성은 비관적으로 나타난다. 「고백의 제왕」은 타자와 대화하는 가운데 드러나는 불편한 진실을 방어하기 위해 유쾌한 게임의 방식을 도입하고, 다른 인물들을 받아주는 척하면서 세련되게 배제하는 모습을 보여준다. 하지만 「변희봉」 같은 소설은 「곡란」에 등장하는 소외된 자들에게 다가가서 그들의 이야기를 경청하고 이해하기를 요구하는 소설로 볼 수 있지 않을까?

박진 작품마다 차이는 있지만 「아르마딜로의 공간」처럼 비교적 초기에 쓴 소설들에서 이장욱 소설의 '웅얼거림'은 확실히 혼자 중얼대는 독백의 성격을 띤다. 황정은 소설의 '웅얼거림'이 논리적이고 정돈된 언어로는 불가능했던 소통의 다른 가능성으로 열리는 모습과는 확연히 달라 보인다.

장성규 이상욱 소설은 타자와의 소통 가능성에 대해 더 치열하게 탐구했으면 한다. 그래야만 자폐적 고백이 공감의 발화로 이어질 수 있지 않을까 싶다.

박진 의미 있는 지적이다. 시인으로서, 비평가로서 이장욱이 보여준 탁월한 능력이 있고, 그런 만큼 이장욱 소설에 거는 우리의 기대도 큰 것이 아닐까 한다. 황정은의『백의 그림자』에 대해서도 좀 더 말해볼까? 황정은 소설에서는 언어에 대한 섬세한 감각으로, 결코 누구에게도 폭력이 되지 않을 문학의 언어를 구현하려는 안간힘 같은 게 느껴진다. 아까 김남혁 씨가 말해준, '가마'나 '슬럼'이란 말에 대한 자의식이 대표적인 예일 텐데……. 황정은 소설의 언어 감각은 일상적이고 지배적인 언어, 무감각한 언어의 폭력성을 문득 일깨우는 힘이 있고, 일상 언어를 돌연 시적으로 변환하여 다른 목소리로 울리게 하는 마력이 있다. 사소한 예일지 모르지만, 그림자를 따라가려는데 자기 목소리가 '차마, 차마' 하면서 따라온다거나(45쪽), 등에 들러붙은 그림자가 '어차피, 어차피'라고 속삭인다거나(134쪽) 하는 부분에서, 나는 그 말들이 참 특별한 울림을 지닌다고 느꼈다.

김남혁 나는 '오무사' 이야기가 유독 기억에 남는다. 오무사라는 협소하고 열악한 공간에도 하나의 세계가 있다는 점, 오무사를 평생토록 지켜온 할아버지의 투박한 고집과 섬세한 배려, 오무사처럼 작아서 보이지 않고 세상에서 지워진다고 해도 누구 하나 아쉬워할 것 없는 공간에 대한 정성 어린 묘사 같은 게 참 인상 깊었다. 이런 대목에서 '가마들'을 '가마'라는 단어로 평균화하지 않으려 하고 '가난'을 '슬럼'이란 단어로 대체하지 않으려 하는 작가의 자세를 엿볼 수 있었다.

박진 유곤 씨 이야기도 잊히지가 않는다. 철거될 건물 안에 세 들어 있는, 그림자가 일어서는 한 사람 한 사람의 사연이 모두 마음을 찌르지만, 특히 유곤 씨의 이야기는 고통스러울 만큼 가슴 아프다. 그의 아버지가 건설 현장에서 일하다 타워크레인의 추가 떨어져 깔려 죽었을 때, "죽음이 너무 확실했기 때문에 세 시간이나 추를 그대로 내버려두었다"(66쪽)는 이야기나, 장례식장에서 그의 어머니가 "저 것은 네 아버지가 아니다, 나를 못마땅하게 생각하는 사람들이 그를 어딘가에 숨겨두고 네 아버지라며 돼지 한 마리를 가져다 두었더라" (66-67쪽)고 말하는 장면은 눈을 감고 싶을 만큼 참혹하다. 그런데 도 절규하거나 분노를 터뜨리지 않고 담담한 어조로 서술하고 있어 더 안타까운 마음이 든다.

장성규 이 소설에서 마이너리티의 삶이란 그림자를 평생 업고 갈 수 밖에 없는, 그런 삶이다. 그런데 역으로 그림자가 있다는 것이야말로 인간이라는 사실을 반증하는 것이기도 하다. 인간이라면 누구나 그

림자가 있지 않은가? 그림자가 없는 인간, 즉 메이저리티란 존재할 수 없다. 적어도 황정은 소설에서는 그렇다. 이 점이 마이너리티의 삶에 대한 황정은의 태도를 잘 보여준다.

박진 나는 특히 그림자가 일어선다는 환상 자체나 그것이 암시하는 암담하고 희망 없는 현실 상황보다, 그림자를 따라간다는 것이 의미하는 마음 상태, 말하자면 '차라리 다 놓아버릴까', '그냥 죽어버릴까' 하는 심정 같은 게 더 절실하게 느껴졌다. 그리고 자기도 마찬가지로 힘들고 지쳤지만, 사랑하는 사람에게 '그림자가 일어서더라도 따라가지는 마요', '너무 깊이 따라가지는 않도록 조심해요'라고 당부하는 서로의 마음들이 무척 간절하게 와 닿았다.

김남혁 박진 씨는 이 소설이 정말로 좋았나 보다.

박진 시간이 지날수록 더 좋아진다. 두 번째 읽을 때가 더 좋았고, 세 번, 네 번을 읽어도 여전히 좋을 것 같다. 그런데 이 소설의 결말은 어땠나? 중간에 툭 끝나버린 느낌이 들 수도 있겠는데.

장성규 장편소설로 본다면 구성이나 완성도가 약해 보일 수도 있지만, 사실 이 소설은 경장편이고 연작소설로 보아도 좋을 것이다. 각각의 에피소드들이 연결되면서 하나의 문제의식으로 모아지는 게 아니라서, 결말에 오면 약간 힘이 빠지는 듯한 느낌이 들기도 하는데……. 이중적인 면이 있는 것 같다. 좀 허망하다는 생각도 들지만, 꽉 짜인 소설과는 다른 따뜻함을 전해주기도 하고.

박진 어떻게 보면 완성도를 높이는 결말이 오히려 작위적일 수도 있을 것 같다. 이 소설은 누가 죽거나, 철거가 된 폐허에서 울부짖거나,

아니면 더 행복한 해결을 보여주는 게 아니라, 이런 어두운 상황을 함께 헤쳐나가는 모습으로 마무리된다. 나직하게 노래를 부르며 손을 잡고 걸어나가는 이런 진행형의 결말이 더 실감 있게 다가오는지도 모르겠다. 개인적으로 결말이 아쉬웠다면, 나는 이 소설이 좀 더 계속되기를, 벌써 끝나버리지 않기를 바라는 마음이었던 거 같다. (웃음)

김남혁 오늘 다룬 네 작가 모두 당대의 문제를 포기하지 않으면서도 당대를 넘어서는 새로운 스타일을 보여준 소설가라는 생각이 든다. 시간이 지나도 이들이 고루한 선생님이 되지 않고, 이들의 작품이 뻔한 고전이 되지 않았으면 좋겠다.

박진 그러기 위해서 이들 각자가 자신의 개성을 잘 살려나가면서도 매너리즘에 빠지지 않고, 힘 있게 자기 세계를 확장해나갔으면 한다. 이제 좌담 최종회를 마무리하면서 2010년의 출판/독서 경향과 그동안의 '비평테이블'을 정리해보자.

김남혁 아, 마음이 짠하다. (웃음) 우리가 좌담에서 이미 다룬 12개의 크고 작은 주제를 보면 올 한 해 출판 경향을 어느 정도 정리할 수 있을 것 같은데……. 올해는 장편소설에 대한 기대가 그 어느 때보다 컸던 해였고, 그 기대만큼이나 많은 수의 장편들이 번역되거나 창작된 해였다. 장편소설에 대한 기대는 단편소설을 중심으로 짜인 한국문단에 대한 자성의 목소리에서 비롯됐는데, 그런 의도와 다르게 상업적인 측면으로 왜곡된 경향도 없지 않았다.

장성규 다양한 문학적 흐름들이 활발히 공존한 한 해였지만, 공동의 가치를 진지하게 모색하려는 문학적 경향에 대해서는 별로 논의가 이루어지지 못했던 것 같다. 결과적으로 몇몇 한정된 작품들만 관심을 끌고 유통되는 구조가 반복되기도 했다. 우리 문학을 풍성하게 하기 위해서는 좀 더 열린 시각으로 다양한 작품들을 읽어내려는 노력이 필요하지 않을까 한다.

박진 그렇다. 특히 2010년은 대형작가의 초대형 베스트셀러 장편소설들이 시장을 점령하면서 승자독식 현상이 더욱 극심해진 한 해였다. 침체됐던 문학 시장이 살아났다지만, 오히려 읽히는 책의 다양성은 줄어들고 독서 경향은 단순해지기도 했다. 충분하지는 않았지만 오늘의 좌담을 비롯해 우리가 소개한 젊은 작가들의 활발한 움직임에도 더 많은 독자들이 관심을 기울여줬으면 한다. 끝으로, 그동안 환상의 호흡으로 '비평테이블'을 함께 만들어준 김남혁, 장성규 씨에게 고맙다는 말을 꼭 해야겠다.

김남혁 좌담을 통해 많은 것을 배울 수 있었다. 무라카미 하루키의 소설, 청소년소설, 베르나르 베르베르의 소설, 스크린셀러 등을 다루었던 좌담이 유독 기억에 남는다. 좌담이 아니었다면 깊게 생각해보지 않았을 작품들과 주제들이었다. 무엇보다도 내게는 문학장을 살펴보지 않은 채 작품에만 함몰된 비평이 내재적인 분석 없이 고공비행하는 비평만큼이나 고루하고 비정치적일 수 있다는 점을, 여기 좌담에 참석했던 동료들이 일깨워준 것 같다.

장성규 나 역시 '비평테이블'을 통해 나와는 다른 독법에 대해 많은 것들을 배웠고, 그래서 유쾌한 시간이었다. 고답적인 비평과는 달리 인터넷 상에서 직접 다수의 독자들과 소통할 수 있었던 것도 무척 매력적인 경험이었다. 앞으로도 다른 자리를 통해 이런 경험을 다시 할 수 있길 바란다. 다소 딱딱할 수 있는 비평가들의 좌담을 꼼꼼히 읽어주신 독자 분들에게도 감사의 마음을 전한다.

박진 그동안 '비평테이블'은 전문 비평과 일반 독자의 거리, 비평 담론과 출판 시장의 간격을 좁히고자 노력했는데, 독자 분들 보시기에 어땠는지 모르겠다. 아쉬움은 뒤로하고, 또 다른 만남을 기약하자. 이제 우리, 송년회 겸 '쫑파티' 하러 자리를 옮길까? 독자 여러분도 새해 복 많이 받으시길……

환영 | 김이설 장편소설

자의든 타의든 삶의 벼랑 끝에 내몰려 가족을 위해 자신을 희생하고 타락시켜야만 했던 여자, 윤영. 그녀의 모습을 통해 불공평한 현대사회의 이면을 탄탄하고도 긴장감 넘치는 문체로 재현함으로써 우리가 눈감고 싶은 불편한 현실을 강렬하게 그려냈다.

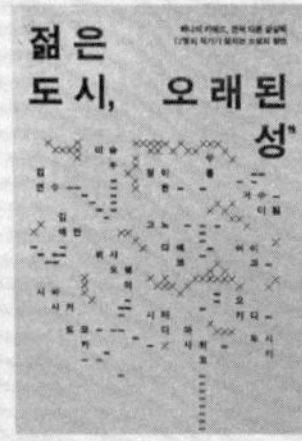

젊은 도시, 오래된 성(性)

| 이승우, 김연수, 정이현, 김애란 외

같은 시간, 다른 공간에서 탄생한 '도시'와 '성(性)'에 관한 이야기! 국내 최초로 시도되는 한중일 문학 교류 프로젝트의 첫번째 결실로, 3국의 작가들이 각각 다른 소재와 서사와 문체로 공통의 주제인 '도시'와 '성'을 말한다.

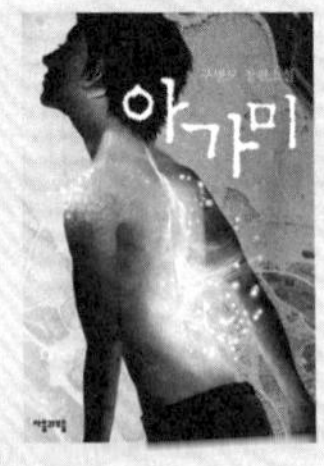

아가미 | 구병모 장편소설

죽음과 맞닥뜨린 순간, 생을 향한 몸부림으로 아가미를 갖게 된 남자와 그를 사랑한 이들의 가혹한 운명을 그린 소설. 작가 특유의 상상력과 개성 넘치는 서사로 절망적인 현실을 판타지적 요소로 반전시킨 참혹하면서도 아름답기 그지없는 작품이다

15번 진짜 안 와 | 박상 장편소설

삶의 갭을 극복하기 위한 박상의 현실 초월 멜로디! 세상의 경계와 한계에 치여 '선을 넘어버릴 테다'라고 선언한 후 런던으로 떠나버린 고남일의 포기할 수 없는 것에 대한, 살아 있는 것에 대한, 끝내 살아남는 것에 대한 이야기.

일곱 개의 고양이 눈 | 최제훈 장편소설

무한대로 뻗어가지만 결코 반복되지 않는, 단 한 편의 완벽한 미스터리를 꿈꾸다! 하나의 코드 혹은 전체의 서사를 엮어 계속해서 생성되고 소멸되는 이야기의 향연. 출구를 찾을 수 없는 미로 같은 이번 작품은 작가의 무한한 상상력의 결정판이다.

그녀의 집은 어디인가 | 장은진 장편소설

온몸에 전기가 흐르는 여자 제이와 상처를 간직한 채 살아가는 불우한 두 남자 와이와 케이가 제이의 집을 찾아다니는 두 달간의 여정을 보여준다. '고립'과 '소통'에 대한 고민을 따뜻한 어조로 깊고 풍부하게 담아냈다.

옷의 시간들 | 김희진 장편소설

시대에 소외받고 상처받은 현대들이 모여 시름을 나누는 곳, 빨래방. 그곳에서 지금 막 이별한 여자와 이별을 준비하는 남자가 만났다. 누구나 겪을 수밖에 없는 '관계'의 문제를 톡톡 튀는 문장과 무겁지 않은 서사로 경쾌하게 그려냈다.

라이팅 클럽 | 강영숙 장편소설

글쓰기를 빼놓고는 그 삶을 상상조차 할 수 없는 두 여자, 평생 '작가 지망생'으로 살아온 싱글맘 김 작가와 그녀의 딸 영인. 글쓰기란 삶 전체를 대가로 하는 모험일 수밖에 없다는 것을 온몸으로 증명하는 이 두 여자의 이야기다.

비즈니스 | 박범신 장편소설

국내 최초 한·중 동시 연재, 동시 출간! 천민자본주의의 비정한 생리에 일상과 내면이 파괴되어가는 사람들의 풍경을 서늘한 만큼 날카로우면서도 가슴 저리게 그려낸 박범신의 새 장편소설.

살인자의 편지 | 유현산 장편소설

제2회 자음과모음 네오픽션상 수상작. 아무런 흔적도 없이 교수형 매듭의 밧줄을 이용해 연쇄살인을 하는 범인, 그를 추적하는 사람들의 이야기가 등장인물의 심리와 내면에 초점을 맞춰 설득력 있고 박진감 넘치게 전개된다.

브로콜리 평원의 혈투 | 듀나 소설집

흡입력 있는 소설을 쓰는 작가, 듀나의 소설집. 판타스틱하면서도 괴기스럽고, 때로는 당혹스럽기까지 한 거대 우주 프로젝트들, 시공간을 초월한 음모와 비밀들이 거침없이 펼쳐진다.

오렌지 리퍼블릭 | 노희준 장편소설

1990년대 강남 오렌지들의 이야기! 타자화된 욕망에 의해 움직이던 주인공 '준우'가 하나의 주체로 서게 되기까지의 여정을 그린 성장소설. 강남 오렌지들의 유복함 뒤의 상처와 공허, 분노가 작가의 경험을 바탕으로 매우 생생히 그려져 있다.

소현 | 김인숙 장편소설

소현세자의 숨 막히는 운명과 대격변의 정점에 놓여 있던 조선의 얼굴을 장대하면서도 섬세하게 그린 소설. 청나라가 명나라와의 전쟁에서 승리를 거두고 중국 대륙을 제패하던 시점, 소현세자가 볼모 생활을 마치고 환국하던 1645년 전후의 이야기를 담고 있다.

A | 하성란 장편소설

전대미문의 참사 '오대양 사건'을 모티프 삼아, 한 시멘트 공장에서 일어난 의문의 집단 자살을 그렸다. 작가는 소설 속 인물들이, 그리고 소설 밖 우리들이 벼랑 끝에 서 있음을 가감 없이 보여준다.

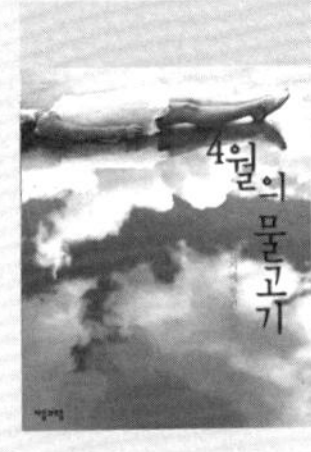

4월의 물고기 | 권지예 장편소설

"얼마나 더 사랑할 수 있을까?" 천사와 악마를 동시에 사랑한 한 여자의 애절한 사랑. 선과 악이 얽힌 인간의 양면적 본성을 파헤치며 엉킨 실타래처럼 복잡한 사랑의 내면을 조심스럽게 들춰낸다.

오즈의 닥터 | 안보윤 장편소설

제1회 자음과모음 문학상 수상작. 위조되거나 날조된 기억을 안고 살아가는 현대인의 모습을 통해 우리의 기억은 실재하는 것인지 꾸며낸 것인지, 그리고 과연 안전한 것인지를 자문하게 만든다.

그래서 우리는 **소설을 읽는다**

ⓒ 박진, 김남혁, 장성규

초판 1쇄 인쇄일 2011년 7월 6일
초판 1쇄 발행일 2011년 7월 19일

지 은 이   박진 김남혁 장성규
펴 낸 이   강병철
주   간   정은영
책임편집   황여정
편   집   박소이 최민석 이수경
디 자 인   여만엽
제   작   장성준 박이수
영   업   조광진 안재임 강승덕
마 케 팅   박제연 정지운
웹 홍 보   정의범 한설희 전소연 이혜미 김성아

펴 낸 곳   자음과모음
출판등록   2001년 5월 8일 제20-222호
주   소   121-753 서울시 마포구 동교동 165-1 미래프라자빌딩 7층
전   화   편집부 02) 324-2347, 경영지원부 02) 325-6047~8
팩   스   편집부 02) 324-2348, 경영지원부 02) 2648-1311
이 메 일   munhak@jamobook.com
홈페이지   www.jamo21.net
커뮤니티   cafe.naver.com/jamocafe

ISBN 978-89-5707-573-9 (03800)